房間裡的陌生人

The MAID

妮塔・普洛斯——著　李麗珉——譯

NITA PROSE

前言

我是你的房務清潔員。當你在白天離開飯店外出閒逛，不在乎自己把什麼東西留在房間裡，不在乎房間有多麼髒亂，也不在乎當你不在時，我可能會在房間裡看到什麼時，我就是那個像鬼魅一樣進入你房間，幫你打掃房間的人。

我是那個幫你清空垃圾桶，把你不想被別人發現的收據扔掉的人。我是那個幫你換床單，知道你是否有躺在床上睡覺，昨晚是否獨自入眠的人。我是那個把你的鞋子擺正在門邊，幫你把枕頭弄蓬鬆，並且把掉落在枕頭上的頭髮收拾乾淨的人。那是你的頭髮嗎？未必。在你喝多了、弄髒馬桶座，甚至更糟之後，我也是那個清理一切的人。

當我完成工作時，你的房間又回到了原始的狀態。你的床很完美，四顆枕頭蓬鬆地靠在床頭，彷彿從來都沒有人躺在上面過一樣。你留在房間裡的灰塵和髒污，在吸塵器吸過之後，都遭到了遺忘。那面擦得晶亮的鏡子，會反射出你純潔的臉龐。房間會像你從來都沒有進去過一樣。彷彿你所有的污穢、謊言和詭計都被完全拭去了。

我是你的房務員。我知道很多關於你的事。然而，說到底：關於我，你又知道多少？

星期一

1

我很清楚知道我的名字很可笑。四年前，當我還沒找到這份工作時，我的名字並不可笑。我是麗晶大飯店的房務清潔員，我的名字叫做茉莉。清潔工茉莉（那間知名的清潔公司就叫做這個名字）。這就像是個笑話。在我開始做這份工作之前，茉莉只是一個名字，是那個在我很小的時候就離開我的母親幫我取的名字，我對她完全沒有印象，關於她，我有的只是幾張照片和我外婆告訴我的一些故事。我外婆說，我母親覺得茉莉是一個很可愛的名字，讓人聯想到蘋果般的臉頰和小馬尾，不過，這兩者我都沒有。我只有一頭深色的齊耳短髮，簡單而俐落。我把中分的頭髮——不偏不倚地從正中間分開——梳得平直。我喜歡簡單俐落的事物。

我有高高的顴骨和白皙的肌膚，是人們有時候會很欽羨的那種肌膚，不過，我不知道這有什麼好羨慕的。我的皮膚就和我拆下、鋪上、拆下又鋪上的那些床單一樣潔白。我一整天都在這家擁有二十幾間房間、以「符合現代潮流的精緻優雅和細微服務」自豪的五星級精品飯店裡，為飯店尊貴的客人清理房間。

我這輩子從來都沒想到我會在一家大飯店裡擔任這麼崇高的職務。我知道別人不是這樣想的，在人們眼裡，清潔人員不過就是一個卑微的小人物。我知道，我們都應該要立志成為醫生、律師和有錢的房產大亨。但我不是那種人。我對自己的這份工作很感恩，以至於我每天都要掐一下自己，好確定這是真的。我真的有這麼做。特別是我外婆已經不在的現在。沒有了她，家不再是家。我們一起住的那間公寓彷彿都失去了顏色。不過，在我踏進麗晶大飯店的那一刻，世界立即又鮮明多彩了起來。

每當我把手放在發亮的黃銅扶手欄杆上，沿著通往飯店恢宏門廊的深紅色階梯拾級而上時，我就變成了走進奧茲國的桃樂蒂。在我通過微光閃爍的旋轉門之際，我可以看到真實的自己反射在旋轉門的玻璃上——每一個角度都可以看到那頭深色的頭髮和蒼白的皮膚，不過，我的臉頰會恢復一絲血色，因為我存在的理由再度回來了。

穿過旋轉門之後，通常，我會暫停腳步，欣賞一下宏偉的飯店大廳。它從來都不曾黯然失色過。從來都不會變得單調，也不會塵土飛揚。從來都不會枯燥，也不會褪色。它每一天都很幸運地保持著同一個模樣。大廳的左手邊是櫃檯和禮賓處，黑曜石的櫃檯彷如午夜般漆黑，而黑白的制服則讓貌似聰明的櫃檯人員看起來宛如企鵝。馬蹄鐵形狀的恢宏大廳鋪著精緻的義大利大理石，地面散發出的純白色光澤，總是將人們的目光一路帶往二樓的陽台。陽台上擺設了華麗的藝術裝飾，大氣的大理石階梯一路通向陽台，黃銅雕琢的蛇沿著富麗堂皇的階梯欄杆盤旋而上，它們的下顎在欄杆盡頭處形成了金色的握柄。飯店的賓客總是手扶耀眼的握柄憑欄而立，俯視著腳下輝煌的景象——拖著客人行李在大廳裡交叉走動的行李員，慵懶地靠坐在奢華扶手椅上的客人，還有依偎在翡翠綠情人座裡的情侶，他們的秘密全都滲進了座下長毛天鵝絨的沙發裡。

不過，大廳最讓我喜歡的部分是它的味道，那是在每次輪班一開始的時候，我所呼吸到的第一口飯店本身的味道——女士們的各式香水、皮製扶手椅的黑麝香、每天兩度用來清潔大理石地板的檸檬清潔劑。這是一種基本的味道。一種生命本身的芬芳。

每天，當我到麗晶大飯店上班的時候，我就再度感到活了起來，感覺到自己是這裡的一部分，是華麗景象和斑斕色彩的一部分。我是設計的一部分，是一面壁毯裡一個亮麗獨特又不可或缺的小方塊。

外婆曾經說：「如果你喜歡你的工作，那你這輩子裡就沒有一天是在工作。」她說得沒錯。工作的每一天對我來說都是一份喜悅。我天生就要做這份工作。我喜歡清潔。我喜歡我的房務推車，我喜歡我的制服。

沒有什麼比得上一早就完美堆滿各式彈藥的房務推車了。在我個人的淺見裡，它是一個滿載恩典和美好的聚寶盆。迷你的硬紙盒裡裝著包裝精緻、散發著橘子香味的肥皂，瑰珀翠的小瓶洗髮精，扁胖的面紙盒，用衛生膠膜包裹起來的衛生紙捲，三種不同尺寸的白色毛巾——洗澡用的、擦手用的和洗臉用的——以及放在茶和咖啡托盤裡的小杯墊。最後，不過並非最不重要的，還有清潔工具包，裡面有一支羽毛撣子、檸檬傢俱亮光劑、帶著輕微消毒水味道的垃圾袋，和一排裝滿各式溶劑和消毒劑的噴罐，所有的東西壯觀地排列在手推車上，隨時準備好清除各種髒污，不管是咖啡的污漬、嘔吐物——甚至是更糟糕的血漬。一輛裝備齊全的房務推車就是一個移動的奇蹟衛生站；是一具裝有輪子的清潔機器。而且誠如我所說的，這樣的手推車實在是太美了。

至於我的制服。如果制服和手推車之間只能選擇一個的話，我想我真的無法做出選擇。我的制服就是我的自由。是最極致的隱形披風。在麗晶大飯店裡，我的制服每天都會送到飯店的洗衣部清洗，洗衣部位於飯店陰冷的深處，從我們房務部的更衣室走廊走到底就可以通到洗衣部。每天在我上班之前，我的制服就會被掛在我的置物櫃上面。制服上會包裹一層塑膠膜，塑膠膜上還有一張即時貼，上面潦草地寫著我的名字。每天早上看到制服吊在那裡都讓我心生喜悅，那是我的第二層皮膚——乾淨、消毒過、熨燙過，聞起來就像是混合了新的紙張、室內泳池和純潔的味道。一個新的開始。彷彿前一天、前前一天和過去的每一天都被抹去了一樣。

當我穿好我的房務員制服時——不是唐頓莊園裡那種過時的款式，也不是俗套的花花公子兔子裝，而是白到令人目眩、漿到挺直的襯衫和合身的黑色鉛筆裙（裙子是方便彎身的伸縮布料縫製的）——我就是一個完整的人了。一旦我換好衣服準備展開一天的工作時，我就有了自信，彷彿我知道要說什麼、該做什麼——至少，大部分的時候是這樣。在我結束一天的工作脫下制服之後，我立刻覺得自己變得赤裸、毫無防護，彷彿垮掉了一樣。

事實上，我經常有社交情境上的困擾；那就好像每個人都在玩一個精心設計的遊戲，而他們也都很清楚那些複雜的遊戲規則，但那些遊戲對我來說卻永遠都像第一次玩一樣。我會一再犯下禮儀上的錯誤，我的讚美變成了冒犯，我誤解了身體語言，在不對的時候說了不對的話。透過我外婆的教誨，我才知道笑容有時候未必等同於快樂。有時候，人們對你露出笑容，但其實是在嘲笑你。或者他們在說謝謝的時候，其實內心想的是要甩你一巴掌。外婆曾經說，我對別人言行上的判斷已經有進步了——你每天在每個方面上都有進步，親愛的——但是現在，沒有了她，我過得很辛苦。以前，每當我在下班後急急忙忙回到家時，一推開我們公寓的大門，我就開始把積了一整天的問題都倒出來問她。「我回來了！外婆，番茄醬真的可以清潔黃銅嗎，還是我應該繼續用鹽巴和醋？真的有人會在茶裡加奶油嗎？外婆，今天上班的時候，他們為什麼叫我倫巴？」

然而現在，當通往家的大門打開時，再也沒有人說：「喔，茉莉，我可以解釋給你聽」或者「讓我先幫你倒杯茶，然後再一一回答你的問題。」現在，我們舒適的兩房公寓感覺好空洞，沒有了生氣，也備感空虛，像個山洞。或者一副棺材。或是墳墓。

我想，因為我在解讀別人上有困難，所以，大家都不想邀請我參加派對，即便我真的很喜歡派對。很明顯地，我不擅長和人交談，如果你相信那些傳聞的話，沒錯，我是真的沒有同年齡的朋友。平心而論，這百分之百沒有造假。我沒有同齡的朋友，至於不同年齡的朋友也寥寥無幾。

不過，在上班的時候，當我穿上了我的制服，我就融入了環境裡。我變成了飯店背景的一部分，就像裝飾在走廊和房間裡的黑白條紋壁紙一樣。穿上制服之後，只要我不開口，我就可以是任何人。你可以看到我置身於警方的嫌疑人隊伍裡，但是卻沒有辦法指認出我來，即便你一天會從我身邊經過十次。最近，我滿二十五歲了，「一個世紀的四分之一」我外婆一定會這麼說，如果她還能對我開口的話。但是她不能，因為她死了。

是的，死了。為什麼要用其他的方式說呢？她並不是輕拂而過，像什麼吹過石南花的微風一樣。她也不是緩緩地離開。她死了。大概九個月以前。

她去世後的那一天是一個溫和宜人的日子，我也一如往常地去上班。飯店的經理亞歷山大・史諾先生見到我的時候很驚訝。他總是讓我聯想到貓頭鷹。他那張方形的臉上戴了一副很大的玳瑁眼鏡。稀疏的頭髮油亮地往後梳得很服貼，露出了額頭上的美人尖。飯店裡的人都不太喜歡他。外婆曾經說，不要在乎別人怎麼想；你自己怎麼想才是最重要的。我同意。一個人必須要活在自己的道德標準之下，而不是像羊一樣地盲目跟隨別人。

「茉莉，你在這裡做什麼？」我在外婆死後的隔天出現在飯店工作時，史諾先生這樣問我。「我很遺憾你失去了親人。普雷斯頓先生告訴我，你外婆昨天去世了。我已經找人幫你代班了。我以為你今天會請假。」

「史諾先生，你為什麼要『以為』？」我問他。「我外婆曾經說過，當你『以為』的時候，你就讓自己變成了一個混蛋。」

史諾先生看起來就像要把一隻老鼠從胃裡反芻出來一樣。「請接受我的哀悼。你確定你今天不要請一天假嗎？」

「是我外婆死了，又不是我。」我回答他。「你知道，日子還是得過下去。」他瞪大了眼睛，這也許是驚嚇的意思？我永遠都無法了解——為什麼人們總覺得實話比謊言要令人震驚。

史諾先生還是很寬厚地說：「隨便你吧，茉莉。」

幾分鐘之後，我在樓下房務部的更衣室裡換上我的房務員制服，就像平常那樣，今天早上我換上了制服，明天也依然會這麼做，即便有人——不是我外婆——在今天死了。不是死在家裡，而是死在飯店裡。

是的。沒錯。今天工作的時候，我發現一名住客死在了他的床上。布雷克先生。那個布雷克先生。除此之外，我的這個工作日就和平時一樣正常。

一個重大事件會如何改變你記憶中已經發生過的事情，這實在很有趣，不是嗎？每個工作日向來都大同小異，因此，昨天和今天感覺上都差不多；而每天的工作也彷彿都融合在了一起。被我從四樓房間清空的垃圾會和三樓的垃圾倒在一起。我會發誓說我正在打掃410號房，也就是位於角落、可以俯視這條街西面的那間房，然而，我其實是在飯店的另一邊，在位於東邊角落的430號房，也就是410號套房正對面的房間。但是，有件很不尋常的事發生了——例如，發現布雷克先生死在了他的床上——突然之間，那天就變得具體了起來，就像氣體瞬間變成了固體一樣。每一刻都變得難以忘記，和之前的其他日子都大相逕庭。

那件大事發生在今天下午大約三點的時候，也就是我快要換班的時候。當時，我已經把我需要清掃的房間都打掃完畢，包括布雷克先生位於四樓的閣樓房間，不過，我需要再回去一趟，把他們的浴室打掃乾淨。

不要因為我需要兩度打掃布雷克先生的閣樓房間，就認為我馬虎或者做事情沒有條理。當我清掃一間房間時，從頭到腳我全部都不會放過。我會讓房間恢復一塵不染的原始狀態——所有的物體表面都經過擦拭，沒有一點灰塵被留下來。我外婆曾經說過，乾淨僅次於聖潔，而我相信那是生活最好的信念。我不會偷懶走捷徑，我會讓每個地方都閃閃發光。沒有留下任何需要擦拭的指紋，也不會遺漏任何需要清理的污垢。

因此，當我今天早上清掃那間套房的其他部分時，我並非因為偷懶而決定不打掃布雷克先生的浴室。相反地，在我第一次去打掃的時候，浴室是在使用中的狀態。吉賽兒，布雷克先生的現任妻子，在我一進入房間之後，很快地就進去淋浴了。她允許我（差不多是這個意思）在她洗澡的時候打掃閣樓的其他部分，她在浴室裡待了很久，久到蒸氣都從浴室的門縫底下滲透了出來。

查爾斯．布雷克先生和他的第二任妻子，吉賽兒．布雷克，是麗晶大飯店長期以來的常客。飯店裡的每個人都認識他們；這個國家裡的每個人也都認識他們。布雷克先生每個月到這個城市來視察他的房地產業務時，都會在這間飯店住上——或者曾經住上——至少一週的時間。布雷克先生是——曾經是——一個著名的經理人，一位巨頭，一名大亨。他和吉賽兒經常登上社會版的版面。他被稱之為「一頭中年銀狐」，雖然，我得要澄清一下，他既沒有銀色的外貌，也不是一隻狐狸。至於吉賽兒，則經常被形容是一個「年輕、耀眼的名媛」。

我覺得這樣的形容詞是一種讚美，不過，外婆看到的時候卻無法苟同。當我問她原因時，她說，要看字裡行間的暗示，而非文字表面的意思。

布雷克先生和太太已經結婚一陣子了，大約兩年。我們麗晶大飯店很幸運能獲得這對尊貴的夫妻青睞，經常光臨我們這間飯店。這讓我們的聲望攀升。並且意味著會有更多的客人。同時也意味著我可以保有一份工作。

二十三個月以前，有一次當我們走在金融區的時候，外婆曾經對我指出所有隸屬於布雷克先生的大樓。在那之前，我一直不知道他擁有這座城市的四分之一，不過，哎呀，他真的擁有這麼多。或者曾經擁有過這些。只是，事實證明，當你變成一具屍體的時候，你就再也無法擁有房產了。

「他並沒有擁有麗晶大飯店。」史諾先生曾經在布雷克先生還活著的時候這麼說過。史諾先生還用一種可笑的吸鼻聲為他這個評論做結尾。我完全不明白那個吸鼻聲代表什麼意思。我之所以喜歡布雷克先生的第二任妻子，其中一個原因就是，她對我說話時總是很坦率。而且她會用她自己的話來說。

今天早上，當我第一次進去布雷克先生的閣樓時，我把裡面從頭到腳都清掃過了——除了被吉賽兒佔用的那間浴室之外。她似乎完全不像平時的她。當我進房的時候，我注意到她的眼睛又紅又腫。過敏？我很好奇。或者是因為傷心嗎？吉賽兒並沒有在房裡逗留。在我一進入到套房裡時，她就立刻衝進浴室，重重地把浴室的門關上。

我沒有讓她的行為影響到我應該要做的事情。相反地，我立刻就開始工作，精力充沛地清掃那間套房。當房間完美地清掃完畢之後，我捧著一盒面紙，站在浴室門外，然後按照史諾先生教導過的方式對吉賽兒喊說：「你的房間已經恢復完美的狀態！稍後我會再回來打掃浴室！」

「好的！」吉賽兒在浴室裡回答。「不用那麼大聲！天啊！」當她終於從浴室出來的時候，我遞給她一張面紙，以防她真的是過敏或者傷心。我以為我們會稍微交談一下，因為她向來都很健談，但是，她卻很快地走到臥室裡去更衣。

於是，我離開了套房，然後把四樓其他的客房一間間地打掃乾淨。我把枕頭恢復蓬鬆，把鍍金的鏡子擦拭晶亮。我把壁紙和牆壁上的髒污都清理乾淨。把用過的床單和濕毛巾捆在一起。並且把白瓷的馬桶和洗手台全都消毒過。

當我把那層樓半數的房間都打掃完之後，我暫時停下清掃的工作，轉而把我的手推車推到地下室，先把兩大袋的髒床單和毛巾送到洗衣部。儘管地下室的空氣並不流通，而刺眼的日光燈以及低垂的天花板甚至加劇了惡劣的環境，不過，能卸下那些袋子還是讓人鬆了一口氣。等我回到走廊的時候，我覺得輕鬆了許多，彷彿一顆露水般地輕盈。

我決定要去找璜．曼紐爾，廚房的洗碗工。我穿過迷宮般不同的廳堂，熟練地轉了幾個彎——左、右、左、左、右——就像一隻被訓練過的老鼠在走迷宮一樣。當我抵達廚房、推開那扇大門之際，璜．曼紐爾立刻停下手邊一切的工作，給了我一大杯加了冰塊的冷水，讓我好生感激。

經過一小段簡短愉快的聊天之後，我離開了廚房。然後到房務部補充乾淨的毛巾和床單。接著，我回到空氣新鮮的二樓，開始打掃那裡的幾間房，那些房間裡的小費都可疑到只剩下一點零錢，關於這點，我稍後會再談。

當我確認手錶上的數字時，已經是下午三點左右了。是時候繞回四樓去打掃布雷克先生和太太的浴室了。我在他們的房間門外停了一下，聽聽看裡面是否有人。然後按照規定地敲了敲門。

「打掃房間！」我用一種大聲卻禮貌的權威性聲調說著。沒有人回應。於是，我拿起我的通用門卡打開房間的門，然後拖著我的手推車進到房間裡面。

「布雷克先生、布雷克太太？我可以把清潔工作做完嗎？我很希望能讓你們的房間回復完美的狀態。」

沒有聲音。我想，很明顯地，這對夫妻出去了。那對我來說再好不過了。這樣，我就可以不受打擾地徹底做好我的工作。我讓重重的房門在我身後關上。我環視了一下他們的起居室。起居室看起來不像我在幾個小時前離開時那樣整齊乾淨。窗簾也被放了下來，遮擋住那扇可以俯視樓下街道的大落地窗，還有幾瓶迷你酒吧櫃的威士忌瓶子橫倒在玻璃桌上，旁邊還有一只喝剩半杯酒的玻璃杯和一支沒有抽過的雪茄，至於地上則有一團揉皺的紙巾，長沙發上還有喝酒的人屁股坐過的痕跡。吉賽兒的黃色皮包已經不在我早上看到過的那個地方，也就是房間入口處的寫字檯上，那表示她應該上街去了。

房務員的工作永遠都做不完，我一邊想著，一邊把靠枕從長沙發上拿下，拍鬆，然後再放回它所屬的位置，並且把沙發上的皺褶全部都撫平。在清理桌面之前，我決定先檢查一下其他房間的狀況。看起來，我很可能得要重新打掃整間套房了。

我走向套房後面的臥室。臥室的門是開著的，一件飯店的高級白色浴袍就被扔在房門口的地上。從我所在的角度，我可以看到臥室裡的衣櫥，衣櫥的一扇門依然沒有關上，就和我早上離開時一模一樣，因為衣櫥裡的保險櫃並沒有關上，導致衣櫥的門無法妥善地關好。保險櫃裡的一些東西也還在原位——我立刻就可以看出來——不過，今早讓我感到驚愕的那幾樣東西已經明顯不在那裡了。某程度上，這讓我感到鬆了一口氣。我把注意力從衣櫥上挪開，小心翼翼地跨過地上那件浴袍，然後走進臥室。

一直到那個時候，我才看到了布雷克先生。他身上還穿著那件雙排釦的西裝，稍早，他在走廊上向我點頭打招呼時，穿的就是這件西裝，只不過他胸前口袋裡的那張紙不見了。他仰躺在床上。床上有很多的皺褶，看起來亂糟糟的，彷彿他在最終躺在那個位置之前曾經不止一次地在床上翻滾過。他的頭靠在一顆枕頭上，不是兩顆，至於其他兩顆枕頭則歪斜地躺在他身邊。我得要找出第四顆枕頭，我很確定今天早上我在鋪床時，確實把枕頭都放在了床上，因為就如同人們常說的，魔鬼就藏在細節裡。

布雷克先生沒有穿鞋，他的鞋子在房間的另一頭。我記得很清楚，因為一隻鞋子鞋尖朝南，另一隻則朝東，當下，我立刻就知道，基於我的專業職責，在我離開房間之前，我必須要讓兩隻鞋子的朝向一致，並且把床上那些不像樣的皺褶都撫平。

當然了，在看到這一幕的時候，我第一個念頭並不是布雷克先生死了。而是他在起居室裡享受了過量的午後小酌之後，一頭倒在了床上呼呼大睡。但是，在進一步觀察之後，我發現房間裡有些異樣之處。布雷克先生左邊的床頭櫃上擺了一瓶打開的藥，我記得那是吉賽兒的藥瓶。好幾顆藍色的藥丸散落在瓶子外面，有些就在床頭櫃上，有些則掉在了地上。其中幾顆已經被踩碎了，像粉末一樣地陷入了地毯裡。這得用強力的吸塵器才能吸得乾淨，還要用地毯除臭劑才能讓地毯恢復完美的狀態。

我很少在進入套房之後，發現客人沉睡在床上。如果真有什麼讓我感到驚慌的，那就是我撞見了客人處在完全不同的狀況——套句拉丁人所說的話，捉姦在床。大部分的客人在決定睡覺或者從事什麼私人活動時，通常都會小心地把「睡覺中，勿擾」的掛牌吊在門上，為了預防這種可能性，我總是會把掛牌放在進門處的寫字檯上面。如果我無意間撞見客人處於時機不對的狀況下，大部分的客人都會大聲叫出來。但是，布雷克先生卻沒有；他並沒有發出聲音叫我「滾開」，如果我在不對的時間進入房間的時候，他通常都會這麼對我說。然而，今天他卻繼續在睡覺。

一直到那個時候我才發現，從我站在他臥房門口起的那十秒鐘裡，或者更久一點，我一直沒有聽到他的呼吸聲。我知道酣睡的人會發出什麼聲音，因為我外婆就是那種人，但是，沒有人會沉睡到連呼吸都完全靜止。

我認為得要小心地確認一下布雷克先生，確保他真的沒事。這也是一名房務員的職責所在。我往前踏出一小步去端詳他的臉龐。此時，我才發現他的臉色有多麼灰白，多麼腫脹，多麼……明顯地不對勁。我小心翼翼地再挪近一點，直接來到他的床邊俯視他。他的皺紋很深，嘴角下垂，看起來一副不高興的樣子，不過，布雷克先生出現這種表情也不算是什麼不尋常的事。他的眼睛四周有一些奇怪的小斑點，看起來像是紅色和紫色的針孔。看到這裡，我腦子裡突然響起一陣警鈴。此時，我才完全了解到情況比我一開始以為的還要糟糕。

我伸出一隻手拍了拍布雷克先生的肩膀。他的肩膀感覺起來既僵硬又冰涼，就像一件傢俱一樣。我再把手放到他的嘴前面，絕望地期待我可以感覺得到他吐出來的氣息，但是什麼都沒有。

「不，不，不，」我一邊說著，一邊把兩根手指貼在他的脖子，但是並沒有發現有任何的脈動。我抓住他的肩膀搖晃他。「先生！先生！醒醒！」現在回想起來，我那麼做實在很愚蠢，但是，當下我真的覺得布雷克先生不可能真的死了。

當我放開他時，他突然往下掉，以至於他的頭微微地撞到了床頭板。我立刻往後退開，兩隻手臂硬邦邦地垂在身體兩側。

我拖著腳步繞到另一邊的床頭櫃，拿起櫃子上的電話打給了樓下櫃檯。

「麗晶大飯店，這裡是櫃檯。我能為您做什麼？」

「午安，」我說。「我不是房客。我通常不會打電話求助。我是房務員茉莉。我在401號的閣樓套房裡，我碰到了很不尋常的狀況。那種很少見的混亂。」

「你為什麼打到櫃檯？你應該打到房務部。」

「我就是房務部的人，」我提高聲音地說。「拜託你，如果你可以告訴史諾先生說，有個房客……再也沒辦法動了。」

「再也沒辦法動了？」

這就是為什麼直接了當總是上上之策的原因，但是，在那一刻，我得要承認，我一時失去了理智。

「他死了。」我說。「死在他的床上。打給史諾先生。還有，麻煩你打給應急服務單位。現在立刻就打！」

語畢，我掛斷了電話。說句實話，接下來所發生的事感覺都很不真實，像在做夢一樣。我記得我的心臟在胸口怦怦地跳，房間宛如希區考克的電影般傾斜了起來，我的雙手汗濕，讓我在把電話筒放回原位時，話筒差點就從我手中滑落。

直到此時，我才抬起頭來。牆上掛著一面鑲金邊的鏡子，鏡子裡不僅反射出我驚恐的臉，還有我之前完全沒有注意到的一切。

我的暈眩越來越嚴重，地板像遊樂園一樣地傾斜。我把一隻手壓在胸口，不過卻無助於抑制我急促的心跳。

這比你所能想到的還簡單——明明存在於光天化日之下，卻又幾乎被視而不見。這就是我從房務員的工作上學到的。你可能非常重要，在某些事情上甚至扮演著關鍵性的角色，不過卻完全遭到了忽視。這個事實不僅適用於房務員，似乎也同樣適用在其他人身上。這是一個讓人很不舒服的殘酷事實。

在那之後不久，我就暈倒了。房間逐漸變黑，然後我就倒下了，有時候，當意識變得不堪負荷的時候，我也會這樣。

現在，當我坐在史諾先生豪華的辦公室裡時，我的雙手依然在發抖。我的神經緊張。對的就是對的。已經發生的事就發生了。然而，我還是在顫抖。

我採取外婆控制意志的戲法來讓自己穩定下來。每當電影裡的情節緊張到讓人受不了時，她就會拿起遙控器快轉。「你看，」她總是說。「當我們無法改變結局的時候，就沒有必要讓我們自己神經緊張。會發生的事就是會發生。」這對電影來說確實行得通，但是在真實生活裡就不那麼可行了。在現實生活裡，你所採取的行動可以改變結果，讓結果從悲傷變得快樂，從失望變得滿足，從錯變成對。

外婆的戲法對我很有用。我在腦子裡快轉，然後在我要的那個點按下重播。我的顫抖立刻就減緩了。我依然在套房裡，但是卻已經不在臥室。我就在前門門口。然後衝回臥室，再次拿起電話筒，打到樓下的櫃檯。當我聽到櫃檯人員在話筒裡說「哈囉？什麼事？」的時候，我要確保自己表達得很清楚。

「我是茉莉。布雷克先生死了。我現在就在他的房間裡。請立刻打電話給應急服務單位。」

大概過了十三分鐘之後，史諾先生來到了房間裡，他身後還有一小支由醫療人員和警察組成的隊伍。他把我帶到旁邊，扶著我的手肘彷彿像在對待小孩一樣。

現在，我就坐在他位於主要大廳旁的辦公室裡那張堅固卻吱吱作響的紅褐色高背皮椅裡。史諾先生稍早離開了——也許一個小時之前，或者更久以前？他叫我留在這裡直到他回來。我的一隻手裡捧了一杯茶，另一隻手則拿著一塊奶油餅乾。我不記得是誰給了我這些東西。我把杯子拿到唇邊——茶還是熱的，不過卻不燙嘴，溫度剛剛好。我的雙手還在微微地顫抖。是誰幫我泡了這杯完美的茶？是史諾先生嗎？還是哪個廚房的人？也許是璜．曼紐爾？也許是酒吧的羅尼，這真是個讓人愉快的念頭——羅尼幫我沖了一杯完美的茶。

當我把眼光落在茶杯上時——一只畫著粉紅色玫瑰和綠色荊棘的瓷杯——我突然想念起了外婆。我好想她。

我把奶油餅乾拿到嘴邊。餅乾在我的唇齒之間發出清脆的聲音。餅乾的質地很酥脆，充滿了細膩的奶油味。大體上來說，這是一塊很美味的餅乾。嚐起來很甜，非常非常的甜。

2

我依然獨自待在史諾先生的辦公室裡。我不得不說，我很擔心我的清潔工作進度落後了，更遑論拿不到房客留下來的小費了。通常，在我每個工作日的這個時間點，我至少都已經清掃完了一整層樓的房間，然而今天卻還沒有。我擔心其他房務員會怎麼想，還有他們是不是需要幫我收拾殘局。時間已經過了那麼久，而史諾先生卻還沒回來找我。我試著撫平正在我胃裡冒出的恐懼。

我想，要讓我自己冷靜下來最好的方法就是回想我這一整天所做的事，盡我所能地重新回溯我在401號套房發現布雷克先生死在他床上之前所發生的每一件事。

今天就和每一個普通的日子一樣。我穿過飯店的旋轉門。技術上來說，員工應該要從飯店後面那扇公務門進入飯店，不過很少有員工這麼做。這個規定是我很樂意違反的。

我很喜歡通往飯店主要入口那些深紅色階梯旁的黃銅欄杆所帶有的冰涼感。我喜歡絨毛地毯踩在腳下的感覺。我也喜歡和麗晶大飯店的門衛普雷斯頓先生打招呼。圓滾滾的普雷斯頓先生總是戴著一頂帽子，身穿一件長風衣，風衣上還別有飯店的金色徽章。普雷斯頓先生在這家飯店工作已經超過了二十年。

「早安，普雷斯頓先生。」

「喔，茉莉。週一愉快，我親愛的女孩。」他碰了碰他的帽子。

「你最近有見到你女兒嗎？」

「怎麼了，有啊。我們週日才一起吃晚餐。她明天要在法庭為一個案子辯論。我還是無法相信。我的小女兒竟然站在法官前面。但願瑪麗可以看到她現在的樣子。」

「你一定為她感到驕傲。」

「是啊。」

普雷斯頓先生在十幾年前喪偶，不過，他一直沒有再婚。每當有人問他為什麼不再結婚時，他總是給出相同的回答：「我的心屬於瑪麗。」

他是一個值得尊敬的人，一個好人。他不是騙子。我有說過我有多討厭騙子嗎？騙子都應該被丟進流沙裡，都應該被髒污悶死。普雷斯頓先生不是那種人。你會希望自己的父親就像他那樣，雖然我不懂什麼關於父親的問題，因為我這輩子從來都沒有過父親。我父親在我母親消失的時候也不見了，套句我外婆的話，那時候，我還「只是一塊小餅乾」，後來我才知道所謂小餅乾是指六個月到一歲之間的年紀，於是，我外婆承擔起照顧我的責任，我們變成了一個共同體，外婆和我，我和外婆。直到死亡把我們分開。

普雷斯頓先生總讓我聯想到外婆。他也認識她。我一直不清楚他們是怎麼認識的，不過，外婆對他很友善，和他的妻子瑪麗也很親近，願瑪麗安息。

我喜歡普雷斯頓先生，因為他總是能啟發人們要舉止得體。如果你是一間正派飯店的門衛，你會看到很多事情。例如，把自己的中年老婆留在千里之外，卻帶著性感年輕的玩物來到飯店的商務人士。例如，喝得爛醉、把門衛的指揮台當作小便池的搖滾明星。例如，眼影隨著淚水掛在臉頰上、匆匆忙忙衝出飯店的布雷克太太——布雷克先生年輕貌美的第二任妻子。

普雷斯頓先生會根據他個人的行為準則來做事。我曾經聽過一個謠言，說他對那個搖滾明星大感憤怒，因而付錢找來狗仔隊將那個明星團團圍住，導致那個明星再也不敢下榻麗晶大飯店了。

「普雷斯頓先生，是真的嗎？」我曾經問他。「那次是你通知狗仔隊來的嗎？」

「不要問一名紳士他做了什麼或沒做什麼。如果他真的是個紳士的話，他那麼做絕對有充分的理由。如果他真的是個紳士的話，他也絕對不會告訴你他做了什麼。」

那就是普雷斯頓先生。

今早，在經過他身邊之後，我穿過恢宏的前廳，然後步下通往那些迷宮般走廊的階梯，那些走廊是通往廚房、洗衣部，還有我最愛的房務部的必經之路。房務部也許並不宏偉——沒有黃銅，沒有大理石，也沒有天鵝絨——但是，房務部確是我隸屬的地方。

就像平時那樣，我換上截然一新的房務員制服，找到我的房務推車，我得先確定手推車已經彈藥充足，準備好支援我的工作。不過，手推車上的東西並沒有被補充好，這也沒什麼好驚訝的，因為昨天晚上輪班的人是我的上司車諾兒．格林。麗晶大飯店裡大部分的員工都在背後叫她為車諾比。我要澄清的是，她並非來自車諾比。事實上，她也不是烏克蘭人。她這輩子都住在這個城市，和我一樣。雖然我對車諾兒的評價不高，但是，我也不願意侮辱她——或者侮辱任何人。己所不欲，勿施於人，這是外婆常說的，也是我生活的原則。在我半世紀的生命裡，我常常遭到各種侮辱，這讓我學到一件事，棍棒和石頭的慣常作用其實剛好與事實相反：棍棒和石頭對人的傷害遠不如語言。

車諾兒也許是我的上司，但是，她絕對不比我優秀。你知道這是有差別的。你不能用一個人的工作或他們的社會地位來評價他們；你必須用一個人的行為來判斷他們。車諾兒既邋遢又懶惰。她不僅說謊，做事情也貪圖方便。她總是拖著腳在走路。我確實曾經看到她清潔完客房的馬桶後，用同一塊抹布再去擦拭洗手台。你能相信這種事嗎？

「你在做什麼？」那天當我撞見她這麼做的時候，我問她。「那太不衛生了。」

她聳了聳肩。「這些客人幾乎都不給小費。這只是給他們一個教訓。」

這太不合邏輯了。房客怎麼會知道房務員的領班剛剛在他們的洗手台上散播了肉眼看不到的糞便髒污？他們又怎麼會知道這代表他們需要多給一點小費？

「太低級了，低到像松鼠的屁股一樣，都要貼到地面了。」當我把車諾兒和馬桶的抹布事件告訴外婆時，她曾經這麼說過。

今天早上，當我去上班的時候，我的手推車還堆滿著又濕又髒的毛巾和前一天用過的肥皂。如果我是老闆的話，我就會這麼告訴你：我很享受幫房務推車補貨的機會。

我花了不少時間補充物資，等到我補充完畢之後，車諾兒才拖著懶散的步伐出現，一如既往地遲到了。我懷疑她今天是否已經偷溜到頂樓，像她平時那樣地「執行她首輪的工作」，也就是偷偷跑到屬於我清潔範圍內的那些閣樓套房，從房間的枕頭邊偷走我最大筆的小費，然後只留下一些零錢給我。我知道她向來都這麼做，雖然我無法證明。她就是那種人——一個騙子——而不是羅賓漢那型的人。羅賓漢型的人是行善的人，會對那些做錯事的人行使正義。像羅賓漢這樣的小偷是盜亦有道，其他類型的小偷則不是。不過，不要誤解了：車諾兒並非羅賓漢。她之所以偷取別人的東西只有一個理由——以犧牲別人為代價來獲取自己的利益。這讓她變成了一個寄生蟲，而非英雄。

我興致缺缺地對車諾兒打了個招呼，然後和另外兩名與我一起值班的房務員陽光以及蘇妮塔打招呼。陽光的老家在菲律賓。

「你為什麼叫做陽光？」我們剛認識的時候，我曾經問過她。

「因為我的笑容像陽光一樣燦爛。」她說著把一隻手扠在臀邊，另一隻手則揮了揮她的羽毛撣子。

那讓我看出了它們的相似性——太陽和陽光有多麼相像。陽光是一個聰明耀眼的女人。她很健談，客人都很喜歡她。而蘇妮塔來自斯里蘭卡，她幾乎不太說話，這點和陽光很不一樣。

「早安，」當她和我一起值班時，我都會這麼對她說。「你好嗎？」

她會點一下頭，然後說一兩個字，不太會多說什麼，這對我來說不成問題。和她一起工作還算愉快，而且她既不怠惰，也不會拖拖拉拉。我對其他的房務員向來都沒有意見，只要他們把他們的工作做好就行。我想說的是：蘇妮塔和陽光知道怎麼把房間打掃到一塵不染，這點，站在同是房務員的立場，我要對她們表達敬意。

一旦我的手推車準備就緒，我便推著車子經過走廊，前往廚房去找璜．曼紐爾。他是一個好同事，總是和顏悅色，而且對人友好。我把手推車留在廚房門外，然後透過門上的玻璃往裡看。他就在那裡，在巨大的洗碗機旁邊，正把成排的碗盤堆進機器裡。廚房裡的其他人也忙得團團轉，有人端著用鋁箔紙覆蓋好的托盤，也有人的托盤裡裝滿了新鮮三層蛋糕或其他充滿罪惡感的甜點。璜．曼紐爾的老闆不見蹤影，因此，現在是溜進廚房的好時機。我沿著廚房牆邊躡手躡腳地走到璜．曼紐爾的工作台旁邊。

「哈囉！」我和他打招呼，也許我的音量有點太大，不過，我希望自己的聲音沒有被轟隆作響的機器蓋過。

璜．曼紐爾嚇得跳了起來，然後轉過身。「天啊，嚇死我了。」

「現在可以嗎？」我問。

「可以。」他一邊回答我，一邊在他的圍裙上擦了擦手。他跑到一座大的金屬水槽旁邊，拿起一個乾淨的玻璃杯，將杯子裡注滿冰水，然後遞給我。

「喔，謝謝你。」我對他說。如果地下室很暖和的話，那廚房就是個地獄。我不知道璜．曼紐爾是怎麼做他的工作的，他得站在這種難以忍受的高溫和濕氣中好幾個小時，把客人吃剩的食物從餐盤裡刮掉。那些浪費了的食物，那些細菌。我每天都會來找他，也每天都試著不去想這些。

「我拿到你的房卡，308號房，今天一早就退房了。我現在就會去清掃，所以，你想要進去的時候，隨時都可以進去。好嗎？」自從羅尼告訴我璜・曼紐爾發生了什麼不幸的事之後，過去兩個多月以來，我一直都偷偷把房卡塞給璜・曼紐爾。

「我的朋友，非常感謝你。」璜・曼紐爾對我說。

「到明天早上九點車諾兒輪班以前，你都不用擔心。雖然她不負責打掃那層樓——不過，她這個人，你永遠不知道她會做什麼。」

語畢，我才注意到他手腕上那些紅色、圓形的痕跡。

「那是什麼？」我問他。「你燙到了嗎？」

「喔！對。我燙到了。被洗碗機燙到。沒錯。」

「聽起來像是安全疑慮，」我說。「史諾先生很重視安全。你應該要告訴他，他會叫人來檢查一下機器。」「不，不，」璜・曼紐爾立刻說。「是我自己的錯。我把手放到不該放的地方。」

「喔，」我說。「小心點。」

「我會的。」他回應我。

在這段對話中，他並沒有看著我的眼睛，這實在很不像他。我猜他可能是對自己發生的意外感到不好意思吧，因此，我換了一個話題。

「你最近有你家人的消息嗎？」我問。

「我母親昨天發了這個給我。」他說著，從圍裙口袋裡掏出一支電話，然後找出一張照片。

他的家人住在墨西哥北部。他父親在兩年多前死了，那讓他們家的財務陷入困窘的狀況。璜．曼紐爾因此得寄錢回家補貼家用。他有四個妹妹、兩個弟弟、六個阿姨、七個叔叔，還有一個外甥。他是兄弟姊妹裡最大的，大概和我的年齡相仿。在那張照片裡，他們全家人圍坐在一張塑膠桌子旁邊，每個人都對著鏡頭在笑。他母親站在桌子首席的位置，驕傲地端著一盤烤肉。

「這就是我為什麼在這裡的原因，在這個廚房裡，在這個國家。這樣，我家人才能在每個星期天吃到肉。如果我母親見到你的話，茉莉，她一定立刻就會喜歡上你。我母親和我？我們很像。我們看到好人的時候，第一眼就可以辨認得出來。」他指著照片中他母親的臉說道。「你看！她永遠都帶著笑容，不管發生什麼事。喔，茉莉。」

他的眼睛裡泛著淚光。我不知道該怎麼辦。我不想再看到他家人其他的照片了。每次我看到的時候，胃裡總會升起一股奇怪的感覺，有一次，我不小心把一個房客的耳環掉到了下水道的黑洞裡，當時我的感覺就是這樣。

「我得走了。」我對他說。「今天有二十一間房間要清掃。」

「好的，好的。你來找我的時候我都很高興。再見，茉莉小姐。」

我快步走出廚房，一回到安靜、明亮的走廊和我完美整齊的手推車旁，我立刻就覺得好過很多。

該去聯誼廳了，聯誼廳是飯店的酒吧和燒烤餐廳的所在，羅尼這個時候應該也在輪班了。羅尼．史蒂爾斯是酒保的領班。羅尼留著一頭濃厚的波浪髮型，白襯衫上面的幾顆鈕釦很有品味地敞開著，若隱若現地露出一點點他那完美光滑的胸部——呃，除了胸骨上那道圓形的疤痕之外，幾乎可以說是滑順到完美。重點是，不知道為什麼，他沒有什麼胸毛。我實在不明白，為什麼會有女人喜歡毛髮濃密的男人。我並非有什麼偏見。我只是說，如果我喜歡的男人全身毛茸茸的話，我會拿出除毛蠟，把他身上的體毛全部清除，直到他變得乾淨滑溜為止。

在現實生活裡，我還沒有機會這麼做。我只交過一個男朋友，威爾伯。雖然他沒有胸毛，但是他卻是個讓人心碎的人。而且還是一個騙子。這麼看來，也許胸毛並不是世界上最糟糕的事。

我深深吸了一口氣，好把威爾伯從我的腦子裡清除掉。我很幸運擁有這樣的能力——像清掃房間一樣地清掃我的腦子。我可以想起一些討厭的人或者回憶起一些不愉快的時光，然後把它們全部都擦拭掉。抹去。就那樣塗掉。然後，我的腦子又會回到完美的狀態。

然而，當我現在坐在這裡，在史諾先生的辦公室裡等待他回來的時候，我沒有辦法讓我的腦子保持乾淨。我的思緒一直回到布雷克先生身上。回到他毫無生氣的皮膚在我手指底下的感覺。

我啜了一口茶，茶已經冷掉了。我要重新把精神集中在今天早上，回憶今早的每個細節……諸如此類的念頭。

我剛才說到哪裡了？

喔，對，璜・曼紐爾。我離開他之後，推著我的房務推車走向電梯，然後搭乘電梯來到大廳。電梯的門打開，陳先生和陳太太就站在電梯門口。陳氏伉儷也是飯店的常客，和布雷克夫婦一樣，只不過，陳氏伉儷來自台灣。我聽說陳先生是個紡織商。不管他去哪裡，陳太太總是隨行。那天，陳太太穿了一件酒紅色的洋裝，洋裝上還滾了可愛的黑邊。陳先生和陳太太有禮到無懈可擊，我覺得那是一種很難得的特色。

他們立刻就認出了我，我必須說，這在飯店的客人身上很少見。他們甚至還退到一旁，好讓我可以在他們踏進電梯之前先走出電梯。

「陳先生、陳太太，謝謝你們一再光臨飯店。」

史諾先生教我要稱呼客人的名字，就像對待家人一樣地對待客人。

「我們才應該要感謝你把我們的房間維持得那麼整潔，」陳先生對我說。「陳太太待在飯店的時候才能好好休息。」

「我越來越懶了。一切你都幫我做好了。」陳太太說。

我不是那種喜歡受到關注的人。我偏好用點頭或者沉默來表達讚美。因此，我點了一下頭，然後屈膝行禮說道：「希望你們住得愉快。」

陳氏夫婦快步走進電梯，電梯門也隨即關上。

大廳裡還不是很繁忙，有些客人剛剛抵達，也有些客人正在退房。我很快地瞄了一眼，大廳看起來很乾淨，一切也都井然有序。不需要多做什麼。不過，有時候，客人會凌亂地把報紙放在邊桌上，或者把咖啡杯扔在乾淨的大理石地板上，讓杯子裡最後幾滴咖啡濺到地面，留下了看似不祥的污點。每當我看到這種不幸的畫面時，我就會立刻採取行動。嚴格來說，打掃大廳並不是我的工作範圍，然而，如同史諾先生所言，好的員工會跳脫出既定的思維框架。

我推著我的手推車來到酒吧和燒烤餐廳所在的聯誼廳入口，然後把車子停下來。羅尼就在吧檯後面，他正在閱讀攤開在吧檯上的一份報紙。

為了表現出我是一名帶著使命感的自信女子，我輕快地走進了餐廳。

「我來了。」我說。

他抬起頭。「喔，嗨，茉莉。你來拿早報嗎？」

「你猜得完全正確。」每天輪到我值班的時候，我都會來拿一疊報紙，好分送到每間客房裡。

「你有看到這個嗎？」他指著他面前的報紙問我。他戴了一只閃閃發亮的勞力士手錶。雖然我並不崇尚名牌，不過，我很清楚知道勞力士是一個很貴的品牌，那意味著史諾先生非常認可羅尼身為酒保的能力，然後付給了他高於一般酒保的薪水。

我看著羅尼所指的標題：「家庭糾紛撼動了布雷克帝國。」

「我可以看一下嗎？」

「當然。」他把報紙轉到我的方向。報紙上登了好幾張照片，其中一張是穿著那件經典雙排釦西裝的布雷克先生，正用手擋著把相機貼近他臉上的記者群。戴著黑色太陽眼鏡的吉賽兒挽著他的手臂，從頭到腳都精心打扮過。從她的穿著看起來，這張照片應該是最近拍的。也許是昨天？

「看起來布雷克家族的問題正在醞釀之中，」羅尼說道。「他女兒維多利亞似乎掌握了布雷克商業帝國百分之四十九的股權，而他想要把那些股權拿回來。」

我瞄了一眼那篇報導。布雷克夫婦有三個兒女，都已經長大成人。其中一個兒子住在大西洋城，另一個則足跡遍及各地，從泰國到維京群島，或者任何有派對的地方。在這篇報導裡，布雷克太太——第一任的布雷克太太——形容她的兩個兒子為「古怪」，報導中引述她的原話說：「布雷克房產暨投資公司要續存下來的唯一方法，就是我的女兒維多利亞能擁有至少一半的股權，她實質上也已經在經營這家公司了。」文章中還描述了布雷克先生和他的前任情婦們之間種種不堪的法律糾紛。其他幾名支持或反對他的有力大亨也都在報導中被提及。報導中暗示布雷克先生兩年前和吉賽兒的第二段婚姻——娶了一個年紀比他小一半以上的女人——就是布雷克帝國動搖的開始。

「可憐的吉賽兒。」我大聲地說。

「可不是嗎？」羅尼回應我。「她不需要被說成這樣。」

我突然想到一件事。「你有多了解她，吉賽兒？」

羅尼把報紙拿開，塞到吧檯底下，然後拿出一疊新的報紙讓我拿上樓。「誰？」

「吉賽兒。」我回答他。

「布雷克先生不讓她下樓到酒吧來。你接觸到她的機會也許還比我多。」

他說得沒錯。我和她的接觸確實比較多。最近，一種不可能卻又讓人開心的羈絆——我能說是友誼嗎？——在我們之間成形了，就在年輕貌美的吉賽兒·布雷克，同時也是臭名昭彰的房產巨頭布雷克先生的第二任妻子，和我，茉莉，一個微不足道的房務員之間。我不太談及我們之間的這份羈絆，因為普雷斯頓先生的那句箴言不僅適用於紳士，也同樣適用於淑女：我最好緊緊地閉上我的嘴巴。

我保留著某種程度的空間，等著羅尼繼續和我說話，當一名單身卻並非飢渴的女性對她眼前散發著青檸和異國男性神秘古龍水味道的單身漢感到興趣時，就會保留這種適當的空間。

而我也沒有失望——至少，沒有完全失望。

「茉莉，你的報紙。」他靠在吧檯上，前臂上正在收縮的肌肉充滿了魅力。（由於這裡是吧檯而非餐桌，所以，手肘不能靠在桌上的規則在此並不適用。）「對了，茉莉，謝謝你對我朋友璜·曼紐爾的幫忙。你真的是個……特別的女孩。」

我感到臉頰上湧起了一絲暖意，彷彿外婆剛剛捏過我的臉頰一樣。「換作是你，我也會那麼做的，或許還會做得更多。我是說，對朋友就應該這樣，不是嗎？你會幫他們脫離困境？」

他把一隻手放在我的手腕上，輕輕地捏了一下。這種感覺真是太美妙了，我突然發現自己已經多久沒被人碰過了，任何人。在我還沒準備好之前，他就已經把手拿開了。我等著他再多說幾句話，也許開口問我要不要再約會？我只想要和羅尼·史蒂爾斯再度相約。我們的第一次約會是在整整三十六天以前，那依然是我成年生活裡最美好的一件事。

但是我什麼也沒等到。他只是轉向咖啡機，開始煮一壺新的咖啡。

「你最好趕快上樓去吧，」他說。「不然的話，車諾比就要對你投下炸彈了。」

我笑了——其實更像是一種狂笑／咳嗽。我是在和羅尼一起笑，而不是在嘲笑車諾兒，這樣笑當然沒什麼關係。

「和你說話真是愉快，」我對羅尼說。「也許我們可以下次再聊？」我試探性地問。

「當然，」他說。「我整個星期都會在這裡，哈哈。」「你當然會在這裡。」我實事求是地說。

「開玩笑的。」他眨了眨眼說道。

雖然我沒聽懂他的笑話，但是，我絕對明白眨眼的意思。我輕飄飄地離開吧檯，回到我的手推車旁邊。我可以聽到自己的心跳，那是一種興奮的跳動。

我推車經過大廳，一邊走，一邊朝著客人點頭。「謹慎有禮，雖然未必會受到注意，卻代表著客戶服務。」史諾先生經常這麼說。這是我長期以來培養的一種態度，雖然我必須承認這對我而言相當容易。我相信外婆在這方面給了我許多的教導，只不過這家飯店提供給了我實質的機會，來練習和完善這個原則。

今天早上，我帶著一股快樂的心情搭乘電梯上到四樓。我走向布雷克先生太太的套房，401號房。就在我準備敲門時，門打開了，布雷克先生從房間裡衝了出來。他身上穿著他註冊商標的雙排釦西裝，左胸前的口袋裡塞了一張紙，還露出了紙上兩個小小的花體字「契約」。他衝出門的力道差點就把我撞倒在地。

「不要擋路。」

他常常這樣——不是嚇到我就是無視於我的存在。「對不起，布雷克先生。」我說。「祝您有個愉快的一天。」

我用腳抵住房門，好讓門保持打開的狀態，不過，我還是決定要敲門。「打掃房間！」我喊道。

身穿浴袍的吉賽兒正坐在起居室的長沙發上，她的頭埋在雙手裡。她在哭嗎？我不太確定。她的頭髮——光滑、又長又黑——卻亂糟糟的。看到她的頭髮處於這種狀態讓我相當緊張。

「現在是我把你的套房恢復完美狀態的好時機嗎？」我問。

吉賽兒抬起頭。她的臉孔發紅，雙眼浮腫。她從玻璃桌面上拿起她的手機，跑進了浴室，重重地把浴室的門關上。我注意到她打開了風扇，我默默記下風扇發出了又吵又沉重的聲音。我得向維修部門報告這件事。接著，她打開了蓮蓬頭。

「好吧！」我在浴室門外大聲喊道。「如果你不介意的話，在你準備要好好度過今天的時候，我就把這裡打掃乾淨！」

沒有回答。

「我說，我會在房間裡打掃！既然你沒有確切回答我……」

還是沒有應聲。這種態度不像是吉賽兒的行為。每當我打掃她的套房時，她總是很健談。她會和我說話，在她面前，我感覺到某種我無法在別人身上感受到的感覺。我覺得很自在——就像和我外婆一起坐在家裡的沙發上一樣。

我再一次對她喊道：「我外婆總是說，打掃是讓自己好過一點的最好方法！如果你覺得難過的話，就拿起一支撣子，伙計！」

不過，在不斷發出的流水聲和轟轟的風扇聲下，她無法聽到我在說什麼。

我從起居室開始，一頭埋進了打掃工作裡。玻璃桌面上沾滿污漬和指紋。人們製造髒亂的癖好向來都讓我感到驚奇。我拿起我的阿摩尼亞瓶子開始工作，讓桌子回復到極致的晶亮。

我環顧著房間。窗簾是拉開的。還好，窗戶上並沒有佈滿指紋，這至少也算是幸事一樁。門口處的寫字檯上有一些打開著的信封。信封撕開的一角捲曲地被丟在了地上。我把它撿起來扔進垃圾桶。信封旁邊擺著吉賽兒那只有金色鍊子的黃色皮包。皮包看起來很貴重，但是，從她亂扔的方式來看，你絕對不會以為那是很有價值的東西。皮包上面的拉鍊是開著的，露出了一張航班的行程單。我不是那種會偷看的人，但是，我無法不留意到那是前往開曼群島的兩個單程航班。如果那是我的皮包，我一定會時時刻刻都拉上拉鍊，確保我的貴重物品不會掉出來。我把皮包對著那些信封平行擺正，並且把上面的鍊子全都順好。

我再度環視房間。地毯很明顯地被摧殘過了——兩邊的絨毛看起來都很凌亂，彷彿有人，布雷克先生或吉賽兒、或者他們兩人，曾經在上面來回踩踏過。我從我的備品車上取來吸塵器，一把插進插座裡。

「請包涵接下來的噪音！」我大聲說道。

我以直線的方式在房間裡使用著吸塵器，直到地毯上的絨毛又蓬鬆地挺立起來，活像是剛掃過的禪意花園一樣。在現實生活裡，我從來沒有真的去過任何一座禪意花園，不過，外婆和我常常並肩坐在我們起居室的沙發上一起去度假。

「我們今天晚上要去哪裡旅行？」她會問我。「和大衛．阿騰博洛去亞馬遜，或者和國家地理頻道去日本？」

那天晚上，我選擇了日本，結果，外婆和我認識了所有關於禪意花園的事情。當然，這是在她生病以前發生的事了。我再也沒有在扶手椅上旅行過了，因為我負擔不起有線電視，甚至連Netflix也負擔不起。就算我付得起這筆錢，也不可能像以前那樣和外婆一起坐在扶手椅上旅行了。

現在，當我坐在史諾先生的辦公室裡回想著我這一天的經歷時，我突然覺得吉賽兒今天早上在浴室裡停留了那麼久是多麼奇怪的一件事。那簡直就像是她根本不想和我講話一樣。

結束吸塵之後，我換到臥房裡。床上很亂，枕頭上也沒有小費，這點很讓人失望。我必須承認，我已經很習慣布雷克夫婦慷慨給出的小費了。他們幫我度過了過去的幾個月，因為，沒有了外婆的收入，以我現在單薪家庭的狀態，我確實很難付得起房租。

我掀起床單，俐落地把床鋪好，再把四個角像醫院的床單一樣地緊緊折好，然後把四顆枕頭完美恢復到飯店標準的蓬鬆狀態——兩顆偏硬，兩顆偏軟，先生和太太每邊各放兩顆。衣櫥的門是敞開的，不過，當我走過去要把門關上時，我卻沒有辦法關上，因為衣櫥裡面的保險櫃是打開的，因而卡住了衣櫥的門。我可以看到保險櫃裡有一本護照，而非兩本，還有看起來很像法律類的文件，以及幾疊的現金——嶄新的百元大鈔，總共至少有五疊。

即便對我自己，我也很難承認，不過，我確實處在財務的危機中。這不是什麼令我驕傲的事實，不過，保險櫃裡那一疊疊的現金卻在誘惑著我，我只能盡快地把臥房其他部分打掃乾淨——鞋尖正對前方，睡衣折疊好放在梳妝椅上等等，這樣我就可以離開臥室，然後很快地把套房裡的其他部分也都打掃乾淨。

我回到起居室裡，整理著酒吧區和小冰箱。五小瓶龐貝琴酒都不見了（我猜是她喝掉的），還有三瓶迷你威士忌也一樣（一定是他喝的）。我把缺了的酒都補齊，然後清空了每一個垃圾桶。

我聽到蓮蓬頭終於被關上了，風扇也是。然後，我毫無疑問地聽到了吉賽兒啜泣的聲音。她聽起來很傷心，因此，我大聲表示套房已經清掃乾淨了，然後從我的手推車上拿來一盒面紙，等在浴室門外。

最終，她出來了。她裹著一件飯店的蓬鬆白色浴袍。我一直都很好奇，那種浴袍穿起來是什麼感覺；一定像是被一朵雲抱住的感覺吧。一條浴巾完美地盤旋在她頭上，就像我最喜歡的東西一樣——冰淇淋。

我把面紙盒遞給她。「你需要面紙幫你解決問題嗎？」我問。

她嘆了一口氣。「你真貼心。」她對我說道。「但是，面紙解決不了我的問題。」

她繞過我身邊，走進了臥室。我可以聽到她在她的大衣櫥裡翻找東西。

「你沒事吧？」我問。「有什麼我幫得上忙的嗎？」

「今天不用了，茉莉。我沒有力氣。好嗎？」

她的聲音聽起來不太一樣，像個洩了氣的輪胎，如果輪胎會講話的話，不過，除非是在卡通裡，否則輪胎當然不會講話。在我看來，她顯然很沮喪。

「好吧，」我用一種歡快的聲音對她說。「我現在可以打掃你的浴室嗎？」

「不行，茉莉。很抱歉，現在不行。」

我並沒有覺得她是在針對我。「那我稍後再回來打掃？」

「好主意。」她說。

我對她的讚美屈膝行禮了一下，然後便推著我的手推車走出了房門。

接著，我在那層樓打掃了其他的房間和套房，並且在打掃的時候覺得越來越不安。吉賽兒發生了什麼事？一般來說，她會和我聊她那天打算去哪裡，打算做什麼。她會徵詢我的意見，看她應該穿哪一件衣服才好。她會說一些令人愉快的話：「房務員茉莉，沒有人和你一樣。你是最棒的，永遠不要忘了這一點。」我的臉龐會因此感到一絲暖意。她每一句友善的話，都會讓我的心感到打開了一點點。

忘了給我小費也不像是吉賽兒會做的事。

我們時不時都會遇到不順心的一天，我聽到外婆在我的腦子裡這麼說。但是，如果日子一直都過得不順，沒有一天讓人愉快的話，那就是需要重新思考的時候了。

當我往前走過幾間房，準備去打掃陳氏夫婦的房間時，車諾兒剛好要進去。

「我正打算要幫忙你把髒床單拿到樓下。」她說。

「沒關係，我自己來。」我說著，推著我的手推車經過她旁邊。「不過，謝謝你的好心。」

我用門卡打開房門走進去，並且讓房門在她那張糾結的臉前面猛然地關上。

陳氏夫婦臥室的枕頭上放著一張嶄新的二十元鈔票。那是給我的。是對我的工作、對我的存在，以及對我的需要所表達的一種認同。

「真慷慨，車諾兒。」我一邊把鈔票折疊好塞進我的口袋，一邊大聲地說著。當我打掃的時候，我幻想著我會做的每一件事——把漂白劑噴到她的臉上、用浴袍的腰帶勒住她的脖子、把她從陽台上推下去——如果我當場人贓俱獲地抓到車諾兒從我的任何一間房間裡偷走小費的話。

3

當我乖乖地坐在史諾先生辦公室裡會吱吱叫的紅褐色高背皮椅上時，我聽到走廊上傳來一陣走向史諾先生辦公室的腳步聲。我不知道自己在這裡坐了多久——感覺上像超過了一百二十分鐘——雖然我盡了最大的能耐想要藉由思緒和回想來分散自己的注意力，但是，我的神經卻越來越緊張。史諾先生走進了辦公室。「茉莉，謝謝你的等待。你很有耐心。」

直到此時，我才注意到他身後還有一個人，一個身穿暗藍色衣服的人。那個人往前踏出一步。是個警察，一名女警。她很高大、壯碩，還有像運動員一樣的寬肩。她的眼睛裡有某種我不喜歡的感覺。我很習慣人們忽略我的存在，或者只是環顧我的四周，然而，這名警官卻直視著我——我能說她的目光穿透我嗎？——而且是以一種讓人很不舒服的態度。我手裡的茶杯已經冷到像石頭一樣了。我的雙手也同樣冰涼。

「茉莉，這位是史塔克警探。警探，這是茉莉．葛雷。就是她發現布雷克先生的。」

我不確定和警察打招呼需要遵守的禮儀是什麼。史諾先生曾經訓練過我要如何和商務人士、國家元首和IG明星打招呼，但是，他從來都沒有提過要怎麼和警探打招呼。我必須得靠自己的機智和我對神探可倫坡的記憶了。

我站起身，然後意識到茶杯還在我的手裡。於是，我快步走到史諾先生的桃花心木辦公桌旁邊，這樣我才可以把茶杯放下來，但是，桌上並沒有杯墊。我瞥見辦公室另一頭那座塞滿華麗書籍的櫃子裡有一些杯墊，那些皮革封面的書看起來需要花很多力氣才能清乾淨，不過應該也會帶來很大的滿足。我拿起一個杯墊，走回史諾先生的桌子旁邊放下來，然後把杯墊推到桌子的角落，再把我那只印著玫瑰花的茶杯放在杯墊上，小心翼翼地不讓杯子裡冷掉的茶濺出任何一滴。

「好了，」說完，我才走向那名警探，迎向她銳利的目光。「警探。」我像電視劇演的那樣開口，並且把一隻腳放到另一隻腳後面行了個屈膝禮，再禮貌地點了點頭。

警探看了一眼史諾先生，然後又把目光挪回我身上。

「今天對你來說真是個可怕的日子。」那個警探對我說。我並不覺得她聲音裡缺乏溫暖。

「噢，也沒有那麼可怕，」我回答她。「我剛才在腦子裡想過了一遍。今天大部分的時候都還滿愉快的，直到大約三點左右。」

那名警探又看了史諾先生一眼。

「嚇到，」他說。「她被嚇到了。」

也許史諾先生說得沒錯。下一個閃進我腦子裡的想法似乎讓我急需要說出口。「史諾先生，謝謝你的茶和可愛的奶油餅乾。是你拿給我的嗎？還是別人拿來的？我真的很喜歡。我可以問一下，那個奶油餅乾是什麼牌子的嗎？」

史諾先生清了清喉嚨，然後說道：「那是我們自己的廚房做的，茉莉。我會很樂意下次再拿一些給你。不過現在，我們有重要的事情要討論。現在，史塔克警探有幾個問題要問你，因為你是第一個發現布雷克先生……發現他……」

「死在床上。」我試著幫他說完。

史諾先生低下頭看著自己擦得發亮的鞋子。

那名警探把手臂交叉在胸前。我確實相信她的眼神煞有寓意地盯住了我的雙眼，不過，我不確定那是什麼寓意。如果外婆在這裡的話，我就可以問她了。可是，她並不在這裡。她再也不會出現在這裡了。

「茉莉，」史諾先生又說。「不管怎樣，你都沒有惹上麻煩。不過，警探想要把你當成目擊者來和你聊一下。也許，你有留意到現場的什麼細節，或者今天發生的什麼事情，那對警方的調查會有所幫助。」

「調查，」我問他。「你假定你知道布雷克先生是怎麼死的？」

史塔克警探清了清喉嚨。「目前，我們並沒有假定任何事。」

「真是明智。」我說。「所以，你不認為布雷克先生是被謀殺的？」

史塔克警探瞪大了眼睛。「呃，他比較可能是死於心臟病發作，」她說。「他的眼睛周圍有一些符合心搏停止的點狀出血。」

「點狀出血？」史諾先生問道。

「眼睛四周的細微瘀血。通常發生在心臟病發的時候，不過，這也可能是……其他的原因。在這個節骨眼上，我們什麼都還不確定。我們會進行徹底的調查來排除謀殺的可能性。」

這句話讓我想起外婆曾經說過一個很好笑的笑話：一場被雞鴨演得亂七八糟的哈姆雷特叫做什麼？那就叫做家禽劇場❶。

這個回憶讓我不由得牽動嘴角笑了出來。

「茉莉，」史諾先生立刻說道。「你知道這件事有多嚴重嗎？」他的眉頭都打結了，我這才意識到自己做了什麼事，我的笑容被誤解了。

「我道歉，老闆，」我向他解釋。「我只是想到了一個笑話而已。」

那個警探把胸前的手放下來，扠在兩側的髖骨上。她再一次地用她那種眼神瞪著我。「我要帶你到警察局去，茉莉。」她對我說。「我們需要記錄你的證人證詞。」

「那恐怕不可能，」我告訴她。「我的班還沒結束，而且史諾先生也會期待我把我分內的清潔工作做完。」

「噢，沒關係的，茉莉，」史諾先生立刻表示。「這是特殊情況，我堅持你得要幫忙史塔克警探。我們會按照一個正常的班給付你的，這點你就不用擔心了。」

聽到史諾先生這麼說讓我鬆了一口氣。因為就我目前的財務狀況而言，我根本無法承擔得起薪水被扣。

「你人真好，史諾先生，」我才說完，立刻又想到了另一件事。「所以，我並沒有惹上什麼麻煩，對不對？」

「沒有，」史諾先生回應道。「對吧，警探？」

「沒有，完全沒有。我們只是需要知道你今天看到了什麼，注意到了什麼，特別是在事發現場。」

「你是指布雷克先生的套房？」

「對。」

「當我發現他死了的時候？」

「呃，對。」

「我明白了。我應該把我用過的杯子拿到哪裡去，史諾先生？我很樂意把它送回廚房。『絕對不可以留下任何髒亂被客人發現。』」

我引用的是史諾先生最近在專業培訓討論會上所說的話，不過，哎呀，他並沒有留意到我機智的回答。

「不用擔心杯子了。我會處理的。」他說。

於是，那個警探帶著我走出史諾先生的辦公室，穿過麗晶大飯店恢宏的前廳，從飯店的公務門走了出去。

❶ fowl play（家禽劇場）與 foul play（謀殺）同音。

4

我在警察局裡。我既不在麗晶大飯店，也不在我外婆的公寓裡，這種感覺很奇怪。我沒有辦法把那間公寓稱作「我的公寓」，不過，我想它現在是我的了。只要我付得出房租，它就是我的，而且也是我獨自一個人的。

現在，我置身於一個我從來沒有到過的地方，一個我今天完全沒有預期會來到的地方——一間白色的、磚塊砌成的小房間，房間裡只有兩張椅子，一張桌子，左上角還有一架攝影機，正在對著我閃著紅光。雖然我一直都很欣賞在裝潢上和服裝上使用亮白色，但是，眼前這種風格肯定行不通。只有在房間乾淨的時候，白色才顯得好看。然而，毫無疑問的：這間房間完全談不上乾淨。

也許這是一種職業病：我會看到別人看不到的髒污。牆上那些可能是黑色皮箱摩擦到的污漬，我面前的白色桌上被咖啡渲染出兩個棕色的環形痕跡。門把上那堆灰色的拇指印，還有某個警官潮濕的靴子留在地板上的幾何圖形。

史塔克警探在幾分鐘前把我留在了這間房間裡。我們來警察局的一路上很愉快。她讓我坐在前座，那讓我很感激。我不是罪犯，謝謝你，所以沒有必要像罪犯一樣地對待我。在開車的途中，她試著要和我閒聊。不過，我不擅長和別人聊天。

「你在麗晶大飯店工作多久了？」她問我。

「到現在為止大概四年十三週又五天吧。我可能請過一天假，不過也就那一天而已。如果你有日曆的話，我還可以告訴你是哪一天。」

「不用了。」她緩緩地搖頭搖了好幾秒鐘。我想，那意味著我提供了太多的訊息。史諾先生教過我「KISS」的原則，不是你想的那樣。KISS是保持簡單、愚笨的縮寫。我得要說清楚的是，他並非認為我很愚笨。他是在說，我有時候會解釋過頭，而我也明白那可能會讓別人覺得很煩。

當我們抵達警察局的時候，史塔克警探和櫃檯打了招呼，那樣做讓我覺得她人很好。每當所謂的上級適度地和他們的員工打招呼時，都會讓我覺得很欣賞——每個人都適用一般的禮儀，沒有地位高低之分，我外婆通常會這麼說。

我們走進警察局之後，警探就把我帶到了這間位於警局後面的小房間。

「在我們開始聊之前，你有什麼需要嗎？要來杯咖啡嗎？」

「茶？」我問。

「我看看我能弄到什麼。」

現在，她手裡拿著一個塑膠杯回來了。「抱歉，這間警局裡沒有茶。所以，我倒了一杯水給你。」

一個塑膠杯。我討厭塑膠杯。因為它會發出吱吱作響的聲音。因為髒污會沾黏在上面。因為即便只是指甲輕輕地刮過，也會在上面留下永久的痕跡，不過，我知道要有禮貌。我不會小題大作。

「謝謝你。」我對她說。

她清了清喉嚨，然後在我對面的椅子上坐下來。她拿了一本黃色的記事本和一支原子筆，原子筆的頂端還有牙齒咬過的痕跡。我下令自己的腦子不要去想那支筆的頂端聚集了多少細菌。她把記事本放在桌上，原子筆則放在本子旁邊。她往後靠在椅背上，用她那種穿透性的目光看著我。

「你沒有惹上什麼麻煩，茉莉。」她說。「我只是要你知道這點。」

「我很清楚。」我說。

那本記事本歪了，大約還差四十七度，才能和桌角構成一個正方形。在我來得及阻止自己之前，我的手已經伸出去矯正這個缺陷，把記事本調整到和桌子平行的角度。原子筆也歪了，不過，這個地球上沒有什麼壓力量大到足以讓我去碰它。

史塔克警探看著我，她的頭斜向一側。這麼說可能有點不厚道，不過，她看起來很像一隻大狗，正在傾聽樹林裡發出的聲音。最後，她終於又開口了。

「我覺得史諾先生對你的看法似乎是對的，他說你被嚇到了。受到震驚的人無法表達他們的情緒是很正常的。我以前也見過。」

史塔克警探完全不了解我。我猜，史諾先生並沒有告訴她太多關於我的事。她認為我的行為很奇怪，她認為我因為發現布雷克先生死在了他的床上而心情不佳。稍早的時候，我是嚇到了，而且心情確實也不好，不過，我現在已經比幾個小時前要好多了，而我也很確定自己的行為很正常。

我真正想要的是回家，好好地幫自己沖杯茶，也許傳簡訊給羅尼，告訴他今天發生的事情，希望他會因此而安慰我，或者主動提出要和我約會。如果我沒有發簡訊給他的話，我也沒有什麼損失。也許我會洗個澡，讀一下阿嘉莎．克莉絲蒂的小說——外婆有很多她的著作，每一本我都不止看過一次了。

我決定不要對她透露我的這些想法。在不完全欺騙的前提下，我盡可能地同意史塔克警探所說的話。「警探，」我對她說。「你說我受到驚嚇也許是對的，如果你覺得我不在狀況內的話，我也感到很抱歉。」

「這完全可以理解。」她說著，嘴唇往上牽動，露出了一絲微笑——至少，我認為那是一個笑容？我不太確定。

「我想要問你，你今天下午進入布雷克夫婦的套房時看到了什麼。你有看到什麼不恰當或者不尋常的事？」

在我每天和每一次輪班的時候，我都會遇到一堆「不恰當」或者「不尋常」的事——不是只有在布雷克的套房。今天，我在三樓的一間客房裡看到一支窗簾杆從鉸鍊上脫落了；一只輕便的爐子明目張膽地違反了飯店規定，擺在四樓一間浴室的洗手台上；六個咯咯笑的女士企圖要把充氣床墊藏在一間只能住兩個人的客房床底下。我也盡職地把這些違法規定的行為都上報給了史諾先生——還不止以上這幾件。

「你對麗晶大飯店的高標準所呈現的忠誠，真的是永無止境。」史諾先生雖然這麼說，但是他的臉上卻沒有笑容。他的嘴唇只是保持著一條水平的直線。

「謝謝。」我對自己的這些報告感到很舒暢。

我考量著警探真正想知道的是什麼，以及我已經準備好要透露些什麼。

「警探，」我對她說。「今天下午，當我進入布雷克夫婦的套房時，房間裡就和平常一樣混亂。沒有什麼不尋常的事，除了床頭櫃上的那些藥丸以外。」

我可以提出這一點，因為即便是最笨的調查員到了現場之後也會注意到這件事。我不想討論的是其他的事情——地板上的浴袍、打開的保險箱、不見了的鈔票、航班的行程表、吉賽兒的皮包在我第二次進房的時候已經不見蹤影，還有我在布雷克先生臥室那面鏡子裡看到的東西。

我看了太多的謀殺懸疑小說，我知道主嫌可能會是誰。妻子通常都是名單上的榜首，而我最不想要做的事，就是把任何疑慮加在吉賽兒身上。她在這件事裡沒有什麼過錯，而且她是我的朋友。我為她感到擔心。

「我們正在檢查那些藥丸。」警探告訴我。

「那是吉賽兒的。」我不由自主地說道。我無法相信她的名字就這樣從我嘴裡脫口而出。也許我真的受到了驚嚇，因為我的思緒和我的嘴巴並沒有配合好，不像我平時那樣。

「你怎麼會知道那些藥丸是吉賽兒的？」警探依舊在她的記事本上寫字，頭也不抬地問我。

「那個瓶子上並沒有標籤。」

「我之所以知道是因為我會處理吉賽兒所有的洗漱用品。當我清掃浴室的時候，我會把她的東西都排好。我喜歡把它們按照高矮順序排整齊，雖然，我有時候會先確認客人是不是偏好其他的整理方式。」

「其他的整理方式。」

「對，例如化妝品、藥品、女性衛生用品……」

史塔克警探微微張開了嘴。

「或者除毛用具、保濕乳液、護髮素。你明白嗎？」

她沉默了很久。她看著我的樣子好像我是個蠢蛋一樣，雖然很明顯地，她才是那個不懂我這些簡單邏輯的人。事實上，我之所以知道那些藥丸是吉賽兒的，是因為我不止一次在打掃她房間的時候，看到她把藥丸丟進嘴裡。有一次，我甚至還問過她。

「這些？」她告訴我。「這些藥丸在我激動的時候可以讓我冷靜下來。你要來一顆嗎？」

我很有禮貌地婉拒了。藥品只適用來控制疼痛，我很清楚知道濫用藥品會發生什麼事。

警探繼續往下問她的問題。「當你進到布雷克的套房時，你直接就走到了臥室嗎？」

「不是。」我回答她。「那樣就違反規定了。首先，我會先告知我到了，因為套房裡也許會有人在。事實證明，我的猜測完全正確。」

警探看著我，什麼也沒說。

我等了一下，才接著說：「你沒有把那個寫下來。」

「把什麼寫下來？」

「我剛才說的話。」

她給了我一個深不可測的表情，然後拿起她那支潛藏瘟疫的筆，把我說的話記了下來，然後在她寫完的時候，用力地把筆放在她的記事本上。「然後呢？」她問。

「呃，」我接著說道。「如果沒人回答的話，我就會大膽地走到起居室，起居室通常都很亂。我想要打掃，不過，我想我應該要先看看套房裡的其他地方才對。所以，我走進臥室，發現布雷克先生在床上，看起來好像在休息一樣。」

當她記錄著我的話時，她的原子筆蓋在書寫下帶著威脅地朝我擺動著。「繼續。」她提示我往下說。

我向她解釋我是如何走到布雷克先生的床邊，檢查他的呼吸，看看是否有脈動，不過卻發現什麼也沒有，以及我是如何打電話到樓下的櫃檯求助。在一定的程度上，我把這些都告訴她了。

現在，她很努力地在記錄，偶爾會停下來，用嘴咬著那支沾滿細菌的筆看著我。

「告訴我，你很了解布雷克先生嗎？除了打掃他們的套房之外，你曾經和他說過話嗎？」

「沒有，」我回答她。「布雷克先生總是很冷漠。他喝很多酒，而且他好像不太喜歡我，所以，我也盡可能地和他保持距離。」

「那吉賽兒・布雷克呢？」警探又問。

我想到了吉賽兒，想到了我們交談的那些時光，以及我們共享的那些秘密，她的和我的。那就是友誼建立的方式，每次都分享一個小小的真相。

我回想著第一次的互動，那是好多個月以前的事了。我曾經打掃過布雷克夫婦的套房好幾次，但是，我從來沒有真的見到過吉賽兒。那天早上，大約九點半左右，我敲了他們的房門，吉賽兒前來應門讓我進去。當時，她穿著一件粉紅色的晨衣，好像是緞子還是絲綢的質料。深色的長髮像波浪一樣完美地披瀉在她的肩膀上。她讓我聯想到黑白電影裡那些年輕的女星，外婆和我曾經在無數個傍晚一起欣賞過那些電影。不過，吉賽兒身上還有一種很現代的感覺，她彷彿連接了兩個世界。

她讓我進到房間裡，我也向她表示謝意，然後拉著我的房務推車進到房裡。

「我是吉賽兒・布雷克。」她對我說著，伸出了她的手。

我不知道該怎麼做。大部分的客人都會避免碰觸到房務員，特別是我們的手。他們把我們和別人的髒污聯想在一起——但是從來不會聯想到他們自己的髒污。然而，吉賽兒卻沒有這麼想。她很不一樣；她向來都與眾不同。也許那就是為什麼我這麼喜歡她的原因。

我很快地在手推車上的一條乾淨毛巾上擦了擦手，然後才伸出手去握她的手。「很高興認識你。」我對她說。

「你的名字是？」她問道。

我再度感到了不知所措。客人很少會問我叫什麼名字。「茉莉。」我小聲地回答，然後對她屈膝行禮。

「清潔工茉莉！」她說。「這太爆笑了。」

「是啊，夫人。」我只是低頭看著自己的鞋子。

「噢，我不是夫人。」她說。「我不當夫人有一陣子了。叫我吉賽兒就好。很抱歉，你每天都得清掃這個糞坑。我們實在有點髒亂，我和查爾斯。不過，在你來過之後，只要一開門就可以看到一切都煥然一新，這種感覺真是太棒了。那就好像每天都獲得重生一樣。」

我的工作被注意到了，被認同了，被感謝了。在那一瞬間，我不再是隱形的了。

「我很樂意為你服務……吉賽兒。」我說。

她笑了，那個大大的笑容蕩漾在她那雙貓一般的綠眼睛裡。

我感到血液湧上了臉頰。我不知道自己接下來該做什麼，該說什麼。我不是每天都能和這種身分的客人真正地說上話。此外，我的存在也不是每天都會有客人注意到。

我拿起我的羽毛撣子，準備開始打掃，然而，吉賽兒卻繼續了這段對話。

「告訴我，茉莉，」她說。「當個房務清潔人員，每天要幫像我這樣的人打掃是什麼感覺？」

從來都沒有客人問過我這個問題。在史諾先生教我們的專業培訓課程裡，其中的服務禮儀篇並沒有涵蓋這個問題的答案。

「這是很辛苦的工作，」我回答她。「不過，我覺得把房間恢復原狀，然後不留一絲痕跡地離開、消失，是一件很愉快的事情。」

吉賽兒在長沙發上坐下來。她用手指捲繞著一小撮她那栗色的頭髮。「聽起來真是不可思議，」她說。「可以像那樣不被人看到、像那樣消失。我沒有隱私，沒有自己的生活。我所到之處，都有攝影機對著我的臉。我的丈夫是個大亨。我一直以為當上有錢人的妻子就能解決我所有的問題，但是，結果並非如此。完全不是如此。」

我說不出話來。什麼才是適當的反應？我沒有時間去想，因為吉賽兒又開始講話了。「基本上，茉莉，我要說的是，我的生活糟透了。」

她說著從沙發上起來，走到迷你酒吧區，拿了一小瓶龐貝琴酒，然後倒到一只玻璃杯裡。她端著酒杯走回來，重重地又坐回長沙發上。

「每個人都有問題。」我說。

「噢，真的嗎？你的問題是什麼？」

又一個我沒有準備的問題。我記起了外婆的建議——誠實就是上策。

「呃，」我開口說道。「我可能沒有丈夫，但是我曾經有過一個男朋友，因為他，我現在有了財務上的問題。我的男友……他居然是……呃，是個壞蛋。」

「一個男友。一個壞蛋。你知道你說話很好笑嗎？」她喝了一大口酒。「像個老太太。或者女王。」

「那是因為我外婆的關係。」我告訴她。「她把我養大。正式來說，她沒有受過太多教育——她只念到高中，她一輩子都在幫人打掃房子，直到她生病為止。不過，她都自學。她很聰明。她相信三件事情——禮儀、語言的藝術、學識。她教了我很多。事實上，她教了我所有的一切。」

「呼。」吉賽兒發出一聲驚嘆。

「她相信人要有禮貌，而且要尊重別人。你的身分地位並不重要。重要的是你的行為舉止。」

「是啊。我懂。我想，我會喜歡你外婆的。還有，她教你那樣說話的嗎？像窈窕淑女裡的伊萊莎那樣？」

「我想是吧。」

她又從長沙發上站起身，走到我的面前，高高地抬起下巴，然後看著我。

「你的皮膚真是太好了。就像瓷器一樣。我喜歡你，清潔工茉莉。你有點奇怪，但是我喜歡你。」說完，她溜進了臥室裡，等她再出來時，手上多了一個棕色的男性皮夾。她在皮夾裡翻了一下，然後抽出一張新的百元大鈔。她把鈔票放到我的手裡。

「給你。」她說。

「不，我不可能——」

「他不會注意到少了一張鈔票。就算他注意到，他又能怎麼樣，殺了我嗎？」

我低頭看著手中的鈔票，平整簇新，像羽毛一樣輕盈。「謝謝你。」我沙啞地擠出一點聲音向她致謝。這是我所收到過最大的一筆小費。

「沒什麼。不用謝了。」她回答我。

我們就是這樣開始的，吉賽兒和我之間的友誼。這份友誼隨著她每一次的下榻持續成長。一年的時間讓我們變得很親近。她有時候會讓我幫她跑腿，這樣，她就不需要面對經常守在飯店大門外的狗仔隊。

「茉莉，我今天過得很不如意。查爾斯的女兒說我是個淘金的人，而他的前妻則說，我對男人的品味很差。你可以偷偷出去幫我買烤肉口味的薯片和可樂嗎？查爾斯討厭我吃垃圾食品，不過，他今天下午出去了。這個給你。」說著，她給了我一張五十元鈔票，當我把東西帶回來給她時，她總是會說同一句話：「你最好了，茉莉。零錢你就留著吧。」

她似乎了解到我並不總是知道怎樣才算是正確的行為舉止，或者應該要說些什麼話。有一次，我在慣常的時間來到她的房間打掃，當時，布雷克先生正坐在房門口的寫字檯邊，一邊看著文件，一邊抽著一根很臭的雪茄。

「先生。現在是我將你的房間恢復完美狀態的好時間嗎？」我問他。

布雷克先生從他的眼鏡上方看著我。「你覺得呢？」他反問我，然後像一隻龍一樣地朝著我的臉吐了一口煙。

「我想是的。」我回答他，然後打開了我的吸塵器。

吉賽兒突然從臥室裡衝出來。她用手臂搭住我，示意我把吸塵器關掉。

「茉莉，」她說。「他是想要告訴你，現在完全不是打掃的時候。他想要叫你滾蛋。」

我覺得很可怕，彷彿自己是個傻瓜一樣。「很抱歉。」我說。

她抓住我的手。「沒事的，」她小聲地對我說，這樣，布雷克先生就不會聽到。「你又不是故意的。」她看著我走到門口，然後在幫我把門打開，好讓我可以把我的手推車和我自己推出套房之前，用嘴型無聲地對我說了一句，對不起。

吉賽兒就是這麼好。她並沒有讓我覺得自己很蠢，反而幫助我理解事情。「茉莉，你和人們站得太近了，你知道嗎？當你和別人講話時，你得要往後退一點，不要站在人家的正前面。你要想像你和別人之間隔了你的手推車，即便你的手推車並不是真的在那裡。」

「像這樣嗎？」說著，我站到一個我認為正確的距離。

「對！完全正確，」她說著抓住我的雙臂，捏了一下。「除了我或者另一個親近的朋友，不然的話，你以後一定要和別人保持這樣的距離。」

另一個親近的朋友。她並不知道，她是我的一個、而且也是唯一的一個親近的朋友。

有時候，當我在打掃套房的時候，我會有一種感覺，覺得她雖然嫁給了布雷克先生，但是，她很寂寞，而且渴望我的陪伴，就像我渴望她的陪伴一樣。

「茉莉！」有一天，她穿著絲質的睡衣在門口大叫著和我打招呼，雖然當時都已經快要中午了。「我好高興你來了。快點把房間打掃好，然後，我們就可以來個大改造。」她高興地拍著手。

「不好意思？」我對她說。

「我要教妳怎麼化妝。你真的很漂亮，茉莉，你知道嗎？你的皮膚太完美了。但是，你深色的頭髮讓你看起來很蒼白。而且問題是，你根本不努力。你得要強調你與生俱來的東西。」

我很快地把套房打掃乾淨，不偷工減料的話實在很難快速地完成打掃，但是，我還是試著做到了。當時已經是午餐時間了，因此，我想休息一下應該無妨。吉賽兒叫我坐在臥室外面走廊上的洗手台邊。然後拿出她的化妝箱——我很清楚那是她的化妝箱，因為我每天都會重新整理她的化妝品，把她打開沒有蓋回去的所有蓋子都蓋好，並且把每條管子或容器放回它們應有的位置。

她捲起睡衣的袖子，把她溫暖的手放在我的肩膀上，然後看著鏡子裡的我。那真是一種美好的感覺，她的雙手停放在我的肩上。那讓我想起了外婆。

她拿起她的梳子，開始幫我梳頭髮。「你的頭髮就像絲綢一樣，」她對我說。「你有把頭髮燙直嗎？」

「沒有，」我回答她。「不過我有洗頭。很常洗，而且洗得很徹底。所以我的頭髮很乾淨。」

她咯咯地笑著說：「當然很乾淨。」

「你是在和我一起笑，還是在笑我？」我問她。「你知道，這有很大的差別。」

「噢，我知道，」她告訴我。「我自己就是個笑柄。我是在和你一起笑，茉莉。我絕對不會嘲笑你。」

「謝謝你，」我對她說。「我很感激。樓下那些櫃檯人員今天就嘲笑我。是關於他們幫我取的新綽號。說真的，我不是很懂。」

「他們叫你什麼？」

「倫巴，」我回答她。「外婆和我以前會收看與星共舞，倫巴是很活潑的雙人舞。」

吉賽兒皺了皺眉。「我想他們指的不是跳舞，茉莉。我想，他們指的是家用吸塵器輪巴，就是那個機器人吸塵器。」

我終於明白了。我低頭看著放在腿上的雙手，這樣，吉賽兒就不會注意到我眼眶中的淚水。但是我沒有成功。

她不再幫我梳頭髮，轉而把手再度放在我的肩膀上。「茉莉，不要理他們。他們是白痴。」

「謝謝你。」我說。

當吉賽兒幫我在臉上上妝時，我僵硬地坐在椅子上，看著鏡子裡的自己和吉賽兒。我很擔心會有人走進來，看到我坐在房間裡，讓吉賽兒．布雷克幫我化妝。在史諾先生的專業培訓討論會裡，從來都沒有提到過當客人讓你處於這種狀態的時候應該如何應對。

「閉上眼睛。」吉賽兒說著，用手抹過我的雙眼，然後用一塊新的化妝棉，在我的整張臉上輕拍上酷炫的粉底。

「告訴我一件事，茉莉，」她又說。「你一個人住，對嗎？你自己一個人生活？」

「現在是的，」我回答她。「外婆在幾個月前死了。在那之前，只有我們兩人一起生活。」

她拿起一個粉盒和一支粉刷，準備刷在我的臉上，但我阻止了她。「乾淨嗎？」我問。「那支刷子？」

吉賽兒嘆了口氣。「是的，茉莉。很乾淨。你不是世界上唯一一個會消毒東西的人，你知道嗎？」

這點讓我很高興，因為這確定了我心裡知道的事情。吉賽兒和我是那麼地不同，然而，基本上，我們卻又那麼地相像。

她開始把刷子刷在我的臉上。感覺就像我的羽毛撢子一樣，不過卻是一根迷你的撢子，宛如在幫我的臉頰撢去灰塵的一隻小麻雀。

「很辛苦吧，一個人那樣生活？天啊，我一定做不到。我不知道我要如何一個人過日子。」

是很辛苦。每當我回家的時候，我依然會和外婆打招呼，儘管我知道她已經不在那裡。我每天都可以在腦子裡聽到她的聲音，聽到她在公寓裡走來走去的腳步聲。大部分的時候，我都懷疑那算不算正常，或者是我的腦子發昏了。

「是很辛苦，但是你會習慣。」我告訴她。

吉賽兒停下手上的動作，和我的目光在鏡子裡交會。「我嫉妒你，」她說。「可以像那樣繼續過日子，有膽量可以完全獨立，而不在乎別人怎麼想。還可以大剌剌地走在街上不被人搭訕。」

她完全不知道我有多麼掙扎，她完全不懂。「生活並不總是一帆風順的。」我說。

「也許不是，不過，至少你沒依賴任何人。查爾斯和我？從外表看起來，我們好像很光鮮亮麗，但是有時候……有時候卻並非如此。而且，他的孩子討厭我。他們和我年齡相仿，我承認這感覺確實有點奇怪。他的前妻？她對我好到很詭異，那實在糟透了。前幾天她才來過這裡。你知道，在查爾斯聽不到的時候，她立刻就對我說了什麼嗎？她說：『在你還有辦法的時候離開他。』最恐怖的是，我知道她是對的。有時候，我會懷疑自己做的選擇是否正確，你知道嗎？」

「事實上，我知道。」我回答她。「我自己就做了錯誤的選擇——威爾伯——那是我每一天都感到後悔的事。」

吉賽兒挑選了一些眼影。「再把眼睛閉上。」我照著她的話做。吉賽兒一邊繼續她手上的工作，一邊說道：「幾年前，我有一個目標，那也是我唯一的目標。我希望能遇到一個會照顧我、而且讓我傾心的有錢男人。後來，我遇見了一個女孩——我們就稱她為我的導師吧。她教我應該怎麼做。我去了所有對的地方，買了幾套對的衣服。『只要相信，你就會得到。』她常常這麼說。她曾經和三個不同的男人結婚，也離了三次婚，並且從每個男人身上得到了他們一半的淨身價。是不是很不可思議？她安定了下來。她在聖托佩茲有一幢房子，在尼斯海邊也有一棟房子。她一個人住，還有一個女傭、一個廚子和一個司機。沒有人告訴她她應該做什麼。沒有人對她頤指氣使。我可以為了得到那樣的生活不惜一切。誰不會呢？」

「我可以睜開眼睛了嗎？」我問。

「還不行。不過，快好了。」她換了一支薄一點的刷子，輕輕地刷在我的眼皮上。

「至少，沒有男人會告訴你你要做什麼，一個偽君子的男人。查爾斯背著我偷腥，」她說。「你知道嗎？只要我看別的男人一眼，他就醋勁大發，但是，他自己卻在不同的城市有兩個情婦。而那兩個還只是我知道的而已。他在這裡也有一個。當我發現的時候，我真想掐死他。他花錢封了那些狗仔的嘴，讓他們不會洩漏實情。在他這麼做的同時，我卻得要對他報告我的行蹤，只要我離開這間套房，就必須向他報告我要去哪裡。」

我睜開眼睛，在我的椅子上坐直。知道布雷克先生的這些事讓我感到非常地沮喪。「我討厭騙子，」我說。「我討厭他們。他不應該那樣對待你。那是不對的，吉賽兒。」

她的手依舊很靠近我的臉龐。她睡衣的袖子被捲高到露出了手肘。從那個角度，我可以看到她手臂上的瘀青，當她往前傾的時候，她的上半身動了一下，我也在她的鎖骨上看到了一道藍色和黃色的痕跡。

「你是怎麼弄成那樣的？」我問她。那最好要有一個完美的解釋。

她聳聳肩。「就像我說的，查爾斯和我之間並非總是那麼完美。」

我感到胃裡升起一股熟悉的翻攪，苦澀和憤怒的泡沫正在平靜的表面下蠢動，那是一座我不會讓它爆發的火山。還不能爆發。

「你值得更好的對待，吉賽兒。」我說。「你是個好蛋。」

「得了，」她說。「我沒那麼好。我試過，但是有時候……有時候要做到那麼好真的很難。要把事情做對真的很難。」她從她的工具裡選了一支血紅色的唇膏，開始塗在我的嘴唇上。

「不過，有件事情你說得沒錯。我值得更好的對待。我值得擁有一個對的男人。而且，我終究也會讓這件事成真。我正在努力中。相信就會得到，對嗎？」她放下唇膏，從洗手台上拿起一個大沙漏。我太常看到那個沙漏了。我曾經用阿摩尼亞擦亮它玻璃的曲身，用金屬清潔劑清潔黃銅的部分，讓它的閃亮程度能達到極致。那是一個很美的東西，經典又優雅，不管只是觸摸還是握在手裡，都是一種享受。

「你看到這個沙漏計時器了嗎？」她說著，把沙漏拿到我面前。「我遇到的那個女人，我的導師？這是她給我的禮物。她給我的時候，這裡面是空的，她叫我把我最喜歡的沙灘上的沙裝進去。我對她說：『我很快就要去海邊了嗎？』

「結果證明她說對了。過去這幾年，我去了很多的海灘。即便在我遇到查爾斯之前，我就已經和別人去過了很多的海灘——法國的蔚藍海岸、玻里尼西亞、馬爾地夫、開曼群島。開曼群島是我的最愛。我可以永遠住在那裡。查爾斯在那裡有一棟別墅，他上一次帶我去的時候，我把那裡的沙裝進了這個沙漏計時器裡。有時候，我會把它倒過來，就那樣看著沙子流下來。時間，是嗎？你得讓事情成真。實現你想要的生活，在一切都太晚之前……好了！」語畢，她退開一步，好讓我可以看到鏡子裡的自己。

她站在我身後，雙手又放回我的肩膀上。

「看到了嗎？」她說。「只要一點化妝，你立刻就變得那麼迷人。」

我把頭從一邊轉到另一邊。我幾乎看不到原本的自己。我知道，我好像看起來「好一點了」，或者至少更像其他人了，但是，這個改變卻讓我有某種倒胃口的感覺。

「你喜歡嗎？這就好像醜小鴨變天鵝，像是舞會上的灰姑娘。」

我知道要怎麼對此做出禮貌的反應，這讓我鬆了一口氣。當有人讚美你的時候，你應該要對他們表達謝意。而當他們對你做什麼慷慨的事情時——即便你並不希望他們這麼做——你還是應該要感謝他們。

「辛苦你了，謝謝。」我說。

「不客氣，」她對我說。「還有，這個給你，」她說著，把那個漂亮的沙漏計時器拿起來。「這是一份禮物，是我給你的禮物，茉莉。」

她把那個晶亮的東西放在我的手裡。這是自從外婆過世以後，我第一次收到禮物。我已經想不起來，除了外婆之外，上次有人送我禮物是什麼時候的事情了。「我好喜歡。」我是真心的。我覺得這比任何的改造都要有價值。我無法相信它現在是我的了，從今天開始，我會珍惜它，並且持續擦亮它。這裡面裝了來自遙遠異國的沙子，那是我永遠也到不了的地方。這是一份來自朋友的厚禮。

「我會把它放在我的飯店置物櫃裡，以防你想要拿回去。」我對她說。其實，雖然我很愛這個沙漏計時器，但是，我不能把它帶回家。因為，我希望家裡只有外婆的東西。

「真的，我很喜歡，吉賽兒。我每天都會欣賞它的。」

「你在開玩笑嗎？你早就每天都在欣賞它了。」

我露出笑容。「是啊，我想你說得沒錯。」我說。「我可以給你一個建議嗎？」

她把一隻手扠在臀邊，看著我幫她整理化妝箱和收拾洗手台。

「你也許應該要考慮離開布雷克先生。他傷害了你。沒有他，你會過得比較好。」

「如果有這麼容易就好了，」她回答我。「不過，時間，茉莉小姐。時間會治癒一切的傷口，就像人們所說的那樣。」

她是對的。隨著時間過去，傷口不會像一開始的時候那麼疼痛，但令人驚訝的是——雖然感覺好過一點，卻仍然會想念過去。

當我正在這樣想的時候，我發現到時間已經很晚了。我看了看我的手機——下午1:03。我的午餐時間幾分鐘前就結束了。

「我得走了，吉賽兒。如果我回去晚了的話，我的老闆車諾兒會很不高興的。」

「噢，她呀。她昨天還在這裡鬼鬼祟祟的。她進來問我，我們對清潔服務還滿意嗎。我說：『我的房務清潔員是有史以來最好的。我怎麼會不滿意呢？』結果她就站在那裡，一臉愚蠢地說：『我會比茉莉做得更好。我是她的上司。』我就說：『不用。』然後從我的皮包裡掏出一張十元鈔票給她。『茉莉是我唯一想要的房務員，謝謝。』我說完，她就走了。她實在很討厭。她讓『天生臭臉』這句話有了新的定義，如果你知道我在說什麼的話。」

外婆教我不要講粗話，而我也幾乎不講粗話。不過，在這個特例上，我無法否認吉賽兒使用的言詞很恰當。我無法自已地笑了起來。

「茉莉？茉莉？」是史塔克警探的聲音。

「對不起。」我說。「你可以重複你的問題嗎？」

「我在問你，你是否了解吉賽兒・布雷克。你和她有過任何的接觸嗎？對話？她有沒有說過任何關於布雷克先生的事情，而讓你感覺很奇怪的？她是否曾經提到過任何有助於我們調查的事情？」

「調查？」

「就像我稍早說過的，布雷克先生很可能死於自然的原因，但是，排除其他的可能性是我的職責所在。那就是我為什麼今天要和你談話的原因。」警探舉起一隻手擦過她的眉毛。「那麼，我再問一次：吉賽兒・布雷克有沒有和你說過話？」

「警探，」我回答她。「我是飯店的房務員。誰會想要和我說話？」

她想了想，然後點點頭。她對我的反應很滿意。

「謝謝你，茉莉，」她對我說。「我看得出來，今天對你來說很不好過。讓我送你回家吧。」

她真的送我回家了。

5

我轉動了一下鑰匙，打開我的公寓大門。我跨過門檻，把門在身後關上，然後拉上門閂。這是我甜美的家。

外婆的那張古董椅就放在門邊，我低頭看著上面的枕頭。她用針在枕頭上繡了一句寧靜的祈禱文：上帝賦予我這份從容，讓我接受我所無法改變的事；給予我勇氣，讓我去改變我可以改變的事；並且給予我智慧，讓我了解這兩者之間的差別。

我從褲子口袋裡拿出手機放在那張椅子上。然後解開鞋帶，用一塊布把鞋底擦乾淨，才把鞋子放到櫥櫃裡。

「外婆，我回來了！」我大聲說道。她已經去世九個月了，然而，如果不這樣大聲對她說話，我就覺得渾身不對勁。特別是今天。

沒有了她，我每天傍晚的日常已經不再和以前一樣了。當她還活著的時候，我們閒暇的時間都會在一起。每到傍晚，我們的首要之務就是把那天的清潔工作做完，然後，我們會一起煮晚餐——週三是義大利麵，每週五則是魚，如果我們可以在雜貨店用實惠的價格買到魚排的話。之後，我們會並肩坐在沙發上，一邊吃晚餐，一邊看重播的神探可倫坡。

外婆很喜歡神探可倫坡，我也是。她經常說，彼得．福克可以借助像她這樣的女性，來幫他排難解惑。「你看那件大衣。真的急需一番清洗和熨燙。」她會搖著頭，對著螢幕上的彼得說話，彷彿他是個真實的人物，而且就在她面前一樣。「我真希望你不要抽雪茄，親愛的。那是個壞習慣。」

不過，儘管可倫坡有那樣的壞習慣，我們兩個都還是很欽佩他能夠看穿那些飯桶的陰謀詭計，並且讓他們都罪有應得。

我不再看神探可倫坡了。這是外婆死了之後，另一件讓我覺得做起來感覺不對的事情。不過，我還是試著保持我們每天晚上的例行清掃。

週一，地板和雜務。

週二，賦予一切意義的徹底清潔。

週三，浴室和廚房。

週四，清除灰塵。

週五，洗衣加烘乾。

週六，機動日。

週日，購物日。

外婆向來都會對我強調保持家裡乾淨整齊的重要性。

「一個乾淨的家、乾淨的身體和乾淨的公司。你知道那會把你帶向何處嗎？」

當她教我這個的時候，我還不到五歲。我得高高地抬起頭，才能看到她在講話。「會帶向何處，外婆？」

「帶向一個乾淨的良知。帶向一個美好的、乾淨的人生。」

我花了好幾年的時間，才真的明白了這句話，不過，此刻，我深深感受到她是多麼的正確。我從廚房的清潔櫥櫃裡拿出掃把和畚箕，拖把和水桶。然後從我臥房最遠的角落開始打掃。我的房間裡沒有太多空出來的地板，因為我的雙人床佔據了大部分的空間，不過，灰塵自有藏在任何東西底下的方法，或者躲在任何縫隙裡的本事。我把床裙掀起來，把任何一點頑固的灰塵都從床底下掃出來，掃出我的房間。每一面牆上都掛著外婆的英國鄉村風景畫，而每一幅畫都讓我想起她。

這是怎樣的一天，怎樣的一天啊。這是一個我寧可忘記的日子，但是，事情不是這樣的。我們會把不好的記憶深深地埋葬起來，但是，那些記憶卻不會消失。它們一直都和我們在一起。

我繼續掃著走廊，然後來到浴室。浴室裡的黑白磁磚雖然破舊，但是只要經過擦拭，地板還是會閃閃發亮，那是我每週都會做兩次的事。我把我掉落在地上的髮絲掃乾淨，然後離開了浴室。

現在，我來到了外婆的臥房門口。房門是關上的。我停下腳步。我不會進去。我已經有好幾個月都沒有跨過那道門檻了。今天也不會。

我從最遠的角落開始清掃起居室的木地板，然後是外婆的古董櫃附近，再來是沙發底下，接著是廚房，最後回到了前門入口處。我留下了幾小堆的碎屑——一堆在我的臥房門口，另一堆在浴室門口，還有一堆就在前門入口處，最後一堆則在廚房裡。我把每一堆碎屑都掃進畚箕裡，然後看了一下裡面都是些什麼。大致來說，這星期很乾淨——只是一些烤麵包屑、一些灰塵和衣服的纖維，還有我自己的幾縷深色髮絲。我看不出有什麼外婆留下的垃圾。完全沒有。

我把這些髒污都倒進廚房的垃圾桶。然後在水桶裡裝滿溫水，再把一些散發著月光微風香味（外婆的最愛）的清潔先生清潔劑倒進水桶裡。我提著水桶和拖把來到我的臥室，從最遠的角落開始拖地。我小心翼翼地避免把水濺到床裙，尤其不能弄濕外婆在幾年前幫我做的那條孤星棉被，棉被在長年的使用和磨損下已經褪色，不過卻依然是我的寶貝。

我在屋裡拖完一圈，又回到了入口處，不過，卻在門口發現了一個頑強的黑色劃痕。那一定是我那雙工作鞋的黑色鞋底造成的。我不停地刷洗，刷洗，再刷洗。「滾蛋，可惡的污漬。」我大聲地喊道，最終，那個劃痕消失在了我眼前，露出了底下微微發亮的木地板。

有趣的是，每當我打掃的時候，回憶總是會浮上腦海。我很好奇每個人是不是也都會這樣——我是指每個打掃的人。雖然今天是多事的一天，不過，我腦子裡想到的卻不是今天的事，不是布雷克先生和其他悲慘的事，我想起的是在我十一歲的某一天發生的事。那一天，我問外婆關於我母親的事，就像我一直都會問的那樣——她是怎麼樣的人？她去了哪裡？為什麼？我知道她和我父親私奔，我父親是外婆口中的一個「壞蛋」和「夜遊神」。

「夜遊神？那他白天是什麼樣的人？」我問。

她笑了出來。

「你是在和我一起笑，還是在笑我？」

「我是在和你一起笑，親愛的孩子！永遠都是。」

她繼續告訴我，她對於我母親迷戀上一個夜遊神，也就是不可靠的人，並未感到驚訝，因為外婆自己在年輕的時候也曾經犯錯。那就是她當初為什麼會懷上我母親的原因。

當時，這一切對我來說都很困惑。我不知道該怎麼看待這些事。不過，現在我比較懂了。年紀越長，我就越能理解。而越是理解，我就有越多的問題想要問她——那是她再也無法回答的問題。

「她會回來找我們嗎？我母親？」當時我曾經這麼問。

她長嘆了一聲。「那不容易。她得要逃離他身邊。她必須要逃走。」

不過，她並非想要逃走。我母親一直都沒有回來。但是，我覺得還好。為一個你從來都不認識的人感到哀痛毫無意義。為一個你認識的人、一個你永遠都不會再見到的人、一個你非常非常想念的人感到哀傷，光是這件事就已經夠痛苦的了。

我外婆很努力地工作，也把我照顧得很好。她教我很多事情。她會抱我，為我大驚小怪，還會讓生活過得很值得。我外婆也是一名清潔工，不過，她是家庭幫傭。她幫一戶有錢人家工作，柯德威爾斯家。她可以用半個小時的時間，從我們的公寓步行走到柯德威爾斯家的豪宅。他們很稱讚她的表現，但是，即便她為他們做得再多，卻永遠都還不夠。

「你可以在我們週六晚上的聚會結束後打掃嗎？」

「你可以幫我們把地毯上這個污漬清乾淨嗎？」

「你也可以整理花園嗎？」

我那來者不拒而且天性善良的外婆，總是對每一個要求說好，不管那會對她造成什麼損失或傷害。正因為如此，這麼多年下來，她才能存到一筆可觀的積蓄。她把這個帳戶稱之為「法貝熱」，就像俄羅斯王室的法貝熱彩蛋一樣珍貴。

「親愛的孩子，你能去一趟銀行，把這筆錢存到法貝熱裡嗎？」

「當然可以，外婆。」說著，我會接過她的銀行卡，走下五級階梯，走出我們那棟樓，然後再步行兩個街口，去那裡的自動提款機存錢。

當我年紀漸長之後，我開始擔心外婆，擔心她的工作太辛苦。但是，她卻不理會我的憂慮。「閒則生非。此外，總有一天會只剩你一個人，當那天來臨時，那個法貝熱帳戶就可以讓你好好過日子。」

我不想去考慮有這樣的一天。我很難想像沒有外婆的生活，特別是學校對我來說簡直就是一種特別形式的虐待。小學和中學的日子之於我就是寂寞和難熬。我對自己的成績感到驕傲，但是，我的同儕卻永遠都不是我的同儕。當時，他們都不了解我，現在也一樣。這種事情，在我小的時候比現在更讓我難過。

「沒有人喜歡我。」每當我在學校被人找碴的時候，我就會告訴外婆。

「那是因為你和別人不一樣。」她會這麼告訴我。

「他們說我是怪物。」

「你不是怪物。你只是一個年老的靈魂。而這是值得驕傲的事情。」

當我高中快畢業的時候，外婆和我聊了很多關於工作的話題，關於我長大後要做什麼。我只對一件事感興趣。「我想要當個清潔工。」我告訴她。

「親愛的孩子，有了法貝熱帳戶之後，你可以把目標訂得稍微高一點點。」

但是我堅持要這麼做，而且，我認為外婆的內心裡比任何人都清楚我是個什麼樣的人。她知道我的能力以及我的力量；她也同樣很清楚我的弱點，雖然她說我已經越來越好了——你活得越久，就學得越多。

「如果當個清潔工是你的志向，那就去做吧。」外婆對我說。「在你去念社區大學之前，你會需要一些工作經驗的。」

外婆到處打聽，後來，透過一個在麗晶大飯店擔任門衛的舊識，她得知飯店正在找一名房務清潔員。面試的時候我很緊張，當我們站在飯店氣勢恢宏、鋪著紅色地毯的前門階梯外時，我可以感覺到汗水正從我的腋下不斷地冒出來。階梯上面還罩著黑色和金色的雨棚，讓飯店看起來更加地高貴堂皇。

「我不能進去，外婆。那對我來說太高級了。」

「胡說八道。你值得走進那幾扇門裡，就和任何人一樣。而你也會走進去的。去吧。」她說著把我往前推。她的朋友，門衛普雷斯頓先生，立刻上前來和我打招呼。

「很高興見到你們。」他一邊說，一邊微微地點了點頭，然後碰了一下他的帽子。他用一種有點好笑的方式看著外婆，但是，我不太明白那是什麼意思。「好久不見了，佛蘿拉，」他說。「能再見到你真好。」

「我也覺得能再見到你真好。」外婆回答他。

「我還是趕快讓你進去吧，茉莉。」普雷斯頓先生對我說道。

他帶著我穿過發亮的旋轉門，隨即，我就置身在了麗晶大飯店豪華的大廳裡，那是我第一次走進飯店。飯店大廳是如此地漂亮，如此地富麗堂皇。一看到這樣的場面，我差點就暈了過去——大理石地板和台階，金光閃閃的欄杆，穿著制服的櫃檯人員看起來就像整齊的小企鵝一樣，正俐落地在為大廳裡穿著體面的客人服務。

普雷斯頓先生帶領我走過一樓華麗的走廊，我跟在他的身後，看著走廊上的深色護牆板、扇貝壁燈，還有足以將任何聲音都吸收掉、只留下一片讓耳朵感到無比靜謐的濃密地毯，這一切讓我幾乎就要喘不過氣來。

我們在右轉之後左轉，然後再右轉，經過一間又一間的辦公室，直到我們終於來到一扇樸素的房門前面，樸素的房門上貼著一個黃銅名牌，上面寫著：史諾先生，飯店經理，麗晶大飯店。

普雷斯頓先生在門上敲了兩下，然後把房門打開。令我驚訝的是，眼前是一間深色的皮革小房間，牆壁上貼著芥末色的錦緞壁紙，還有壓迫感十足的書櫥，我很容易就可以相信這是貝克街221B的辦公室，而辦公室的主人就是夏洛克．福爾摩斯本人。

在一張桃花心木辦公桌後面，坐著身形矮小的史諾先生。我們一踏進辦公室，他立刻就站起身來和我們打招呼。當普雷斯頓先生謹慎地退出辦公室，把我們兩人留在房間裡面試時，我立刻就認知到了一件事，儘管我的手掌在出汗，我的心臟也在狂跳，但是，我已經深深迷戀上了麗晶大飯店，我一定得要拿下房務員這個讓人渴望的職務。

說真的，我不太記得面試本身的內容，除了史諾先生所闡述的那些工作態度和規則，以及需要遵守的禮儀之外，而那些說明在我聽起來不僅僅像是音樂，更像是天堂般的聖歌。等我們談完之後，他帶我穿過神聖的走廊——左轉、右轉、左轉——直到我們回到了大廳，然後又走下陡峭的大理石台階，前往飯店的地下室，他告訴我，房務部門、洗衣部門和飯店的廚房都位於地下室。當我們來到一間狹窄、不透氣、散發著水藻、霉味和澱粉味道的櫥櫃兼辦公室時，他把我介紹給了房務部的負責人車諾兒．格林女士。她把我從頭到腳打量了一番，然後才說：「看來也只能用她了。」

隔天，我就開始接受訓練，也很快地就成為了全職員工。工作比上學好太多。工作的時候，如果我遭到了戲謔，至少也是輕微到我可以忽視。只要擦拭再擦拭，那些輕蔑和藐視就會被擦掉。而且，收到薪水的感覺是那麼地讓人興奮。

「外婆！」當我把我自己的錢存到法貝熱之後，我會在回到家時把存款的憑條交給她，而她也會開心地露出很大的笑容。

「我從來都沒想到我會等到這一天。你真的是上帝賜給我的恩典。你知道嗎？」外婆把我拉近，然後緊緊地抱住我。世界上沒有什麼比得上外婆的擁抱。那也許是我最懷念她的地方。她的擁抱，還有她的聲音。

「有什麼東西跑進你眼睛裡嗎，外婆？」當她放開我時，我問她。

「沒有，沒有，我很好。」

我在麗晶大飯店工作得越勤奮，我存入法貝熱的錢就越多。外婆和我開始談到關於高等教育的選擇。我去參加了附近一所社區大學所舉辦的飯店管理暨旅遊觀光課程的說明會。那是一場令人興奮的說明會。外婆鼓勵我去申請，而出乎我自己意料地，我也同意了。在大學裡，我不僅可以學到如何清掃和維持一整間飯店，還可以學到如何管理員工，就像史諾先生那樣。

然而，就在開學之前，我參加了一場迎新會，在迎新會上，我認識了威爾伯。威爾伯・布朗。當時，他正站在一張展示桌前面，閱讀著宣傳手冊。桌上有一些免費的便條紙和筆。他拿了一些塞進了他的背包裡。他站在那裡不肯走，但是我很想要看一下那些說明冊。

「不好意思，」我說。「我可以靠近桌子嗎？」

他轉過來面對著我。他很結實，戴著一副厚重的眼鏡，還有一頭粗黑的頭髮。

「抱歉，」他說。「我沒注意到我擋到你了。」他看著我，眼睛眨都沒眨一下。「我是威爾伯。威爾伯・布朗。我要在秋天的時候上會計課。你打算在秋天的時候上會計課嗎？」他對我伸出了手。然後一直握著我的手不停地搖晃，直到我不得不用力把手抽回來，才終止了他的搖晃。

「我要去上飯店管理。」我說。

「我喜歡聰明的女孩。你喜歡什麼樣的男生？學數學的嗎？」

我從來沒想過自己喜歡哪一種「男生」。我知道我喜歡飯店的羅尼。他有一種我在電視上聽到的那種「神氣十足」的特質。就像米克．傑格❷。威爾伯沒有那種神氣，不過，他有別的特質：他很平易近人，很直接，有一種熟悉感。我不怕他，不像我對其他男孩或男人那樣。也許，我應該要怕他才對。

威爾伯和我開始約會，對此，外婆感到很高興。

「我好高興看到你有對象了。真讓人開心。」她對我說。

我會在約會回家後，把關於他的一切都告訴她，我們如何一起去買日常用品，如何使用優惠券，或者如何在公園裡散步，然後從雕像到噴泉總共走了一千兩百零三步。外婆從來都不會過問我們戀情中更私人的部分，對此，我很感激，因為我不確定自己是不是知道要如何解釋我對身體部分的感覺，除了知道那部分對我來說是全新而且很不一樣之外，此外，我也很喜歡那樣的感覺。

有一天，外婆要我邀請威爾伯到公寓來，所以，我也照做了。如果外婆對他感到失望的話，那她肯定也掩飾得很好。

「這裡隨時都歡迎他，你的男友。」她說。

威爾伯開始經常性地來訪，和我們一起吃飯，並且在晚飯後和我們一起看神探可倫坡。無論是外婆還是我，都不喜歡他在看電視的時候發表沒完沒了的評論和問題，但是，我們都強忍了下來。

「什麼懸疑劇會在一開始的時候就透露兇手是誰呢？」他會這麼問。或者「你們看不出來是管家幹的嗎？」他會從頭到尾一直講話，而且經常錯認罪魁禍首，因而把一整集都給毀了，不過說句實話，每一集外婆和我都看過了好幾次，所以他那麼做也沒有什麼關係。

有一天，威爾伯和我一起去了一間辦公室用品販賣店，因為他想買一台新的計算機。那天，他似乎很不對勁，但是，我並沒有問他原因，即便當我努力想要趕上他強迫症般的步伐時，他還催著我說「快點」。一進到店裡，他就選了幾款計算機，試用了一下，還對我解釋了每一個按鍵的功能。等到他選好他最喜歡的那一個之後，就把那台計算機放進了他自己的背包裡。

「你在做什麼？」我問。

「你能閉上你的鳥嘴嗎？」他對我說。

我不知道是哪一個讓我更震驚——他的用詞還是他沒有付錢就走出商店的事實。他就那樣偷了那台計算機。

還不只如此。有一天，我領了薪水下班回家。那天傍晚，他也來訪。那時候，外婆的身體已

❷英國搖滾樂手，滾石樂團創始成員之一。

經沒那麼好了。她的體重下降，而且也比平時更安靜。「外婆，我要去把這個存到法貝熱去。」

「我和你一起去。」威爾伯主動提議。

「你遇到了一個紳士，茉莉。」外婆對我說。「你們兩個去吧。」

到自動提款機的時候，威爾伯開始問我各種關於飯店的問題，以及打掃房間是什麼感覺。我很高興地向他說明把乾淨的床單折出像醫院床單的那種直角是多麼特別的一種喜悅，以及一個黃銅門把如何在陽光下把一整個世界都變成了金黃色。我全神貫注在分享這些事情上，完全沒有注意到他正在看我鍵入外婆的密碼。

那天晚上，在神探可倫坡播放之前，他突然先走了。接下來一連幾天，他都沒有回覆我的簡訊。我打電話給他，還留了語音訊息給他，但是他也沒有回電給我。說來好笑，但是，我從來都沒有想到我竟然不知道他住在哪裡，也從來沒有去過他家，甚至不知道他的地址。他總是有各種理由來解釋為什麼到我家是最好的選擇，包括他很喜歡見到外婆。

大約一星期以後，我到銀行去領錢付房租。但是，我找不到我的銀行卡，這也太奇怪了，於是，我向外婆借了她的卡片。我一路走到自動提款機去。直到那時，我才發現我們的法貝熱帳戶已經空了。一毛不剩。我也是在那時候才知道，威爾伯不只是個小偷，還是個騙子。他完全符合了壞蛋的定義，那是最糟糕的一種人。

對於自己被騙的事實，以及愛上一個說謊的人，我感到很丟臉。我徹底地感到羞愧。我想過要報警，看看他們是否能夠追蹤到他，但是，我知道那就表示我要告訴外婆他做了什麼事，而我無法這麼做。我不能像那樣地傷她的心。碎了一顆心已經夠了，謝謝。

「他到哪裡去了，你的男友？」外婆在幾天都沒有看到他之後問我。

「嗯，外婆，」我說。「他似乎決定要走自己的路。」我不喜歡公然說謊，不過，這也不是公然說謊，反倒更像是一個事實，只是，這個事實並沒有附帶必要的細節。而外婆也沒有進一步追問。

「真遺憾，」她說。「不過，親愛的，不要擔心。海裡面的魚多的是。」

「這樣也好。」我對她說，我想，她有點驚訝我看起來並沒有太沮喪。然而，事實是，我確實很沮喪。我很憤怒，但是，我學到了如何隱藏我的感情。我可以把自己的憤怒置於外婆看不到的表面底下。她需要面對的已經夠多了，而我希望她把所有的精力都集中在讓自己的身體好起來。

我偷偷地想像靠自己去追蹤威爾伯。在我的想像裡，我在大學的校園裡遇到了他，然後用他背包的背帶勒住他的脖子。我想像著把漂白水灌進他的嘴裡，讓他承認自己幹了什麼事，對外婆和我承認。

在威爾伯洗劫我們的隔天，外婆和醫生有約。在那之前幾週，她就已經去看過好幾次醫生了，然而，每次看完醫生回來，她所帶回來的消息都一樣。

「有什麼結果嗎，外婆？他們知道你為什麼不舒服嗎？」

「還不知道。也許這都只是你的老外婆自己想像出來的。」

這句話讓我聽了很高興，因為一個假想出來的病症絕對沒有一個真的病症嚇人。不過，有一部分的我還是感到擔心。她的皮膚就像皺紋紙一樣，而且她再也沒什麼胃口了。

「茉莉，我知道今天是星期二，是徹底清掃的日子，但是，你覺得我們是不是可以改天再做？」這是她有史以來第一次要求要取消我們的例行清潔工作。

「不要擔心，外婆。你休息吧。我會把我們週二晚上該做的家務做好。」

「親愛的孩子，沒有你我要怎麼辦？」

我並沒有說出來，不過，我開始懷疑，如果沒有外婆的話，我自己應該怎麼辦？

幾天之後，外婆又去看了醫生。當她回到家的時候，看起來有點異於平日。我可以從她臉上看得出來。她看起來有點浮腫，而且很不安。

「看來，我是真的有點生病了。」她說。

「什麼病？」我問。

「胰臟的疾病。」她安靜地說，眼光一直沒有離開過我的雙眼。

「他們有開藥給你嗎？」

「有，」她告訴我。「他們有。很不幸地，這種疾病會引發疼痛，所以，他們正在幫我治療。」

她之前從來都沒有提過疼痛的問題，但是，我想我是知道的。因為，我可以從她走路的樣子、她每天晚上困難地坐到沙發上的樣子，以及她起身時是如何皺著眉頭的樣子看出來。

「不過，這到底是什麼病？」我問。

她一直都沒有回答我。她只是對我說：「我需要躺下來，如果可以的話。真是好漫長的一天。」

「我去幫你泡茶，外婆。」我說。

「太好了。謝謝你。」

幾星期過去了，外婆比以前更安靜了。當她做早餐的時候，她也不哼唱了。她會早早就結束工作回家。她的體重下降得很快，每天吃下去的藥也越來越多。

我不明白。如果她有在服藥的話，為什麼她的病情沒有因此好轉？

我開始調查。「外婆，」我說。「你生的是什麼病？你從來都不告訴我。」

那時，我們正在廚房裡，進行著晚餐後的清潔。「我親愛的孩子，」她說。「我們坐下來吧。」於是，我們在我們鄉村風格的雙人餐桌邊坐了下來，那是幾年前，我們從這棟公寓外的一個垃圾桶裡搶救回來的。

我等著她開口。

「我一直在給你時間。讓你有時間可以習慣這件事。」她終於開口說道。

「習慣什麼事？」我問。

「茉莉，親愛的，我生了很嚴重的病。」

「是嗎？」

「是的。我得了胰臟癌。」

就這樣，所有的碎片拼湊在了一起，事情的全貌從陰暗的影子底下露了出來。這說明了體重下降和缺乏精力的原因。外婆的尺寸比過去縮水了一半，這就是為什麼她需要全面而且適當的醫療，這樣，她才可以完全復原。

「藥什麼時候才會生效？」我問。「也許你需要去找不同的醫生看看？」但是，當她透露細節時，我開始理解到事情的真相。緩和治療。那就像一個歌劇般的字眼，那麼容易就可以說出口。但是卻那麼難以想像。

「不會的，外婆，」我堅持道。「你會好起來的。我們只是必須要把這團混亂清理乾淨。」

「噢，茉莉。有些混亂是沒辦法清理的。我這輩子過得很好，真的。除了沒有更多的時間和你在一起之外，我別無怨言。」

「不，」我說。「我無法接受。」

她以一種我無法判別的神情看著我。然後，把我的手握在她的手裡。她的皮膚好柔軟，彷彿紙張一樣薄，但卻是那麼地溫暖，直到最後一刻都是如此。

「讓我們認清這件事吧，」她對我說。「我就要死了。」

我感到整間房間在向我壓迫而來，感到房間往一邊歪斜了。有那麼一瞬間，我完全無法呼吸，也無法動彈。我相信我就要在廚房桌邊暈倒了。

「我已經告訴柯德威爾斯一家，我不能再工作了，不過，你不用擔心，我們還有法貝熱。我希望等我的大限來臨時，上帝可以很快地把我帶走，不要讓我受到太多的痛苦。不過，即便感到疼痛，我也有我的處方可以幫助我度過。我愛你……」

「外婆，」我說。「一定有——」

「你得答應我一件事，」她打斷我。「無論在什麼情況下，我都不會去醫院。我不要把我剩下的日子花在一間到處都是陌生人的機構裡。家人和你愛的人是無可取代的。家的安慰也一樣。如果有任何人是我希望陪在我床邊的，那就是你。你明白嗎？」

這真讓人傷心，我確實明白。我一直很努力想要忽視這個事實，但是，現在已經不可能了。外婆需要我。我還能做什麼？

那天傍晚，距離神探可倫坡播出還早的時候，外婆就已經累了，因此，我幫她在床上蓋上棉被，親吻了她的額頭，然後對她說了晚安。在那之後，我把廚房的櫃子和我們所擁有的每一個盤子，都一個個地清理乾淨。當我在擦拭每一個銀器的時候，我的淚水忍不住一直落下來，我不是說我們有很多的銀器，不過，我們還是有那麼幾個。等我完成之後，整個廚房裡充滿了檸檬的味道，但是，我卻擺脫不了廚房的縫隙和裂縫之間還有污垢的感覺，而且除非我把它們都清乾淨，否則，這些病菌就會散播到我們生活裡的每一個地方。

我依然沒有對外婆提起關於法貝熱和威爾伯的事，還有他是怎麼讓我們淪落到一毛不剩。以及我再也付不起我的學費，甚至連房租都要負擔不起了。我只是在麗晶大飯店裡增加輪班的次數，盡可能地多工作幾個小時，這樣我才能有足夠的錢支付一切——包括外婆的止痛藥和我們的生活。我們的房租已經逾期未繳了，這是另一件我沒有告訴外婆的事。每當我在走廊上遇到我們的房東羅索先生時，我都得懇求他多給我一點時間，因為外婆生病了，我們現在只剩下我的收入了。

在外婆的健康情況惡化的同時，我會在她的床邊讀大學的宣傳冊給她聽，對她解釋所有讓我感到興奮的課程和實習，即便我知道我永遠都不可能趕上學校的第一堂課了。雖然外婆閉上了雙眼，但是，我可以看得出來她聽到了我說的話，因為她臉上掛著安詳的笑容。

「等我走了以後，只要你需要，你隨時都可以動用法貝熱裡的錢。如果你只是兼職的話，即便扣除掉你的學費，那些錢也足夠你支付至少兩年的房租。那筆錢都是你的，所以，你可以把它用來讓你自己過得好一點。」

「好的，外婆，謝謝你。」

我並沒有發現自己一直在做白日夢。此刻，我正站在我們公寓的前門邊，我的拖把靠在牆上，懷裡則抱著外婆聖潔的枕頭。我不記得自己何時放下了拖把，或者何時拿起了枕頭。腳下的木地板雖然很乾淨，不過卻在我們每天的生活下受到了磨損。我頭頂上的燈照在我的身上，燈光太明亮，也太溫暖。

我隻身一人在這間公寓裡。我在這裡站了多久？地板已經乾了。我的手機正在響。我往前靠，從外婆的椅子上拿起手機。

「哈囉，我是茉莉．葛雷。」

電話那頭停了一下。「茉莉。我是飯店的亞歷山大．史諾。很高興你在家。」

「謝謝。是的，我已經回到家一會兒了。警探在問完我問題之後，親自開車送我回來。我想，她人很好。」

「是啊。謝謝你同意和她談一談。我相信你的意見會有助於調查。」

他又停了一下。我可以聽到他很淺的呼吸聲從電話那頭傳來。這不是他第一次在我回到家時打電話給我，不過，史諾先生很少會打電話給我。

「茉莉，」他再度開口。「我知道今天對你來說很難受。對我們很多人而言也很不好過，特別是布雷克太太。關於布雷克先生……死亡的消息已經傳開了。你可以想像得到，所有的員工都很難過和不安。」

「是的，我可以想像得到。」

「我知道，明天是你一週中僅有的一天休假日，而你今天也受夠了，不過，車諾兒對布雷克先生的消息似乎很難承受。她說，這件事讓她受到了『極大的創傷』，所以，她明天沒有辦法來上班。」

「但是，發現他死掉的人又不是她。」我說。

「我想，每個人對壓力的反應都不一樣。」他回答我。

「是啊，當然。」我回應道。

「茉莉，你覺得你明天可以來幫她代班嗎？我很抱歉——」

「當然可以，」我說。「多工作一天不會要了我的命。」

又是一陣沉默。

「沒別的事了，史諾先生？」

「對，沒別的事了。還有，謝謝你。那我們就明天早上見了。」

「你一定會見到我的，」我說。「晚安，史諾先生。祝你一夜好眠，別讓床上的臭蟲咬了。」

「晚安，茉莉。」

星期二

6

我承認昨晚做了惡夢。我夢見布雷克先生走進我公寓的大門，他的臉色灰白，宛如殭屍一樣。我坐在沙發上，看著神探可倫坡。然後轉頭對他說：「自從外婆死了之後，就沒有人來過這裡。」他開始笑——嘲笑我。但是，我用雷射般的目光緊盯著他，他的四肢瞬間變成了灰塵，像一縷木炭的微粒飛散在房間裡，滲透到了我的肺裡。我開始嘔吐和咳嗽。

「不！」我大聲喊道。「我沒有對你做什麼！不是我！出去！」

但是已經太遲了。到處都是他的塵垢。我在喘氣中醒了過來。

早上六點。是時候起床讓自己閃耀了。或者就只是起床。

我從床上起來，把床鋪整理好，小心地把外婆的棉被歸位，讓棉被正中央的那顆孤星精確地指向北邊。我來到廚房，穿上外婆的佩斯利花圍裙，準備一人份的茶和烤麵餅。早晨的時候，公寓裡太過安靜。餐刀在切麵餅時發出的摩擦聲，讓我的耳朵彷彿受到了侵犯。我很快地吃完早餐，並且在沖完澡之後出門去上班。

當我在鎖門的時候，我聽到有人在走廊裡發出了清喉嚨的聲音。羅索先生。

我轉過身面對他。「哈囉，羅索先生。這麼早？」

我等著他以早上應有的基本禮貌回應我，然而，我得到的卻是：「你的房租過期了。你什麼時候會付？」

我把鑰匙放進口袋。「幾天內就會付了，到時候，我會把欠你的每一分錢都付給你。你認識我外婆，你也認識我。我們都是守法的公民，我們都相信要付我們應該付的。而我也會這麼做的。很快就會。」

「最好如此，」他說完拖著步伐走回了他自己的公寓，然後把門在身後關上。

我真的希望人們在走路的時候能抬起他們的腳。像那樣拖著腳步走路真的很邋遢。會給人很糟的印象。

記住了，我們不要太嚴厲地去評斷別人。我聽到腦子裡響起外婆的聲音，提醒著我要仁慈和寬恕。那是我的缺點，太快就評斷別人，或者希望世界能按照我的規則運作。

我們應該要像竹子一樣。我們要學會隨風彎曲和搖擺。

彎曲和搖擺。那不是我的特長。

我走下樓梯，離開了這棟樓。我決定一路走去上班——天氣好的時候，步行二十分鐘是一段讓人愉快的路程，不過，今天的雲層看起來很陰鬱，似乎隨時都會下雨。當繁忙的飯店映入眼簾的那一刻，我立即就放鬆地嘆了一口氣。我的專業態度讓我提早半小時到了，我向來習慣如此。

我和站在前門的普雷斯頓先生打了招呼。

「噢，茉莉。別告訴我你今天要上班。」

「我是要上班。車諾兒昨晚打電話請了病假。」

他搖了搖頭。「可想而知。茉莉，你沒事吧？我聽說你昨天受到了驚嚇。你看到了那些場面……我真為你感到難過。」

我的夢境短暫地浮現在腦海裡，和布雷克先生死在床上的真實畫面混合在了一起。「不用難過，普雷斯頓先生。那不是你的錯。不過，我得承認，這整件事有點……令人難以忍受。我會保持冷靜，堅持下去的。」我的腦子裡突然萌生了一個念頭。「普雷斯頓先生，昨天有人來找布雷克先生嗎，友善還是……不友善的人？」

普雷斯頓先生調整了一下他的帽子。「據我所知沒有。」他回答我。「你為什麼這麼問？」

「噢，沒什麼。」我說。「我相信警方會調查的。特別是如果有什麼瘋狂的事情發生的話。」

「瘋狂的事情？」普雷斯頓先生嚴肅地看著我。「茉莉，如果你需要什麼的話——需要任何幫助的話——記得來找你的老朋友普雷斯頓，知道嗎？」

我不是那種喜歡給別人添麻煩的人。普雷斯頓先生現在當然也了解我是什麼樣的人。他的神情嚴肅，眉頭因為擔心而打結，連我都可以清楚地看得出來。

「謝謝你，普雷斯頓先生。」我說。「我很感激你的好心。現在，如果你不介意的話，我相信今天應該有更多的清掃任務，因為昨天有太多的警察和醫護人員在飯店裡走來走去了。我擔心，他們的靴子並非都和你的一樣乾淨。」

他微微地碰了一下帽子，把注意力轉到一些正在試圖招計程車卻沒有成功的客人。

「計程車！」他大聲地喊完之後，轉過來看了我一眼。「請你務必保重自己，茉莉。」

我點點頭，然後走向鋪著毛絨地毯的紅色台階。我推開閃亮的旋轉門，和進進出出的客人擠身而過。一踏進大廳，我就看到了站在櫃檯旁的史諾先生。他的眼鏡架在鼻梁上，抹了髮油往後梳的髮型上有一小撮髮絲鬆脫了，在他的頭頂上前後晃動著，彷彿一根在說「不」的手指。

「茉莉，真高興你來了。謝謝你。」他說。他的手裡拿了一份當日的報紙。報紙上的標題讓人很難不多看一眼：富商查爾斯．布雷克死於麗晶大飯店。

「你看過這個了嗎？」他問。

語畢，他把報紙遞給我，於是，我掃視了一下上面的報導。報導中提到一名房務員發現布雷克先生死在了他自己的床上。謝天謝地，我的名字並沒有被提及。報導接著談及布雷克家族，以及他的孩子和前妻之間的衝突。「關於布雷克房產暨投資公司的合法性問題，多年以來一直謠言滿天，而那些詐欺交易和營私舞弊的指控，也遭到布雷克強而有力的律師團所否認。」

報導在一半的地方出現了吉賽兒的名字，讓我更小心地往下閱讀。「吉賽兒．布雷克，布雷克先生的第二任妻子，比他年輕三十五歲。她是布雷克財產的假定繼承人，這也是近年來這個家族糾紛的主因。在吉賽兒．布雷克的丈夫被發現身亡之後，有人看到她戴著黑色墨鏡，在一名身分不明的男子陪同下離開了飯店。根據幾名飯店員工的說法，布雷克夫婦是麗晶大飯店的常客。當被問及布雷克先生是否在飯店裡進行商業活動時，亞歷山大．史諾先生，飯店的經理，則表示不予置評。根據負責調查的史塔克警探透露，截至目前為止，警方尚未將謀殺從布雷克先生的死因中排除。」

我看完報導之後，將報紙還給了史諾先生。報導中的最後一行文字突然讓我站不穩。

「你看到了嗎，茉莉？他們暗示這間飯店有……有……」

「有不法行為，」我幫他把話說完，「不乾淨。」

「對，沒錯。」

史諾先生企圖要把眼鏡扶正，不過顯然沒有成功。「茉莉，我得問你，你是否有在飯店裡看到或者曾經注意到，不管什麼時候，任何的……可疑的活動？布雷克夫婦或者其他的客人？」

「可疑的？」我說。

「不法的。」他解釋道。

「沒有！」我回答他。「絕對沒有。如果有的話，你也會是第一個知道的人。」

史諾先生發出一聲壓抑已久的嘆息。我為他感到難過，為他所背負的重擔——麗晶大飯店的威望都落在了他那小小的肩膀上。

「老闆，我可以問你一個問題嗎？」

「當然可以。」

「報導中提到了吉賽兒．布雷克。你知道：她還住在這裡嗎？我是指這間飯店？」

史諾先生左右瞄了一眼。然後從櫃檯和那些穿著制服、一臉聰明、正在各自崗位上工作的企鵝旁邊跨出幾步。他示意我也這麼做。成群的客人散落在大廳裡；今早的繁忙顯得有點不尋常。很多客人的手裡都拿著報紙，我懷疑布雷克先生正是他們口中的話題。

一張翡翠綠的長沙發擺放在樓梯旁的陰影裡，史諾先生朝著沙發做了一個手勢。於是，我們來到沙發旁邊。這是我第一次坐在這張沙發上。我立刻就陷進了柔軟的天鵝絨裡，沒有凸出來的彈簧需要閃避，不像我們家裡的沙發那樣。史諾先生在我旁邊坐下來，壓低了聲音說道：「我現在回答你的問題，吉賽兒還住在這間飯店裡，不過，你不可以說出去。她沒有其他地方可去，你明白嗎？而且她現在很心煩意亂，這點你可以想像得到。我已經把她換到二樓了。從現在開始，蘇妮塔會打掃她的房間。」

我覺得胃裡湧出了一股不安。「很好，」我說。「我得走了。飯店不會自己變乾淨。」

「還有一件事，茉莉。」史諾先生說道。「至於布雷克套房？今天顯然是禁止進入的。警察正在那間房間裡調查。你會看到那裡圍了安全警示線，還有一名警察守在門外。」

「那我什麼時候應該去打掃那間套房？」

史諾先生看了我很久。「你不用去打掃，茉莉。那就是我在告訴你的。」

「很好。那我就不打掃了。再見。」

說完，我站起身，走向大理石階梯，朝著我位於地下室房務部的置物櫃走去。

我那件值得信賴的制服正在迎接著我的到來，挺直又乾淨地包裹在塑膠膜裡，安然地掛在我的櫃門上。彷彿昨天那些巨變都沒有發生過，彷彿每一天都會自動地將前一天抹去。我很快地換好衣服，把我自己的衣服留在了我的置物櫃裡。然後拉出我的房務推車——真是奇蹟中的奇蹟——手推車竟然裝好裝滿地補充完畢了（毫無疑問地，一定是拜陽光或蘇妮塔之賜，絕對不可能是車諾兒做的）。

我穿過迷宮般過亮的走廊，直到來到了廚房。只見璜．曼紐爾正在把剩餘的早餐刮到一只巨大的垃圾桶裡，再把盤子放進那具工業式的洗碗機裡。我從來都沒有去過三溫暖，不過，我猜三溫暖的感覺一定就像這樣——只不過沒有這種混合了早餐剩菜的臭味。

當璜．曼紐爾一看到我的時候，他立刻就放下噴水的噴頭，帶著關切的眼神看著我。

「上帝保佑你，」他用西班牙語說著，然後在自己面前畫了一個十字。「真高興看到你。你沒事吧？我一直都很擔心你，茉莉小姐。」

每個人今天都對我大驚小怪的，這已經開始讓我感到了困擾。死的人又不是我。

「我很好，謝謝你，璜．曼紐爾。」我說。

「可是，你發現他，」他瞪大眼睛低聲地說，「死了。」

「我是發現他死了。」

「我不敢相信他真的走了。我懷疑那意味著什麼。」他說。

「那意味著他死了。」我說。

「我是說，那對我們飯店意味著什麼？」他往我靠近了幾步，已經近到只有半個手推車的距離了。

「茉莉，」他小聲地說，「那個人。布雷克先生？他很有權力。太有權力了。現在，老闆會是誰？」

「老闆就是史諾先生。」我說。

他不可思議地看著我。「是嗎？真的是他嗎？」

「是啊。」我帶著十足的信心回答他。「史諾先生絕對是這間飯店的老闆。現在，我們可以不要再討論這件事了嗎？我真的需要去工作了。我得為你今晚要待在哪裡做出新的安排。我剛才聽說四樓現在在管制之中。警察還在那裡。今晚，我要你住到202號房，好嗎？二樓，不是四樓。好避開警察。」

「好。不用擔心。我會避開的。」

「還有，璜．曼紐爾，我不應該告訴你這個的，不過，吉賽兒．布雷克現在就住在這間飯店的某個地方。也在二樓。所以，你要小心點。也許調查人員甚至也會到她所在的樓層去。你得要低調點，直到調查結束。明白了嗎？」

我把一張202號房的門卡交給他時，他說：「好的，茉莉。我明白了。你也需要低調點，好嗎？我很擔心你。」

「沒什麼好擔心的，」我說。「我最好趕快走了。」於是，我離開了廚房，推著我的手推車來到工作人員專用的電梯。一進到電梯裡，空氣立刻就新鮮而且涼爽了許多，我搭乘電梯來到大廳，打算到聯誼廳去領取我每天都需要的那疊報紙。

即便從很遠的距離，我也可以看到吧檯後的羅尼。當他看到我的時候，立刻就衝出來和我打招呼。

「茱莉！你來了。」他把雙手放在我的肩膀上。我感到彷彿有一股電流溫暖了我的核心。

「每個人都這樣問我。我沒事。」我說。「也許，給我一個擁抱並不是什麼太過分的要求？」

「你還好嗎？」

「當然！」他說。「你就是我今天想要看到的人。」說著，他把我拉到胸口。我把頭靠在他的肩膀上，吸入了他的味道。

我已經太久沒有被擁抱過了，因此，我不知道應該把自己的手臂放在哪裡。我選擇把手臂繞到他的背上，讓它們停留在他的肩胛骨上，他的肩胛骨比我想像的還要強壯。

然而，在我準備好之前，他就放開了我。直到此時，我才注意到他的右眼。他的右眼浮腫，並且呈現紫色，彷彿被揍過一樣。「你怎麼了？」我問。

「噢，太蠢了。我在璜．曼紐爾的房間幫他處理一個袋子的時候，我……我撞到了門。你去問他吧。他會告訴你的。」

「你應該要冰敷。看起來很痛的樣子。」

「不要再聊我的事了，我想要知道你怎麼樣。」他說話的同時環顧了一下酒吧裡面。一群中年婦女正在吃早餐，湯匙碰撞瓷器的聲音和笑聲此起彼落，在去戲院看日場的演出之前，她們選擇在這裡消磨時間。另外還有幾個家庭正把鬆餅堆疊在盤子裡，吃完早餐之後，他們就可以出門遊覽博物館和觀光了。還有兩名孤狼般的商業人士正在小口吃著他們的歐陸式早餐，他們的眼睛一直盯在他們的手機或者攤開在他們面前的報紙上。羅尼在找誰？當然不會是這些客人中的任何人。不過，如果不是他們的話，那又會是誰？

「聽著，」羅尼悄悄地說。「我聽說你昨天發現了布雷克先生，還有，他們把你帶去了警察局問問題。我現在不能聊天，但是，你要不要在你下班之後來找我？我們可以在這裡找一個安靜的卡座，然後你再把一切都告訴我。所有的細節，好嗎？」他抓住我的一隻手，緊緊捏在了他的手裡。他的眼睛彷彿一潭藍色的深水池。他在擔心。擔心我。有那麼小小的一瞬間，我懷疑他就要吻我了，不過，我也立刻就意識到這個想法有多麼愚蠢——在酒吧和燒烤餐廳的中央吻一個同事。他當然不會那麼做。不過，這實在有點可惜。

「如果我們可以稍後見面就太好了。」我努力想要表現出若無其事的樣子。「那就下午五點？五點整？這算是約會嗎？」

「呃，是啊。好。」

「那就到時候見。」我說著開始走開。

「別忘了你的報紙。」他提醒我，然後從地上拿起一疊報紙，重重地放在吧檯上。

「噢，我真笨。」我奮力捧起那一大疊報紙，放到我的手推車上。此時，他已經回到了吧檯後面，正在幫一名客人倒咖啡，不再把注意力放在我身上。我試著想要和他做最後一次的眼神交流，不過卻徒勞無功。

沒關係。今晚，我們多的是時間來交流眼神。

7

生活真的很有趣。某一天可能充滿了震驚，而第二天也是。只不過，這兩次的震驚可能非常不一樣，就像夜晚之於白天，就像黑色之於白色，就像善良之於邪惡。昨天，我發現布雷克先生死了；今天，羅尼說要和我約會。嚴格來說，我想，我們不會「出去」約會，而是「留下來」約會，因為約會的地點會在我們工作的地方。不過，那只是語義上的問題而已。重要的是約會這件事本身。

距離羅尼和我上次約會已經三十七天了。等待的人有福了，外婆總是這樣說，沒錯，外婆，你說得對。就在我以為羅尼對我沒有興趣的時候，他透露了他其實是有興趣的。而他選擇的時間點也太完美了。昨天對我來說是一場震撼。今天也是，不過，這次的震撼卻讓人愉快、讓人興奮。這讓你見識到，你永遠都不會知道生活裡有什麼驚喜在等著你。

我推著我的房務推車經過大廳，往電梯而去。又一群女士經過我的身邊，也許是「出遊的姊妹淘」吧。她們當著我的面把電梯門關上，我已經習慣這種事了。房務員可以等下一班。房務員排在最後。終於，我等到了一班只有我一個人搭乘的電梯，然後按了四樓的按鍵。按鈕的紅光瞬間亮起。我感到一股反胃，這是自從我發現布雷克先生死在他的床上以來，第一次回到四樓。打起精神，我告訴自己。今天，你不需要走進那間套房。

電梯門叮的一聲打開。我把房務推車往外推，卻立刻撞上了不知道什麼東西。我抬頭一看，發現自己撞上了一名警察，他正目不轉睛地盯著他的手機，以至於完全沒有發現他擋住了電梯口。不管是誰的錯，我都知道我應該要怎麼做。在早期的工作訓練裡，我就從史諾先生那裡學到了這件事：客人永遠都是對的，即便他們沒有注意到自己對什麼人造成了什麼麻煩。

「我很抱歉，先生。你沒事吧？」我問。

「是啊，我沒事。不過，你推著那個東西要小心點。」

「感謝你的提醒。謝謝你，警官。」我一邊說，一邊試著把手推車閃過他。其實，我真正想要做的是把手推車從他的腳上輾過去，因為他根本不願意讓路給我過去，只不過，這麼做並不恰當。等到我走出電梯之後，我暫停了下來。「我能幫你什麼嗎？需要一條熱毛巾，或者？需要洗髮精嗎？」

「不用了，」他說。「我要走了。」

語畢，他走過我身邊，我看到他朝著布雷克夫婦的套房走去。套房的門口拉了一條鮮黃色的警示膠帶。他站在膠帶的一頭，兩腳交叉地靠在牆上。我已經可以預見，如果他持續用那種姿勢站上一整天的話，一定會留下一個很難清除的髒污。我很想用我的掃把柄把他從牆上撥開，不過算了。那不是我的打掃範圍。

我走向四樓的另一端，從407號房開始打掃。我很高興房間是空的，客人已經退房了。枕頭上有一張五元的鈔票，我心懷感激地拾起鈔票放進我的口袋裡。每一分錢都很重要，外婆總是這樣說。我讓自己投入在整理床鋪和換新床單的工作上。我的手今天有點顫抖。我不得不承認。每隔一陣子，布雷克先生的影像就會閃進我的腦子裡——蠟黃的臉、冰冷的身體——以及所有我後來目睹的一切。一陣電流竄過我的身體。雖然沒有什麼好不安的。今天不是昨天。今天是一個嶄新的日子。為了停止我的緊張，我讓自己專注在開心的事情上。而此刻，沒有什麼比想到羅尼更讓我高興的了。

當我打掃的時候，我在腦子裡回想著我們迅速發展的關係。我記得當我剛開始在飯店工作的時候，我和他還不熟。每天，當我在輪班開始之際去拿報紙的時候，我都會企圖停留久一點。慢慢地，一次又一次下來，我們變得很友好——我可以說意氣相投嗎？不過，一直到一年半又零一天以前，我們的感情才穩固了下來。

那天，我正在三樓打掃我應該要清理的房間。這層樓有一半的房間歸屬陽光的工作範圍，另一半則是我的。我走進305號房，這間房間並不在我今天當班的清潔名單裡，但是，櫃檯告訴我，這間房間已經沒有人了，需要打掃。既然我被告知房間是空的，那我就不需要敲門，然而，當我推著手推車進門時，我立刻就和兩個彪形大漢面面相覷。

外婆教過我要用別人的言行舉止而非外貌來評價他們，因此，當我看著眼前兩個光頭、臉上還帶著複雜刺青的龐然大物時，我立刻就往最好的方面想，而不把最壞的評價加諸在他們身上。也許，他們是我從來沒聽說過的知名搖滾明星雙人組？或者是時尚的刺青藝術家？或者舉世聞名的摔角選手？由於我喜歡古董的東西勝過流行文化，我怎麼會知道他們是誰呢？

「我很抱歉，先生，」我說。「我被告知房間裡的客人已經退房了。打擾到你們，我真的很抱歉。」

我按照規定地露出笑容，然後等著這兩位紳士的回應。但是，他們兩人誰也沒有開口。床上有一個海軍藍的行李袋。當我闖進來的時候，其中一個大漢原本正在打包一件工具，準備把一個什麼機器裝到袋子裡。而現在，他只是拿著那個奇怪的東西，動也不動地站在原地。

就在我對這個沉默的場面感到微微的不安時，有兩個人從這兩名大漢身後的浴室走了出來。一個是羅尼，他身上還穿著那件硬挺的白色襯衫，捲起的衣袖露出了他迷人的手臂。另一個則是手裡拿著一只棕色紙袋的璜・曼紐爾，也許那是他的午餐或晚餐？羅尼的雙手握拳。他和璜・曼紐爾看到我的時候顯然很驚訝，老實說，我也很驚訝看到他們。

「茉莉，不會吧。你為什麼在這裡？」璜・曼紐爾問我。「請你立刻離開。」

羅尼立刻轉向璜・曼紐爾。「什麼，你現在是老闆嗎？突然變成由你來指揮了嗎？」

璜・曼紐爾一連往後退了兩步，雙腳定在地面上愣住了。

我決定要介入，這是我撫平他們兩人之間摩擦的時刻。「嚴格來說，」我對他們說道。「羅尼是酒吧經理。那代表著在嚴格的階級制度下，此刻，他是我們三者之中層級最高的員工。不過，我們得記住，我們都是貴賓，我們每個人都是。」我告訴他們。

那兩個彪形大漢看著羅尼，又看了看璜・曼紐爾，然後又轉向我，就這樣來回看了我們好幾輪。

「茉莉，」羅尼說。「你在這裡幹嘛？」

「你還看不出來嗎？」我回答道。「我來打掃這間房間。」

「是啊，這我知道。但是，這間房間不應該在你今天要打掃的清單範圍裡。我告訴過樓下的人……」

「你告訴誰？」我問。

「那不重要。那不是重點。」

瓚．曼紐爾突然衝過羅尼身邊，前來一把抓住我的手臂。「茉莉，不要擔心我。你趕快下樓去告訴——」

「哇，」羅尼打斷他。「放開她，立刻馬上。」那不是個建議，而是命令。

「噢，沒關係的。」我說。「瓚．曼紐爾和我是認識的，而且我也沒有覺得不舒服。」直到這時候，我才明白發生了什麼事。羅尼在嫉妒瓚．曼紐爾。這是男性在男女關係上較勁的表現。我把這視為一種好的徵兆，因為這顯示出羅尼對我真正的感覺。

羅尼看著瓚．曼紐爾的方式明顯地傳達出他的不爽，然而，他接下來所說的話卻完全出人意料。「瓚．曼紐爾，你母親還好嗎？」他問。「你家人在馬薩特蘭，對嗎？我在墨西哥有幾個朋友，你知道的。滿好的朋友。我相信他們會很樂意去探望你家人的。」

瓚．曼紐爾立刻放開我的手臂。「不用了，」他說。「他們很好。」

「那就好。就這樣子吧。」他對瓚說道。

我覺得羅尼如此關心瑱．曼紐爾的家人實在是太貼心了。我越是認識他，就越看清他的本性。那兩個大漢此時終於開口了。我還期待著被適當地介紹給他們認識，這樣，我就可以把他們的名字記在腦子裡，以備將來之用，也許甚至還可以確認他們能在傍晚的時候，收到夜床服務贈送的巧克力。

「這究竟是發生了什麼鬼事？」其中一個對著羅尼說。

「她是什麼鳥？」另一個補充說道。

羅尼往前踏出一步。「沒事的。不用擔心。我會處理。」

「最好如此。他媽的快點處理好。」

現在，我不得不說，他們一再重複的髒話讓我嚇到了，不過，我被訓練過要隨時都保持專業的禮儀，不管對方採取什麼態度，不管他們是禮貌還是不禮貌，是乾淨還是邋遢，是滿嘴髒話還是言詞優雅。

羅尼走到我面前，壓低了聲音對我說：「你不應該看到這些的。」

「看到什麼？」我問。「你們把這間房間弄得一團混亂嗎？」

一名大漢突然又開口了。「小姐，我們才剛整理過這間房間而已。」

「呃，」我回應他。「你做得太不標準了。你看，地毯需要使用吸塵器。你們的腳印踩得到處都是。看到了嗎？前門那裡的地毯絨毛，還有那裡，浴室旁邊？這裡看起來就像被一隊大象踐踏過一樣。更別說床頭櫃了。誰吃甜甜圈的時候不用盤子裝的？還有這個肥大的指紋。我無意冒犯，可是，你怎麼會沒看到呢？玻璃表面上到處都是指紋。另外，每個門把我也都需要一一擦亮了。」

說著，我從手推車拿起一瓶噴罐，開始消毒桌子。才一瞬間，我就把髒亂的桌子清乾淨了。

「看到了嗎？這是不是好多了？」

那兩個大塊頭彼此互視了一下——一副目瞪口呆的樣子。很明顯地，他們對我高效率的清潔技巧感到佩服。至於璜．曼紐爾則顯然很尷尬。他依然瞪著自己的鞋子。

有好長的一段時間，沒有任何人開口。一定出了什麼錯，但是，我說不出來是什麼。最後，是羅尼打破了沉默。他轉過身背對著我，面向他的朋友說：「茉莉……她是個很特別的女孩。你們可以看得出來，不是嗎？她有多麼……獨特。」

他這麼說真是太美妙了。我感到受寵若驚，也不敢看著他的眼睛，深怕自己就會臉紅。「我很樂意隨時幫你朋友打掃，」我說。「事實上，那是我的榮幸。你只要告訴我，你們住在哪一間房，我就會請他們把這間房加到我的打掃清單裡。」

羅尼再度對他的朋友說道：「你們看到她有多幫忙了嗎？而且她也很低調。不是嗎，茉莉？你很低調吧？」

「低調是我的座右銘。無形的客戶服務是我的宗旨。」

那兩個人突然向我靠近，還把羅尼和璜．曼紐爾都推到了一邊。

「所以，你不是個大嘴巴，對嗎？你不會說出去？」

「我是個房務員，不是什麼愛說三道四的人，謝謝你。飯店雇用我是讓我閉上嘴巴，把房間恢復到完美的狀態。把這份工作做好，然後不留痕跡地消失，這讓我為自己感到驕傲。」

那兩個人彼此互相看了一眼，隨即聳了聳肩。

「你們覺得如何？」羅尼問他們。只見他們點點頭，轉向床上那只行李袋。「你呢？」羅尼問璜．曼紐爾。「沒意見吧？」

璜．曼紐爾點點頭，不過，他的嘴唇抿成了一條直線。

「好了，茉莉，」羅尼用他那雙足以穿透一切的藍眼睛看著我說。「沒事了。你只要像你平常那樣工作就好了，可以嗎？你把這個地方打掃到一塵不染，這樣就沒有人知道璜．曼紐爾和他的兄弟們待過這裡了。對此，你什麼也不要說出去。」

「當然。如果你不介意的話，我真的得開始工作了。」

羅尼靠近我。「謝謝你，」他小聲地說。「我們晚點再聊。我們晚上見，好嗎？我會對你解釋一切的。」

這是他第一次提出這樣的邀約。我幾乎無法相信自己所聽到的。「我很樂意晚上見。」我說。「這是個約會嗎？」

「當然。是的。六點到大廳找我。我們到別的地方去，再私下好好聊聊。」

他才說完，那兩個大個子就抓起行李袋，走過我身邊將房門打開。他們探出頭往走廊的左右兩邊看了一下。然後對羅尼和璜．曼紐爾做了個手勢，示意兩人跟在他們身後。他們四人隨即就離開了房間。

那個上午剩下的其他時間很快就過去了。我努力地打掃，渴望著六點的來臨。忽然之間，我發現今天早晨我是穿著一件老舊、不過卻還很耐穿的長褲，以及外婆的高領襯衫來上班的。這可不行，和羅尼的第一次正式約會可不能穿成這樣。

我把手邊正在清潔的房間打掃完畢，然後推著房務推車來到走廊，尋找著在這層樓另一頭工作的蘇妮塔。

「有人在嗎？」儘管她正在清掃的套房房門大開，我還是問了一下。她停下手邊正在做的事情，抬起頭看著我。「我要出去一下。如果車諾兒上來的話，你可以告訴她……我馬上就回來嗎？」

「好，茉莉。午餐時間早就過了，而你一直都還在工作。你可以休息一下，你知道的。」她一邊哼唱著，一邊繼續工作。

「謝謝你。」我說完立刻就退出房間，走向走廊上的電梯。然後在樓下衝出了旋轉門。

「茉莉？一切都還好吧？」普雷斯頓先生在我飛奔過他身邊時問道。

「太棒了！」我頭也不回地回答他。我跑在人行道上，轉過街角，來到我每天上班都要經過的一家精品店。我向來都很喜歡那個檸檬黃的招牌和櫥窗裡每天都穿著時髦新裝的人偶。這不是我平常會進去的商店。這是給飯店那些客人撒錢的地方，而非他們的房務員來購物的地方。

我抓住門把，走進店裡。一名店員立刻就迎向前來。

「你看起來似乎需要幫忙。」她對我說。

「是的，」我有點上氣不接下氣地回答她。「我急需要一套衣服。我今晚要和一個可能會和我談戀愛的人約會。」

「哇，」她說。「你真幸運。談戀愛是我的專長。」

大約二十二分鐘之後，我提著一個檸檬黃的大袋子離開了這家店，袋子裡裝著一件圓點圖案的上衣、一件叫做「緊身牛仔褲」的東西，還有一雙「貓咪鞋跟」的鞋子，雖然我沒看到鞋子上有任何的貓咪。當那個店員告訴我總價的時候，我差點就暈了過去，但是，如果我在所有的東西都包裝好之後才決定不買的話，那就太不禮貌了。我用我的銀行卡付完帳，然後衝回了飯店。我試著不去想自己剛剛把房租的錢花掉了，以及我要怎麼彌補這個缺口的問題。

我在十二點五十四分的時候回到了工作崗位上，剛好來得及繼續工作。當普雷斯頓先生看到我的購物袋時，他忍不住多看了兩眼，不過，他忍住了什麼都沒有說。我匆忙地走下大理石階梯，來到房務部門，再把我新買的東西放進我的置物櫃裡。然後回去工作。車諾兒不會發現的。

那天晚上，就在六點整的時候，我穿著我新買的裝束出現在飯店大廳裡。我甚至還用失物招領處的電捲棒把頭髮稍微整理過了，好讓頭髮變得又直又順，就像我看到吉賽兒用她的直髮器那樣。我看到羅尼走進大廳找我，他的目光直接越過了我，然後又拉回來，因為他第一眼完全沒有認出我來。

他走到我面前。「茉莉？」他說。「你看起來……很不一樣。」

「是好的不一樣還是壞的不一樣？」我問。「我相信了一個店員，我希望她沒有讓我搞錯方向。時尚不是我的強項。」

「你看起來……很漂亮。」羅尼的眼睛瞄著大廳。「我們離開這裡吧，好嗎？我們可以去這條街上的那家橄欖花園。」

我簡直無法相信！這就是命運。這是一個徵兆。橄欖花園是我最愛的餐廳。也是外婆的最愛。每年，在她生日和我生日的時候，我們都會一起出去好好度過一晚，享受無限量提供的大蒜麵包和免費的沙拉。我們最後一次一起到橄欖花園，是外婆七十五歲的生日。當時，我們還點了兩杯夏多內白葡萄酒慶祝。

「敬你，外婆，敬四分之三個世紀，還有四分之一要過，至少。」

「是啊！是啊！」外婆會這麼說。

事實是，羅尼選了我最喜歡的餐廳。我們是命運多舛的戀人，我們注定要在一起。

普雷斯頓先生在我們走出飯店的時候看著我們。「茉莉，你還好嗎？」當我穿著我的貓跟鞋，步履不穩地走下階梯時，他伸出了一隻手臂扶住我問道。羅尼早已快步走下樓梯，在人行道上一邊查看他的手機，一邊等著我。

「沒事的，普雷斯頓先生，」我說。「我真的很好。」

等到我們終於下到樓梯底部時，普雷斯頓先生壓低了聲音。「你不是要和他一起出去吧？」他問我。

「事實上，」我小聲地回答。「我是。所以，如果你不介意的話……」我輕輕地捏了一下他的手臂，然後搖搖晃晃地走向人行道上的羅尼。

「我準備好了。我們走吧。」我對羅尼說。羅尼開始往前走，依然低著頭在處理他手機上的要務。等到我們遠離飯店之後，他才放下手機，放緩了腳步。

「抱歉，」他說。「酒保的工作永遠都忙不完。」

「沒關係。」我回答他。「你的工作很重要。你是蜂巢裡不可或缺的一隻蜜蜂。」

我希望我這樣引用史諾先生在員工訓練研討會上說過的話，能讓他對我另眼相看，不過，就算他有的話，他也沒有表露出來。

在前往餐廳的路上，我興奮地說著所有我想得到的有趣的話題——真的羽毛撣子和合成撣子的好處，那個和他共事卻永遠不記得我名字的女服務生，還有，當然了，我對橄欖花園的喜愛。過了看似很長的一段時間之後，不過，其實也許只有十六分鐘半，我們抵達了橄欖花園的入口。「你先請。」羅尼禮貌地幫我開門。

一名年輕的女服務生很幫忙地帶我們到餐廳旁邊一個沒什麼人的浪漫卡座坐下。

「要喝點什麼嗎？」羅尼問我。

「聽起來不錯。我想來杯夏多內。你要嗎？」

「我比較喜歡啤酒。」

服務生回來的時候，我們點了我們要的酒。「我們可以現在就點菜嗎？」羅尼問著服務生，然後看著我。「你準備好了嗎？」

我當然準備好了，我什麼都準備好了。我點了我向來都會點的菜。「一份義大利之旅套餐。謝謝。」我說。「因為點千層麵、奶醬義大利麵和焗烤千層茄子是絕對不會出錯的，不是嗎？」我對羅尼露出一抹笑容，希望這個笑容看起來夠迷人。

他低頭看著他的菜單。「肉丸義大利麵。」

「好的，先生。你們要免費的沙拉和大蒜麵包嗎？」

「不，不用了。」羅尼回答她，我必須承認，這讓我有點失望。

服務生離開之後，我們倆就被單獨留在了吊燈溫暖的燈光下。如此近距離的看著羅尼，讓我把沙拉和大蒜麵包都拋諸腦後了。

他把手肘靠在桌面上，這不是應有的餐桌禮儀，不過這次我可以原諒他，因為這讓我可以好好地看著他的前臂。

「茉莉，你可能很好奇今天發生的事。那些人。在飯店那間房間裡。我不希望你覺得那是什麼不好的事情，或者開始告訴別人你所看到的事。我想要有個機會解釋。」

服務生拿著我們的飲料回來了。

「敬我們。」我用兩隻手指優雅地握住我的酒杯杯柄，就像外婆教我的那樣（淑女是絕對不會碰到杯肚的——那會留下看不到的指紋）。羅尼拿起他的啤酒杯，碰了一下我的酒杯。可能是太渴了，他一口氣喝下了半杯啤酒，才哐噹一聲地把杯子放回桌上。

「就像我剛才說的，」他又說。「我想要解釋你今天所看到的事情。」

他停了下來，盯著我看。

「你那雙藍眼睛真的非常迷人，」我說。「我希望你不要覺得我這麼說很不恰當。」

「真有趣。最近才有另外一個人對我說過同樣的話。總之，我需要你知道一件事。房間裡的那兩個人？他們是璜．曼紐爾的朋友，不是我的朋友。你了解了嗎？」

「那就太好了，」我說。「我很高興他在這裡交到朋友了。他全家都在墨西哥，你也知道的。我想，他可能多少會覺得寂寞。我可以理解這一點，因為我自己也常常會感到寂寞。不過，眼前當然不會。在這種特別的時刻，我一點也不覺得寂寞。」

說完，我深深啜飲了一口我的白葡萄酒。

「關於我的好兄弟璜．曼紐爾，有件事你可能不知道，」羅尼接著又說。「其實，他目前並不是一個合法的移民。他的工作證在前陣子就過期了，而他現在在飯店是非法工作的。史諾先生不知道這件事。如果璜．曼紐爾被抓到的話，他就會被踢出這個國家，永遠也不能再寄錢回家了。你知道他家人對他有多重要，不是嗎？」

「我知道，」我說。「家人非常重要。你應該也這麼想吧？」

「未必，」他說。「我的家人在幾年前就拋棄我了。」他又喝了一口啤酒，然後用手背擦了擦嘴。

「我很遺憾聽到你這麼說。」我對他說。我不明白像羅尼這樣的好人，為什麼會有人不想要親近他。

「好吧，」他說。「所以，那兩個你在房間裡見到的人？他們的那個袋子？那是璜．曼紐爾的行李袋。那不是他們的。更不是我的。那是璜．曼紐爾的。懂了嗎？」

「我懂了，是的。我們都有行李。」我停了一下，好讓羅尼有足夠的時間理解我這句聰明的雙關語。「我是開玩笑的。」我解釋道。「那兩個人確實真的拿著行李袋，不過，我剛才說的通常是指心理上的行李。你聽懂了嗎？」

「是啊。好吧。所以，璜．曼紐爾的房東知道他的證件過期了。所以，稍早之前，他就把他趕出了他的公寓。現在，他沒有住的地方了。我一直都在幫璜．曼紐爾想辦法。你知道，例如法律方面的問題，因為我認識一些人。我盡可能地讓他可以維持生計。這些都是秘密，茉莉。你擅長保守秘密嗎？」

他的目光緊緊地盯著我，能夠成為他的密友讓我覺得備感榮幸。

「我當然可以保密。」我告訴他。「特別是你的秘密。我心裡有個鎖盒，專門用來裝你的秘密。」說著，我假裝在胸口把盒子鎖上。

「太好了，」他對我說。「還有。是這樣的。每天晚上，我都偷偷地把璜塞到飯店裡不同的房間，這樣，他就不用睡在大街上。不過，這不能讓任何人知道，你懂嗎？如果被任何人發現我做了什麼的話……」

「你就會惹上很大的麻煩。璜．曼紐爾也會變成街頭的流浪漢。」我說。

「對，正是如此。」他回答我。

羅尼再一次地證明了他是多麼善良的一個人。他出於好心地幫助了一個朋友。這讓我感動到說不出話來。

還好，服務生在這個時候回來了，她用我的義大利之旅套餐和羅尼的肉丸義大利麵填補了這份沉默。

「祝你胃口大開。」我說。

我滿意地吃了幾口之後，才放下我的叉子。「羅尼，你讓我感到很佩服。你是個好人。」

羅尼的嘴裡塞滿肉丸。「我試著要做個好人。」他一邊說，一邊咀嚼和吞嚥。「不過，我可以借助你的幫忙，茉莉。」

「怎麼幫忙？」我問。

「要知道飯店裡哪一間房間是空的，對我來說越來越難了。這麼說吧，以前，我還有那些飯店的幹部可以透露這些資訊給我，但是，他們現在可能沒那麼喜歡我了。不過，你……沒有人會懷疑你，而且你也知道每天晚上有哪些空房。另外，你那麼擅長打掃，就像你今天證明的那樣。所以，如果你可以告訴我每天晚上哪間房間是空的，而且也可以確保在我們待過那間房之後，是由你來打掃的話，那就太好了——我是說璝．曼紐爾和他朋友待過之後。你知道的，就是確保他們沒有留下房間裡曾經有人待過的痕跡。」

我小心翼翼地把刀叉放在盤子邊緣。然後啜飲了一口酒。我可以感覺到酒液流向了我的四肢和臉頰，讓我感到了一股解放和不羈，這是我以前沒有感受過的兩種感覺……嗯，就我記憶可及的部分。

「我會很高興自己可以在能力所及的範圍內幫到你。」我對他說。

他噹啷一聲地把叉子放下，然後握住了我的手。那是一股愉快的通電感。「我就知道我可以信任你，茉莉。」

這真是一句讓人開心的讚美。我再次地說不出話來，迷失在了那泓藍色的深水池裡。

「還有一件事。你不會把這些事告訴任何人，對吧？你今天所看到的事？你一個字都不會說出去，特別是不會告訴史諾。或者普雷斯頓。甚至是車諾比。」

「這還用說嗎，羅尼。你所做的事是正義使者的行為。這無異於是在一個經常出錯的世界裡匡正事情。我明白。為了幫助窮人，俠盜羅賓漢也需要破例。」

「對，那就是我。我就是羅賓漢。」他拿起叉子，叉了一顆肉丸塞進嘴裡。「茉莉，我真想親你。真的。」

「那就太好了。我們可以等到你把丸子吞下去嗎？」

他笑了出來，然後快速地狼吞虎嚥著他的義大利麵。我甚至不用問：我知道他在和我一起笑，他不是在笑我。

我原本希望我們可以多待一會兒，還可以點甜點，但是，等他把盤子裡的麵吃完時，他立刻就要求服務生結帳。

當我們離開餐廳時，他幫我開了門，真是一個完美的紳士。我們一走出餐廳，他就說：「所以，我們說好了，對嗎？一個幫朋友忙的朋友？」

「對。在我輪班的時候，我會在當班一開始就告訴瓚．曼紐爾他那天晚上可以住在哪間房間。我會把房卡和房間號碼給他。並且在每天早上一早去打掃他和他朋友待過的那間房。車諾兒的遲到是眾所皆知的，所以，她根本不會注意到。」

「太完美了，茱莉。你真的是個特別的女孩。」

我從北非諜影和亂世佳人電影裡知道就是這一刻了。我往前傾，好讓他可以吻我。我想，他應該會親我的臉頰，不過，我的動作暗示他我不反對他吻我的嘴。很不幸地，我們的接觸錯了位，雖然我的鼻子對這份突如其來的愛意並沒有那麼失望。

在那一刻，當羅尼吻我的時候，他的嘴落在哪裡並不重要。事實上，對我來說，沒有什麼比那個吻本身更重要，他衣領上的紅色醬汁，他在吻我之後立刻掏出手機，甚至是塞在他牙縫裡的那一小片羅勒，這些都不重要了。

8

我的班幾乎要結束了。在腦子裡回想著我們的第一次約會，讓這一天很快地就過去了，也加強了我對今晚約會的期待。這也幫助了我不去想起昨天的事情。最重要的是，我已經成功地遏止了那些不愉快的回憶。只有一次當我在想起布雷克先生的時候，想起他死在他的床上時，不知道為什麼，羅尼的臉孔突然出現在布雷克先生的身上，彷彿他們是雙胞胎一樣地密不可分。

真是太荒唐了。我怎麼會想像他們出現那樣的連結，畢竟，他們在各方面都那麼地南轅北轍——一個老一個年輕，一個死了一個還活著，一個邪惡一個善良？我不停地甩頭，企圖甩掉那個不堪的畫面。而就像神奇畫板那個玩具一樣，我只需要甩甩頭就可以讓我的腦子恢復乾淨了。

今天，另一個讓我感到煩惱的念頭是吉賽兒。我知道她還住在這家飯店裡，但是，我不知道她在哪裡，在二樓的哪一間房裡。我很好奇，在她丈夫死後，她現在怎麼樣了？她對事情出現這樣的發展感到高興嗎？還是傷心？脫離他讓她覺得鬆了一口氣嗎？或者她為自己的未來感到擔心？她打算要繼承遺產嗎？如果可以繼承的話。如果新聞報導所言為真的話，很明顯地，她就是這個家族財產的繼承人，但是，布雷克先生的第一任妻子和孩子對此勢必有話要說。如果我曾經學到金錢是怎麼運作的話，那就是富者只會越富，窮者卻什麼都得不到。

我覺得很沉重——關於吉賽兒會變得怎麼樣。

這就是友誼的問題。有時候，你會知道你不應該知道的事；有時候，你得為別人保守他們的秘密。而有些時候，你得為那樣的負擔付出代價。

已經下午四點半了，距離我到聯誼廳去見羅尼展開我們的約會只剩半小時了。我們的第二次約會——這真是一大進展！

我推著我的房務推車走過走廊，好讓陽光知道我已經打掃完我所有的房間了，包括璜・曼紐爾昨晚待過的那間房。

「你動作真快，真的，茉莉小姐！」陽光對我說。「我還有好幾間房要打掃。」

我和她說了再見，然後在走向電梯的時候經過一名警官，不過，他根本沒有注意到我的存在。我搭乘電梯來到地下室，脫去我的房務員制服，換上我自己的服裝，就是一件牛仔褲和一件花襯衫——我並不想選擇穿這樣的衣服和羅尼約會，但是，我已經沒有錢再去買類似貓跟鞋和那種圓點的服飾了。此外，如果羅尼真的是個好蛋的話，他也會以蛋黃來評價別人，而不會只看外表的蛋殼。

四點五十五分的時候，我來到了樓下聯誼廳的入口，站在等候帶位的牌子旁邊，四下張望地找著羅尼。他看到我之後，直接就從餐廳後面走到了我身邊。

「時間剛剛好。」

「我對我的準時感到驕傲。」我對他說。

「我們到後面的座位去吧。」

「隱密。對，那樣似乎比較好。」

於是，我們穿過餐廳，走到後面最遠的——也是最浪漫的——卡座。

「這裡現在很安靜。」我一邊說，一邊在空著的位子上坐下來，服務台裡的兩名女服務生正在聊天，因為放眼所及，幾乎沒有一個客人。

「是啊。稍早之前並不是這樣的。很多警察，還有記者。」他環視著餐廳，然後把眼光落在我身上。他那隻瘀青的眼睛看起來比今早好多了，不過還是很浮腫。

「聽著，我很遺憾你昨天發生的事，就是發現布雷克先生的那些事。還有，被帶去了警察局。那一定很讓人緊張。」

「那真是混亂的一天。今天就好多了。特別是現在。」我補充說道。

「那麼，告訴我，當你去警察局的時候，我希望沒有人提及璜・曼紐爾的事。」

這真是讓人不解的問題。「沒有，」我說。「那和布雷克先生又沒有關係。」

「對。當然沒有關係。不過你知道的，警察有可能很愛管閒事。我只是要確保他很安全。」

他用手指掠了掠那頭濃密的黑色捲髮。「你可以告訴我發生了什麼事嗎，你昨天在套房裡看到的事？」他問我。「我是說，我相信你一定感到很害怕，也許說出來會有幫助，你知道的，對朋友說出來。」

他伸出一隻手來碰我的手。太神奇了，人類的手可以傳遞這麼多的溫暖。我好懷念身體上的接觸，那是生活裡沒有了外婆之後就不再有的東西。她曾經就像這樣，把她的手放在我的手上，把我拉出我的小世界，和我說話。她的手讓我知道，不管發生什麼事，一切都會好起來。

「謝謝你，」我對羅尼說。這讓我感到驚訝；我萌生一股沒來由的感覺——想要哭泣的衝動。我努力抑制著這份感覺，同時把昨天的事說給他聽。「在我去到布雷克的套房打算把清潔工作做完之前，昨天原本只是一個再正常不過的日子。我踏進房間，看到起居室被弄亂了。我本來只需要打掃浴室而已，不過，我走進了臥室，看看是不是也同樣髒亂，結果，他就在那裡，躺在床上。我以為他在睡覺，但是……他卻死了。真的死了。」

我說到這裡時，羅尼伸出了另一隻手，如此一來，他就把我的手包在了他的雙手裡。「噢，茉莉，」他說。「這真是太可怕了。你……有在房間裡看到什麼嗎？有什麼不尋常或者可疑的地方？」

我告訴他關於保險櫃被打開的事，還有裡面的錢不見了，以及那天稍早，我看到布雷克先生胸前口袋裡插著一張契約的事。

「就那樣？沒有其他不尋常的事？」

「事實上，有的。」我把吉賽兒的藥丸散落在地上的事也對他說了。

「什麼藥丸？」他問。

「吉賽兒有一個沒有標籤的瓶子。那個瓶子就打翻在布雷克先生的床頭櫃上。」

「天啊。你在開玩笑吧。」

「我沒有。」

「那吉賽兒在哪裡？」

「我不知道。她不在套房裡。那天早上，她似乎很沮喪的樣子。我知道她打算去旅行，因為我看到她皮包裡有一張航班行程表。」我調整了一下坐姿，故作風情地把下巴放在我的手上，就像經典電影裡的女明星那樣。

「你有把這些事告訴警察嗎？關於航班行程表的事？或者藥丸的事？」

我開始對這一系列的問題感到不耐，然而，我知道耐心是一種美德，而且，我希望他知道除了其他的美德之外，我也有這樣的美德。

「我告訴他們關於藥丸的事，」我說。「不過，我並不想多說。說實在的，我希望你也能保密，吉賽兒不只是個客人。她……呃，她已經是我的朋友了。我很擔心她。警察問那些問題，感覺就像是……」

「是什麼？感覺就像什麼？」

「那就好像他們在懷疑。懷疑她。」

「可是，布雷克是死於自然原因的，難道不是嗎？」

「警察認為應該是。不過也不完全是。」

「他們還問了別的事嗎？關於吉賽兒的事？關於我的事？」

我覺得胃裡好像有東西在滑動，彷彿一條沉睡的巨龍剛從冬眠中醒來一樣。「羅尼，」我無法掩藏聲音裡的厭煩。「他們為什麼要問你的事？」

「那太蠢了，」他說。「我不知道自己為什麼那樣說。別理我。」

語畢，他收回了他的手，我真希望他能把手放回來。

「我想，我只是擔心而已。為吉賽兒擔心。為飯店擔心。為我們所有人擔心，真的。」

我突然覺得自己好像遺漏了什麼。每年聖誕節的時候，外婆和我都會在起居室裡準備一張桌子，一邊聽著收音機播放的聖誕鈴聲歌曲，一邊一起玩拼圖。拼圖的難度越高，我們就越開心。而我現在的感覺，完全就像外婆和我面臨到一幅高難度的拼圖挑戰時一樣。彷彿我還沒有把每一片拼圖都放到對的位置上。

然後，我想起了一件事。「你說你和吉賽兒不熟。真的嗎？」

他嘆了口氣。我知道那代表了什麼。我惹惱他了，即便我不是有意的。

「難道一個男人就不能關心另一個看似好人的人嗎？」他問我。他聲音裡帶著一股尖銳，讓我聯想到每當車諾兒想要耍什麼壞心眼的時候也是這樣。

在我讓羅尼對我產生反感之前，我得要修正我的行為。「對不起，」我露出一個大大的笑容，然後往前傾靠。「你當然有權利關心。你就是這樣的人。你總是關心別人。」

「正是。」他說著把手伸進身後的口袋裡，掏出了手機。「茉莉，把我的號碼記下來。」他說。

一股興奮流竄過我，把我所有的疑慮都一掃而空。「你希望我能有你的電話號碼？」我辦到了。我和他又和好了。我們的約會又回到正軌了。

我拿出我的手機，和他交換了號碼。當我把我的名字輸入他的電話時，我很想要再加上一個識別符號。於是，我在他的手機上鍵入「茉莉，房務員兼朋友」。我甚至還在最後加了一個心形的表情符號，象徵著含情脈脈。

當我把手機交還給他的時候，我可以感覺到自己的手在顫抖。我希望他會看我輸入了什麼，然後看到了那個心，但是他連看都沒有看。

史諾先生就在那個時候走進了餐廳。我看到他走到酒吧旁，在離開之前拿走了一些文件。羅尼只是無精打采地縮著坐在我對面。他不應該為下班之後還留在工作場所感到害臊——史諾先生曾經說那樣的表現象徵著這是一名A++的員工。

「聽著，我得走了。」羅尼說。「如果發生什麼事的話，你會打電話給我吧？」

「我會的。」我說。「我一定會電話聯絡你的。」

他隨即從卡座裡起身，我也跟著他走出大廳，穿過飯店前門。普雷斯頓先生剛好就在入口處外面。

我朝他揮了揮手，他也碰了一下他的帽子。

「嘿，附近有計程車嗎？」羅尼問。

「當然有。」普雷斯頓先生回答完之後走到街邊，響亮地吹了一聲口哨，對著一輛計程車招手。當那輛計程車停在我們面前時，普雷斯頓先生打開車門。「請上車，茉莉。」他對我說。

「不，不，」羅尼對他說。「是我要搭的。你要去……別的地方，對嗎，茉莉？」

「我要往東。」我說。

「是啊。我要往西。晚安了！」

羅尼說完便鑽進了車裡，普雷斯頓先生也把車門關上。計程車在開走的時候，羅尼探出車窗對我揮揮手。

「我會打電話給你！」我在車後大聲地喊道。

普雷斯頓先生就站在我旁邊。「茉莉，」他對我說。「小心那個人。」

「羅尼？為什麼？」我問。

「親愛的孩子，因為那是一隻青蛙。而不是所有的青蛙最後都會變成王子。」

9

我輕快地走在回家的路上，和羅尼的相處讓我充滿了活力，也讓我大為興奮。我想到普雷斯頓先生關於青蛙和王子的無情評論。這讓我想起錯判一個人是多麼地容易。即便像普雷斯頓先生這麼正直的人，有時候也會犯錯。除了光滑無毛的胸膛之外，羅尼完全沒有雙面人的特質。我最大的希望就是，儘管羅尼不是青蛙，但他最終還是會成為我童話故事裡的王子。

我不知道在我打電話給羅尼之前應該要等多久才算禮貌。我應該要立刻打電話給他，為我們的約會向他致謝，還是應該要等到明天？或者我應該要傳簡訊給他？關於這種事，我僅有的經驗是來自於和威爾伯在一起的時候，他很討厭講電話，所以總是利用簡訊，但也僅止於用來傳達時間或其他和工作有關的訊息：「預計到達時間：7:03」，「香蕉特價：0.49分錢。售完為止」。如果外婆還在的話，我就可以徵詢她的意見，但是，那已經不再是個選項了。

當我接近我的公寓大樓時，我留意到有一個熟悉的身影正站在前門外面。有幾秒鐘的時間，我以為自己產生了幻覺，然而，當我越來越靠近的時候，我看到那真的是她。她戴著那副偌大的太陽眼鏡，還拿著她那個漂亮的黃色皮包。

「吉賽兒？」我一邊走近一邊問道。

「噢，感謝老天。茉莉，真高興看到你。」在我來得及說話以前，她展開了雙臂，緊緊地抱住了我。我完全說不出話來，主要是因為我幾乎無法呼吸。她放開我，推開她的太陽眼鏡，我因此可以看到她紅了一圈的雙眼。「我可以進去嗎？」

「當然了，」我說。「我無法相信你在這裡。我……能見到你我好高興。」

「比不上我見到你的高興。」她對我說。

我翻找著口袋，試圖找到我的鑰匙。當我開門並且邀請她進門的時候，我的手甚至還在微微地顫抖。

她輕手輕腳地踏進大門，然後環顧著大廳。地上散落著捲起的傳單，還有泥濘的鞋印和菸屁股——這真是很差的習慣。眼前的髒亂讓她的臉上露出了一絲輕蔑，明顯到我完全可以看得出來。

「很不幸，是嗎？我真希望每個租戶都可以維持大門入口處的清潔。我想，你會發現我外婆的……我的公寓比這裡乾淨多了。」

說完，我帶著她穿過入口處，走向樓梯間。

她抬起頭看著頭頂上方的階梯。「你住在幾樓？」她問。

「五樓。」我說。

「我們可以搭電梯嗎？」

「對不起。沒有電梯。」

「哇，」她嘴裡這麼說，不過，還是加入了我爬樓梯的行列，雖然她穿了一雙奇高無比的高跟鞋。我們終於抵達了五樓，我立刻衝在前面，幫她把殘破的防火門打開。當我開門的時候，防火門發出了吱吱的聲響。在她穿過門之後，我們就正式到達了我居住的樓層。我突然意識到我們置身的環境：昏暗的燈光和燒壞的燈泡，斑駁的壁紙和簡陋的廊道。當然，羅索先生，我的房東，一定聽到了我們的聲音，所以選在了這個節骨眼從他的公寓裡出來。

「茉莉，」他說。「看在你死去外婆的分上，你什麼時候才要付你欠我的房租？」

我覺得臉頰發燙。「這星期。放心。你會收到錢的。」我想像著把他那顆光頭按進一桶裝滿肥皂水的大水桶裡。

吉賽兒和我繼續走過他的面前。等到我們把他拋諸身後時，她誇張地翻了個白眼，那讓我鬆了一口氣，因為我很擔心她會對我虧欠房租而印象不佳。不過，很明顯地，她完全沒有這麼想。

我把鑰匙插進鎖孔裡，顫抖地打開我的前門。「請進。」我對她說。

吉賽兒立刻走進屋子裡，四下張望著。我在她身後進門，不知道應該要站在哪裡才好。我把門關上，再拉上生鏽了的門閂。只見她望著外婆掛在入門處的那幅畫，畫裡有一群婦女悠閒地坐在舒緩的河邊，吃著柳編竹籃裡的野餐。然後再看向門邊那張老舊的木頭椅子，椅子上擺著外婆的刺繡枕頭。她用雙手拿起枕頭，嘴唇微微嚅動著唸著枕頭上的祈禱文。

「呼，」她說。「真有趣。」突然之間，就在門口處，她的臉色一沉，眼眶裡充滿了淚水。她把枕頭抱在胸口，開始靜靜地啜泣。

我顫抖得更厲害了。我完全不知道發生了什麼事。吉賽兒為什麼在我家？她為什麼要哭？我應該怎麼辦？

我把鑰匙放到空無一物的椅子上。

你只能盡力做到你能做的，我聽到外婆的聲音在我的腦子裡這麼說。

「吉賽兒，你難過是因為布雷克先生死了嗎？」我問。但是，我立刻就記起大部分的人都不喜歡這麼直接的說話方式。「對不起，」我更正我自己。「我的意思是，我對你的失去感到很遺憾。」

「你很遺憾？為什麼？」她一邊啜泣一邊問我。「我並沒有感到遺憾。一點都沒有。」她把枕頭放回原位，輕輕地拍了一下，然後深深地吸了一口氣。

我脫下鞋子，用櫥子裡的抹布擦拭鞋底，然後才把鞋子放好。

她看著我。「噢，」她說。「我想我應該也要脫鞋。」說著，她把那雙發亮的黑色高跟鞋脫了下來，看著那紅色的鞋底和恨天高的高度，我實在無法想像她是怎麼穿著那樣的鞋子爬上五樓的。

她對我做了個手勢，示意我把抹布給她。

「不，不，」我說。「你是我的客人。」說著，我接過那雙精緻光滑、讓人完全不介意拿在手上的鞋子，把它們放進了櫥櫃裡。她環視著我們擁擠的公寓，目光往上游移到起居室斑駁的天花板，樓上的滲水在我們的天花板上留下了好幾個圓形的水漬痕跡。

「不要介意這些外觀，」我說。「樓上的人要怎麼樣，我也無能為力。」

她點點頭，然後拭去臉頰上的淚水。

我衝到廚房，抽了一張面紙，帶回來遞給她。「讓面紙來解決你的問題。」我說。

「噢，我的天，茉莉。」她對我說。「當別人心情不好的時候，你不能那樣說。他們會誤解你的意思。」

「我只是覺得——」

「我知道你的意思。但是其他人並不知道。」

我靜靜地思索著她的話，試著把她的教導珍貴地保存在我的腦子裡。

我們還在入口的地方。我僵在自己的位置上，不知道下一步該做什麼，該說什麼。如果外婆在的話就好了……

「現在，你應該要邀請我到起居室，」吉賽兒說。「你要告訴我請自便，或者類似這樣的話。」

我覺得胃裡一陣緊張。「對不起，」我說。「我們不是……我不是常常會有客人。或者從來都沒有過。外婆以前偶爾會邀請一些特定的朋友來，但是，自從她死了之後，這裡就一直很安靜。」我沒有告訴她，她是這九個月以來，第一個踏進這間公寓的人。她也是我自己的第一個客人。我突然想到一件事。

「我外婆經常說：『一杯好茶可以治癒所有的疾病，如果不行的話，那就再喝一杯。』你要來杯茶嗎？」

「好啊，」她說。「我不記得上次喝茶是什麼時候的事了。」

我匆匆走進廚房去煮開水。然後從廚房的門口偷偷看著在起居室裡閒晃的吉賽兒。我很高興今天是星期二，因為星期一晚上我才剛刷洗過地板。至少，我知道地板現在乾淨到近乎完美。吉賽兒走到起居室最遠那頭的窗戶前面。她用手觸摸著窗簾的褶邊，那幅花窗簾是外婆很多年前親手縫製的。

在我把茶葉放到茶壺裡時，吉賽兒已經走到了外婆的古董櫃前面。她蹲下來欣賞櫃子裡的施華洛世奇水晶動物，然後看了看櫃子頂端鑲在相框裡的那些照片。這讓我感到些微的不舒服，不過，她在我家的事實也讓我有點發暈。雖然我很自信公寓裡非常乾淨，但是，這裡並沒有吉賽兒．布雷克這種身分的女人所習慣的那種豪華裝潢。我不知道她現在怎麼想。也許她被我生活的方式嚇到了。因為這裡和飯店完全不一樣。這裡一點都不大氣。雖然我向來都不介意，但是，也許她很介意。這個想法讓我覺得很不安。

我把頭探出廚房。「請你放心，這間公寓的衛生隨時都維持著最高的標準。很不幸地，以一個房務員的薪水來說，我買不起那些奢侈品或者把這裡裝潢得夠時尚。我相信對你來說，這個家看起來不僅過時，而且老派。或許還有點……殘破？」

「茉莉，你根本不知道我是如何看待事情的。你真的不太了解我。你以為我一直都過著我現在這種生活嗎？你知道我的出身嗎？」

「瑪莎的葡萄園。」我回答她。

「不是，那只是查爾斯對外的說法。其實我出身底特律。而且不是底特律比較好的那些區域。這個地方其實讓我想起了我家。我的意思是，我很久以前的家。在我發現自己變得很孤單之前的那個家。我所逃離而且再也沒有回過頭的那個家。」

我站在廚房門口望著她的身影，她正在仔細端詳外婆和我在十五年前拍的一張照片。當時我才十歲。外婆幫我們兩個報名了烘焙課。照片裡的我們都戴著一頂很卡通的大號廚師帽。雖然我看起來很嚴肅，不過外婆卻笑得很開心。我記得當時麵粉灑在了我們的餐桌上，讓我感到很不高興。我的雙手和圍裙都沾滿了麵粉。吉賽兒拿起旁邊的另一張照片。

「哇，」她說。「這是你姊姊嗎？」

「不是。」我說。「那是我母親。那是很久以前拍的照片。」

「你長得和她一模一樣。」我很清楚我們有多麼相像，特別是從那張照片看起來。照片裡的她深色的頭髮及肩，包裹住那張圓圓的臉龐。外婆一直很喜歡那張照片。她說那是她的「買一送一」，因為那張照片會讓她想起她失去的那個女兒，以及她得到的這個外孫女。

「你母親現在住在哪裡？」

「她沒有住在哪裡，」我說。「她死了。和我外婆一樣。」

廚房的水滾了。我把爐火關上，然後把熱水倒進茶壺裡。

「我母親也死了。」她說。「那就是我離開底特律的原因。」

我把茶壺放在外婆最好、也是唯一的一個銀托盤裡，再放上兩只瓷杯和兩根晶亮的小茶匙；

一只雙把手的冰糖碗；還有一個古董奶罐。這些東西都充滿了回憶——都是外婆和我在二手店裡淘來的，或者是從柯德威爾斯家那條街上許多森嚴豪宅外的廢棄堆裡撿回來的。

「關於你母親的事，我覺得很遺憾。」吉賽兒對我說。「還有你外婆的事。」

「你沒有理由要感到遺憾。你和那些事又沒有什麼關係。」

「我知道，不過，你還是得這麼說。就像你剛才在門口對我說的那樣。你說你對查爾斯的死感到遺憾。你表達了你的哀悼。」

「但是，布雷克先生是昨天才死的，而我母親已經死了很多年了。」

「那不重要，」吉賽兒說。「你就是得這麼說。」

「謝謝你。謝謝你解釋給我聽。」

「沒問題。我很樂意。」

我是真的很感激她的教導。外婆不在之後，很多時候，我都覺得自己像踩在地雷區裡的盲人一樣。我不斷地遇到一些隱藏在事情表面底下的不當社會行徑。不過，有吉賽兒在身邊，我覺得自己彷如穿了一件鎧甲，並且還有武裝的守衛保護在側。我之所以喜歡在麗晶大飯店工作的理由之一，就是因為飯店有一本行為規範手冊。史諾先生的訓練讓我知道要如何反應，什麼時候應該說什麼話，要如何說話，還有對什麼人應該說什麼話。有這些指導原則讓我感到很心安。

我把托盤端到起居室裡。托盤上面的杯盤罐子在我手中發出哐啷的聲響。吉賽兒坐在沙發上最糟糕的那個位置，因為那裡的彈簧已經把沙發微微戳破了，不過，吉賽兒已經用一件針織毯把彈簧蓋了起來。我在她身邊坐了下來。

我倒了兩杯茶。然後拿起自己的那一杯，杯緣鑲了一圈金色的邊，杯身上還裝飾著一圈雛菊，但我隨即發現自己犯了一個過失。「抱歉。你比較想要這個杯子還是那個？我習慣用雛菊杯。外婆則會用那個畫著英國小屋的杯子。我是個墨守成規、按照習慣做事的人。」

「可不是嗎。」吉賽兒說著，拿起外婆的那個杯子。她幫自己加了滿滿兩湯匙的糖和一些牛奶。然後在杯子裡攪拌了一下。可想而知，她從來都不太做家事。她的手光潔無瑕，修剪得很整齊的手指上塗著血紅色的指甲油。

吉賽兒啜了一口茶，吞了下去。「聽著，你可能很好奇我為什麼到這裡來。」

「我很擔心你，我也很高興你來這裡。」我對她說。

「茉莉，昨天是我這輩子最糟糕的一天。警察一直纏著我。他們把我帶到警察局。他們詢問我的方式，就好像我是什麼慣犯一樣。」

「我就擔心會發生那種事。你不應該要被那樣對待。」

「我知道。但是他們不明白。他們問我，身為潛在的繼承人，我是不是太急著繼承查爾斯的房產。我叫他們去找我的律師，雖然我沒有半個律師。所有的事都是查爾斯在打理。天啊，遭到這種指控真是太可怕了。後來，等我一回到飯店，查爾斯的女兒維多利亞就打電話給我了。」

在我拿起我的杯子喝茶的同時，我感到了一陣輕微的顫抖。「啊，是啊，那個持有百分之四十九股權的人。」

「那是她以前的股份，現在，她已經擁有超過一半了，那就是她母親一直希望的。『女人和事業不能攪和在一起。』查爾斯一直這麼說……曾經這麼說。根據他的說法，女人沒有辦法處理那些骯髒的勾當。」

「真是荒謬，」我說。不過，我立刻警覺到不妥。「抱歉。這樣說死掉的人太沒禮貌了。」

「沒關係。他活該。總之，他女兒在電話裡對我說了更過分的話。你知道她叫我什麼嗎？她說，我是她父親的Prada寄生蟲，是他中年犯下的錯誤，更遑論還是殺了他的兇手。她一直在飆罵，以至於她母親不得不把電話從她手裡搶走。冷靜的布雷克太太——第一任的布雷克太太——說：『我為我女兒道歉。每個人對悲慟的反應都不一樣。』你能相信嗎？當時，她那個發狂的女兒還在電話那頭大叫著，要我小心點。」

「你不用擔心維多利亞。」我說。

「噢，茉莉，你真容易相信別人。你根本不知道，真實世界有多麼凶險。每個人都想要看到我倒下來。我是不是清白的根本不重要。他們恨我。為什麼？警察暗示是我對查爾斯施暴。真讓人無法相信！」

我小心翼翼地看著吉賽兒。我記得她告訴我布雷克先生有情婦的那天，當時她是那麼地憤怒，憤怒到想要殺了他。不過，想法和行動是兩回事。它們是完全不同的事情。如果有任何人明白這個道理的話，那就是我。

「警察認為我殺了自己的丈夫。」她說。

「不管怎麼樣，我都知道你沒有殺他。」

「謝謝你，茉莉。」她說。

她的雙手抖得和我一樣。她把茶杯放到桌上，接著說：「我永遠都不明白，像查爾斯第一任妻子那種高尚的女人，怎麼會教養出一個像潑婦一樣的女兒。」

「也許維多利亞繼承了她父親的個性。」我對她說。我記起了吉賽兒身上的瘀青和造成那些瘀青的原因。我的手指緊緊地握著杯子的把手。如果我再用力一點的話，把手可能就要碎成一堆碎片了。呼吸，茉莉，呼吸。

「布雷克先生，他不適合你。」我說。「我認為，他是個大壞蛋。」

吉賽兒低頭看著自己的腿，然後把她的綢緞裙子邊緣撫平。她就像照片一樣完美。就像一個黃金年代的電影明星突然從外婆的電視機裡爬了出來，奇蹟似地坐在我旁邊的沙發上一樣。這個想法的可能性似乎遠大於身為名媛的吉賽兒真的把一個地位低下的房務員當成朋友、而且活生生地就坐在這裡的事實。

「查爾斯並非一直都善待我，但是他愛我，以他自己的方式。而我也用我自己的方式愛他。我是真的愛他。」她那雙綠色的大眼睛裡噙滿淚水。

我想到了威爾伯，想到他是如何偷走了法貝熱。我對他的任何愛意，在一瞬間都化為了苦澀。我真想把他丟在一缸鹼液裡煮沸，如果那麼做不會讓我嚐到什麼惡果的話。然而，絕對有理由痛恨查爾斯的吉賽兒，卻依然愛著他。不同的人對同質性的刺激所做出的反應，還真讓人感到奇特。

我又喝了一口茶。「你的丈夫背叛了你。而且他還打你。」我說。

「哇。你確定你不要按事實來說話嗎？」

「我剛說了事實。」我說。

她點點頭。「當我認識查爾斯的時候，我以為我的生命就此決定了。我以為，我終於找到了一個可以照顧我、愛我的人了。他讓我覺得自己很特別，彷彿我是世界上唯一的一個女人。有一陣子，一切都很美好。直到好景不再。昨天，就在你進來套房打掃之前，我們才剛大吵一架。我告訴他，我對我們的生活感到了厭煩，為了他的『事業』，我們從一個城市到另一個城市、從一家飯店到另一家飯店，這已經讓我厭煩了。我對他說：『我們為什麼不能找一個地方安定下來，例如開曼群島的別墅，就像一般人一樣的過日子，享受生活？』

「沒有人知道這件事，我們結婚的時候，他要我簽署一份婚前協議書，所以，他所有的房產和資產都和我無關。那很傷人，因為他不信任我，然而，我像個白痴一樣地簽了。從那時候起，我們之間就不再一樣了。從我們結婚的那一刻起，我就再也不特別了。而他想要給我什麼就給我什麼，想要拿走就隨時都可以拿走。那就是他在我們兩年的婚姻裡所做的事。如果他對我的行為感到滿意的話，他就會買一堆禮物送我——鑽石和設計師的鞋子，帶我出國旅行——但是，他是個嫉妒心很重的男人。如果我在一場派對上，對某個男人的笑話大笑的話，我就會遭到懲罰。他不只會讓我沒有錢用。」她把一隻手放到鎖骨上。「我早該知道的。我並非沒有事先被警告過。」

吉賽兒停了一下，從沙發上起身，走到門邊拿起她的皮包。她在皮包裡翻了翻，然後拿出兩顆藥丸。她把皮包放到門邊的椅子上，回到沙發，一把將藥丸扔進嘴裡，就著幾口茶吞了下去。

「昨天，我問查爾斯，他是否考慮取消我們的婚前協議書，或者至少把開曼群島的別墅歸到我的名下。我們已經結婚兩年了；他也應該要信任我了，不是嗎？我只是想要一個地方，讓我在壓力太大的時候可以逃到那裡去。我告訴他：『你可以繼續發展你的事業，如果那是你想要的話——你的布雷克帝國。但是，至少把別墅的契約給我。把我的名字寫在上面。讓我有個屬於自己的地方，一個家。』」

我回想起我在她皮包裡看到的那張航班行程表。如果她和布雷克先生要一起去的話，為什麼航班是單程的呢？

「當我說『家』這個字的時候，他就對我發飆了。他說，每個人總是在騙他，企圖要偷走他的錢，要佔他的便宜。他在喝醉之下衝到房間另一頭，說我就和他的前妻一樣。他用很多字眼罵我——搶錢的人、淘金者……廉價的妓女。他氣到把結婚戒指都拔掉，丟到房間另一頭。他說：『好，隨便你吧！』接著，他把保險櫃打開，在裡面掏了半天，把一份文件塞進他的口袋裡，然後走過我身邊，衝出了房間。」

我知道那是什麼文件。我在他的口袋裡看到過——開曼群島的別墅契約。

「茉莉，你就是在那時候進到房間裡的，記得嗎？」

我記得——布雷克先生怒氣沖沖地從我身邊走過，我只是另一個擋路的人體障礙。

「很抱歉，我當時的舉止很怪異。不過，你現在知道原因了。」

「沒關係的。」我告訴她。「布雷克先生比你要粗魯多了。還有，說真的，我當時以為你在傷心，不是在生氣。」

她笑了笑。「你知道嗎，茉莉？你比那些批評你的人都更能理解。」

「是的。」我說。

「我不在乎其他人怎麼想。你是最棒的人。」

我可以感到自己的臉因為這句讚美而漲紅了。在我有機會問她別人是怎麼看待我之前，吉賽兒突然出現了奇怪的改變。不管她吞下去的那些藥丸裡含了什麼成分，這個改變都來得太快了。那就彷彿她在我眼前從固體變成了液體。她的肩膀放鬆了，臉龐也鬆弛了。我記得外婆生病的時候，那些幫她解痛的藥效就像這樣，至少有一小段時間，她的臉會從緊繃僵化的模樣，瞬間轉變成明顯的平靜，連我都可以看得出來。那些藥物在外婆身上創造了神奇的效用，直到再也沒有用為止。直到再也不夠。直到沒有什麼東西能緩解得了她的疼痛。

吉賽兒轉而面對我，在沙發上盤腿而坐，並且用外婆的毯子裹住了腿。「是你發現他的，對嗎？查爾斯？你是第一個發現他的人。」

「是我。對。」

「他們帶你去了警察局？我聽說了。」

「沒錯。」

「那你對他們說了什麼？」她把一隻手放到嘴唇上，小口地咬著食指上的皮膚。我很想告訴她，咬指甲是一種壞習慣，而且還會毀了她好看的指甲，不過，我忍住了。

「我把我看到的告訴了那個警探。我是怎麼進到套房，打算去把它恢復到完美的狀態，我是怎麼認為套房裡也許有人，我是怎麼進到臥室，發現布雷克先生躺在床上。還有，當我進一步要探查究竟時，我才發現他死了。」

「套房裡有什麼怪異的現象嗎？」

「他一直在喝酒，」我說。「不過，對布雷克先生而言，我不覺得那有什麼奇怪的。」

「你說得沒錯。」她回應我。

「不過……你的藥丸。藥丸通常都放在浴室裡，但是，它們卻出現在床頭櫃上，罐子是打開的，還有一些藥丸灑在地毯上。」

她全身突然變得僵硬。「什麼？」

「沒錯，有些藥丸被踐踏過了，還陷入了地毯裡，那對我們這些事後得要清掃套房的人來說很頭痛。」我希望她不要再像啃玉米一樣地咬她的指甲了。

「還有其他的嗎？」吉賽兒問。

「保險櫃是開著的。」

吉賽兒點點頭。「當然了。通常，他都會鎖起來，從來不會告訴我密碼。不過，那天，他從裡面拿了他想要的東西，然後，沒有把保險櫃關上就衝出房間了。」

她端起茶杯，禮貌地喝了一口。「茉莉，你有告訴警察任何有關查爾斯和我的事嗎？關於……我們的關係？」

「沒有。」我回答她。

「你有……告訴他們任何關於我的事嗎？」

「我沒有隱瞞真相，」我說。「不過，我也沒有主動提供什麼訊息。」

吉賽兒看了我一會兒，然後靠上前來抱住我，這讓我嚇了一跳。我可以聞到她身上昂貴的香水味。奢華自有一種明顯的味道，正如恐懼和死亡一樣，這不是很有趣嗎？

「茉莉，你是一個很特別的人，你知道嗎？」

「是的，我知道，」我說。「以前也有人這麼說過。」

「你是一個好人，也是一個好朋友。我想，我永遠也沒辦法像你這麼好，只要我活著一天，永遠都沒辦法。不過，我希望你知道一件事：無論發生什麼事，你都要相信我很感激你。」

說完，她往後退開，站起身來。幾分鐘前，她還像楊柳一樣柔軟和放鬆；現在，她又充電過度了。

「你打算怎麼辦？現在，布雷克先生已經死了？」

「沒怎麼辦，」她說。「在驗屍和解剖報告出來之前，警方哪裡都不讓我去。因為，如果某個有錢人死了，顯然就是他老婆殺的，不是嗎？絕對不可能是死於自然的原因，或者他自己以及他身邊的人帶給他的壓力。而那種壓力，正是他老婆企圖要幫他減輕、以免他突然死掉的壓力。」

「你認為是那樣的嗎？他突然死掉，就像那樣？」

她嘆了一口氣。淚水又湧上她的眼眶。「心臟停止跳動的原因有很多。」

我感到喉嚨裡有一個腫塊。我想到了外婆，想到她那麼好心，以及她那顆心臟是如何停止跳動的。

「等報告的時候，你會繼續住在飯店裡嗎？」

「我沒有什麼選擇。我沒有其他地方可去。而且，我在走出飯店的時候，幾乎不可能沒有記者蜂擁而上。我沒有任何的房產。我沒有什麼自己的東西，也沒有什麼只屬於我的東西，茉莉。即便連像這樣一間蹩腳的公寓都沒有。」她皺起眉頭。「抱歉。你瞧，你不是唯一一個經常會陷入困境的人。」

「沒關係。你沒有冒犯到我。」

她把一隻手放在我的膝蓋上。「茉莉，」她說。「我不會很快就得知查爾斯的遺囑寫了些什麼。也就是說，我還不知道我會變成什麼樣。直到我知道以前，我會一直住在飯店裡。至少那裡的費用已經付清了。」

她停了一下，看著我。「你會幫我嗎？我是說，在飯店裡。你會當我的房務員嗎？蘇妮塔是不錯，但是，那不一樣。你對我來說就像姊妹一樣，你知道嗎？一個有時候會說些瘋話、過分喜歡打掃的姊妹，不過再怎麼樣都是個姊妹。」

吉賽兒以這種正面的眼光看待我，她看到別人看不到的部分，她把我當作……家人，讓我覺得很受寵若驚。

「能幫你是我的榮幸，」我對她說。「如果史諾先生同意的話。」

「太好了。我回去之後就告訴他。」她站起來，走向門邊，拿起她的黃色皮包。當她走回來的時候，她從皮包裡掏出一疊鈔票——看起來十分熟悉的一疊。她抽出兩張嶄新的百元大鈔，放在外婆的銀製托盤上。

「給你，」她說。「你賺來的。」

「什麼？這是一大筆錢，吉賽兒。」

「我昨天一直都沒給你小費。你就把它當作小費吧。」

「但是，我昨天並沒有把套房打掃完。」

「那不是你的錯。你就收著吧。還有，我們就當作今晚的對話沒有發生過。」

我絕對不會忘記這段對話，不過，我並沒有說出口。

她再度起身，走向門口，不過卻又停下腳步轉過來面對著我。「還有一件事，茉莉。我要請你幫一個忙。」

我立刻就想到是不是和熨燙或者洗衣有關的事，因此，在聽到她接下來的話時，我簡直要驚呆了。

「你覺得你還可能進到我們的套房嗎？那間套房現在已經受到警戒了。但是，我有東西留在了那裡，那是我很需要拿回來的東西。我把它塞在浴室的風扇裡了。」

這說明了昨天她在浴室洗澡時，我為什麼會聽到浴室裡傳出笨重的鏗鏘聲了。

「你想要拿回來的東西是什麼？」

「我的槍，」她說。她的聲音很冷靜也很平常。「我有危險，茉莉。布雷克先生走了，我現在很容易受到傷害。每個人都想要從我身上得到什麼。我需要保護。」

「我明白了，」我說。然而，事實是，這個要求讓我產生了極度的不安。我覺得自己的喉嚨越來越緊。我感到世界在我周圍傾斜了。我想到了史諾先生的建議——「當客人提出過分的要求時，要把它當作是一種挑戰。不要推辭。要勇於面對！」

「我會盡力的，」我說，但是卻有點結巴。「去幫你拿回你的……東西。」我在她面前立正站好。

「真是太感謝你了，房務員茉莉。」她說著，再一次用雙臂抱住我。「不要相信任何人說的話。你不是怪胎。或者機器人。只要我活著，我就不會忘記你為我做的事。你等著看吧，我發誓，我不會忘記的。」

她衝到門邊，從櫥櫃裡拿出她發亮的高跟鞋，把腳滑進鞋裡。她把她的杯子留在了桌上，不像外婆那樣把杯子收到廚房。不過，她並沒有忘了她的黃色皮包，事實上，她已經把皮包掛在了肩膀上。她打開我的前門，給了我一個飛吻，然後揮手向我道別。

一個念頭突然竄進我的腦子裡。

「等一下，」我說。她已經走到走廊上，幾乎就快要走到樓梯了。「吉賽兒，你怎麼會知道要到哪裡找我？你是怎麼拿到我家的地址？」

她轉過身。「噢，」她說。「飯店的人給我的。」

「誰？」我問。

她瞇起眼睛。「嗯……我不太記得了。不過別擔心。我不會一直來打擾你或什麼的。還有，謝謝，茉莉。謝謝你的茶。謝謝你和我聊天。謝謝你這麼幫我。」

語畢，她輕輕地把太陽眼鏡從頭上撥下來，拉開那扇破爛的防火門，走了出去。

星期三

10

翌日早上，我的鬧鐘響了。那是公雞的啼叫聲。即便過了好幾個月，我也還是會聽到外婆在走廊上走動的腳步聲，以及她的手指輕敲在我房門上的聲音。

起床讓自己閃耀吧，我的孩子！今天是嶄新的一天。她會在廚房裡張羅我們兩人的英式早餐茶和抹了柑橘醬的烤麵餅。

不過，這不是真的。這只是回憶。我按下鬧鐘，終止公雞的叫聲，並且立刻查看了我的手機，以防羅尼在半夜的時候傳簡訊給我。簡訊：零。

我把兩隻腳平放在木地板上。沒關係。我今天會去上班。我會在那裡見到羅尼。我會幫我們的關係測量一下溫度。我會讓事情往前推進。我會幫吉賽兒，因為她需要我，她是我的朋友。我會知道該怎麼做。

我伸了個懶腰，然後下床。在我做其他事情之前，我的首要之務是把床上的床單和棉被都拉下來，再把床鋪好。

如果你打算要做一件事的話，那就把它做到好。

的確如此，外婆。首先，我從最上層的床單開始著手，先把床單拉得筆直，再把它鋪在床上。接著把每一邊都塞好塞滿，像醫院床單的四個角一樣。接下來，我把外婆的棉被撫平，讓那顆孤星一如既往地正對北方。然後再把枕頭拍鬆，嚴守四十五度角的準則，讓它們靠在床頭板上，像兩團帶著針織邊飾的小山丘一樣。

我走到廚房為自己準備烤麵餅和茶。每咬一口，我就留意到自己的牙齒摩擦到酥脆的麵餅所發出的刺耳聲。為什麼外婆在世的時候，我就從來沒有聽過自己會製造出這種可怕的聲音？

噢，外婆。她有多麼地喜愛早晨。她總是會哼著小曲，在廚房裡忙來忙去。我們會一起坐在我們的鄉村風格二人餐桌邊上，當她小口咬著早餐的時候，還會像麻雀一樣地發出啾啾的聲音。

我今天會整理柯德威爾斯家的圖書室，茉莉，噢，茉莉，我真希望你可以看看那個圖書室。總有一天，我要問問柯德威爾斯先生，看我是否可以帶你去參觀。那真是個奢華的房間，擺滿了深色皮革和亮晶晶的核桃木傢俱。還有好多的書。而且你絕對不會相信，他們幾乎不曾走進那間圖書室。我好喜歡那些書，彷彿它們就是我的書一樣。今天，我要拂去上面的灰塵。讓我來告訴你，幫書籍拂去灰塵實在有點奇怪。你不能就那樣把灰塵吹掉，我就見過有些清潔工會那麼做。那不算清掃，茉莉。那只是把灰塵換到另一個位置罷了……

她會一邊嘰嘰喳喳地說個不停，一邊為我們兩人即將展開新的一天做準備。

我聽到自己咕嚕咕嚕的喝茶聲。真噁心。我又咬了一口烤麵餅，然後發現自己再也吃不下了。我把剩餘的都丟掉，即便那實在是一種可怕的浪費。清洗完杯盤之後，我走到浴室淋浴。自從外婆死了以後，每天早上，我都會以比過去快一點的速度把每件事做好，因為我希望可以盡快地離開公寓。沒有她的早晨實在太難過了。

我準備好了。於是，我走出前門，沿著走廊走向羅索先生的公寓。我紮實地敲了敲門。然後聽到他來到了門的另一邊。咔嚓一聲。門開了。

他雙臂交叉在胸前地站在門口。「茉莉，」他說。「現在是早上七點半。最好是好事。」

我手裡握著錢。「羅索先生，這兩百元的房租先給你。」

他嘆了口氣，搖搖頭。「房租是一千八百元，你知道的。」

「是的，你說得沒錯，我知道我欠你多少。今天結束前，我會把剩餘的部分給你。你要相信我。」

他搖搖頭，開始咆哮。「茉莉，如果不是因為我很尊重你外婆……」

「今天結束以前。你會看到的。」我說。

「今天結束以前，不然的話，我就會採取下一步的行動，茉莉。我會把你趕出去。」

「不需要那麼做。可以給我一張收據，證明我已經付了兩百元嗎？」

「現在？你居然敢在現在要收據？等你付清之後，我明天再給你吧。」

「這個妥協很合理。謝謝你。祝你有個愉快的一天，羅索先生。」

語畢，我轉身走開。

還不到九點，我就已經抵達飯店了。一如往常地，我在途中避開了沒有必要的路程。普雷斯頓先生正站在他那座小指揮台後面，指揮台就位於階梯最上層的飯店入口處。他正在講電話。當他看到我的時候，他把電話放下來，朝著我微笑。

早晨的入口處很忙，比平常還要繁忙。旋轉門外有幾個行李箱，等著被送到儲藏室。客人忙進忙出，不少人正在拍照，閒聊著關於布雷克先生和布雷克太太的八卦。我不止一次聽到「謀殺」這個字眼被提及，那種口吻就像在談論園遊會或者什麼冰淇淋的新口味一樣。

「早，茉莉小姐，」普雷斯頓先生對我說。「你還好嗎？」

「我很好。」我回答他。

「我希望你昨晚有平安到家？」

「我平安到家了。謝謝你。」

普雷斯頓先生清了清喉嚨。「你知道嗎，茉莉。如果你有任何問題的話，不管什麼問題，記住，你都可以來找老好人普雷斯頓先生幫忙。」他的額頭以一種奇怪的方式皺了起來。

「普雷斯頓先生，你在擔心嗎？」

「我還不至於擔心。不過，我只是希望你……結交良友。同時也希望你知道，如果你有任何需要的話，我都會幫你。你只要輕輕地對普雷斯頓先生點個頭，我就會知道了。你外婆是個好女人。我很喜歡她，她對我親愛的瑪麗是那麼地好。我相信，沒有你外婆在，一切對你來說都不容易。」

他把重心從一隻腳換到另一隻腳上。有那麼短短的一瞬間，他看起來並不像那個氣宇不凡的門衛普雷斯頓先生，而是一個發育過度的孩子。

「我很感激你這麼說，普雷斯頓先生。不過，我很好。」

「那就好。」他說著輕輕地碰了一下他的帽子。就在此時，一名拖著三個孩子和六只行李箱的女人轉移了他的注意力。在我來得及適度地和他道別之前，他就轉身朝他們走去了。

我穿過擁擠的客人，經過旋轉門走進大廳。我直接往房務部所在的樓下走去。我的制服吊掛在我的置物櫃門上，一樣的乾淨，一樣的套著塑膠膜。我輸入門鎖的密碼，置物櫃的門立刻就彈開了。置物櫃的上層放著吉賽兒的沙漏計時器，沙漏裡的沙全部都來自於一個遙遠的異國，瓶身上的金色黃銅在黑暗中閃爍著希望。我感到身後有人。一轉身，只見車諾兒站在我身後，偷瞄著我的置物櫃門，她的神情嚴肅，整張臉都往下垂——換句話說，那就是她正常的表情。

我試著盡可能地保持愉快的氣氛。「早。我衷心希望你今天好多了，希望昨天的休息對你有幫助。」我說。

她嘆了口氣。「我懷疑你真的能了解。茉莉，像我這種情況是什麼感覺。我有腸子的問題。而壓力又讓情況更惡化。壓力，例如在我的工作場所發現有人死了。那種會引起腸胃功能失調的壓力。」

「我對你身體不適感到很遺憾。」我說。

說完，我期待她會走開，但是，她並沒有。她只是站在我面前。我制服上的塑膠膜被她摩擦得咯咯作響。

「布雷克夫婦的事真慘。」她說。

「你是指布雷克先生，」我說。「是啊，真是太可怕了。」

「不，我是指你再也拿不到他們的小費了，因為布雷克死了。」她的臉讓我聯想到一顆蛋——毫無特色且無精打采。

「事實上，」我說。「我相信布雷克太太還是飯店的客人。」

她嗤之以鼻。「蘇妮塔會負責吉賽兒的新房間。當然，我會監督她的工作。」

「那當然了。」我說。這是另一種偷取小費的策略，不過，這個計謀維持不了太久的。吉賽兒會和史諾先生談。她會要求讓我再去為她服務。現在，我得保守這個秘密。

「警方已經結束了他們在布雷克之前住的那間套房的工作。」車諾兒說。「他們把裡面幾乎都翻過來了。亂成了一團。你得努力把它恢復原狀。警察也不是什麼會給小費的人。從現在開始，我會負責陳氏夫婦的套房。我不想讓你工作得太辛苦。」

「真體貼，」我說。「謝謝你，雪洛兒。」

她繼續在那裡站了好一會兒，看著我的置物櫃裡面。我看到她瞥見了吉賽兒的沙漏計時器。我真想把她的眼睛挖出來，因為她那種嫉妒的眼神讓那個計時器都變髒了。那是我的。是我的禮物。是我朋友給我的。是我的。

「不好意思。」我說著用力把置物櫃關上。

車諾兒猛然退縮了一下。

「我得走了。我要去工作了。」

當我拿起我的制服走向更衣室的時候，她喃喃地說著什麼蠢話。

我一換上制服，把我的房務推車補充好之後，我立刻就出發往大廳走去。我看到史諾先生在櫃檯。他看起來好像結了霜，彷彿一只覆蓋糖霜的甜甜圈在大熱天裡融化了一樣。他對我招了招手，示意我走過去。

我小心翼翼地禮讓著一群群的客人，並且在他們從我和我的手推車前面經過時對他們點頭致意，即便他們完全無視於我的存在。「你先請，女士／先生。」我一次又一次地說著。這讓我花了很長一段時間，才走完從電梯到櫃檯的這一小段距離。

「史諾先生，很抱歉。今天太繁忙了。」當我到達櫃檯時，我立刻說道。

「茉莉，很高興見到你。在此感謝你昨天來上班。還有今天。很多員工會用最近發生的事件作為藉口裝病。推卸他們的責任。」

「我絕對不會做那樣的事，史諾先生。『每一隻工蜂在蜂巢裡都有牠的位置。』這是你教我的。」

「我有嗎？」

「有的。這是去年你在專業培訓日演講的時候說過的。飯店就是一個蜂巢，每個員工都是一隻蜜蜂。沒有我們任何每一個人，就不會有蜂蜜。」

史諾先生的視線越過我，望著忙碌的大廳。大廳確實值得關注。一個小孩把一件毛衣落在了一張高背椅上。一只廢棄的塑膠袋在一名忙碌的行李員拉著嘎嘎作響的行李箱快步走過時飛了起來，然後又降落在大理石的地面上。

「這是個奇怪的世界，茉莉。昨天，我還擔心在最近發生的不幸事件之後，客人會取消他們的預訂，我們飯店也會因此空無一人。然而今天，情況卻完全相反。預約的客人更多了。女性客人成群結隊地來喝茶，為的就是來此窺探一下。我們的會議室已經被訂滿到下個月了。每個人都好似業餘的偵探一樣。他們都相信自己可以進到飯店來，解開布雷克先生在奇怪的時間點死亡的謎團。看看櫃檯。他們根本忙不過來。」

他說得沒錯。櫃檯後面的那群企鵝正在拚命地敲打他們的螢幕，不停地聯絡著代客泊車的人員、行李員和門衛。

「麗晶大飯店已經變成了熱門景點。」史諾先生說。「這都拜布雷克先生之賜。」

「真有趣，」我發表了自己的看法。「我也正在想，某一天可以是那麼的殘忍，而隔天卻又充滿了祝福。在這樣的生活裡，你永遠都不會知道一轉彎就會看到什麼，有可能是一個死人，也有可能是你的下一個約會。」

史諾先生遮著嘴咳了一下。我希望他沒有感冒才好。他靠近我，然後小聲地說：「聽著，茉莉，我要讓你知道，警方已經結束了他們在布雷克套房的調查。我希望他們沒有挖掘出什麼令人不快的東西。」

「如果他們有的話，我也會打掃乾淨的。車諾兒告訴我，我今天要從那間套房開始打掃。我會立刻去打掃的。」

「什麼？我很明白地告訴車諾兒要她親自去打掃。我們又不急著把那間套房再租出去。我們得讓一切都先緩和下來再說。大概是這個意思。我不想要讓你承受更大的壓力，你已經受夠了。」

「沒關係的，史諾先生。」我說。「知道那間套房現在很髒亂反而讓我的壓力更大。等它恢復原狀，一切都打掃乾淨，就像沒有人曾經死在那張床上的時候，我才會覺得好過一些。」

「噓，」史諾先生說。「我們不要嚇到客人了。」直到這個時候，我才發現我不是在內心裡自說自話。

「對不起，史諾先生，」我先是壓低了聲音，然後把音量拉大，好讓原本可能在聽我們談話的人都聽到。「我現在要去打掃了，就按照我排班表上的房間來清潔，而不是哪一間特定的套房。」

「對，對，」史諾先生說。「那就快去吧，茉莉。」

於是，我立刻出發，和很多客人錯身而過，往聯誼廳去拿早報，並且希望可以見到羅尼。當我到那裡的時候，他正在吧檯後面，擦拭著黃銅的水龍頭。一看到他，我就感到一股暖流。他轉過身來。「噢，嘿，」他帶著笑意地對我說，我知道那抹微笑是針對我的，那個笑容屬於我，而且只屬於我一個人。他手裡拿著一條茶巾——純白無瑕，沒有任何一點污漬。

「我沒有打電話給你，」我說。「也沒有簡訊你。我覺得我們可以等到面對面的時候再聊，就像現在這樣。不過，我希望你知道，如果我的做法不如你的預期，我會很樂意在任何時候傳簡訊或打電話給你，無論白天還是晚上。你只要讓我知道你期待什麼，我就會調整的。那不是什麼問題。」

「呼哇，」他說。「那好。」他把那條乾淨的白毛巾甩到肩膀上。「你昨天晚上有發生什麼有趣的事嗎？」

我往前靠近吧檯。這回，我會確定自己有把聲音壓低。「你不會相信的。」我對他說。

「說看看。」他回應我。

「吉賽兒來找我了！到我家找我！我回到家的時候，她正在我家那棟樓外面等我。你能相信嗎？」

「呼。真是個驚喜。」他的語氣有點奇怪，彷彿他一點都不感到驚訝一樣。他拿起一只玻璃杯開始擦拭。雖然，所有的玻璃器皿在樓下的廚房都被消毒過了，他依然在擦拭任何可能遺漏的面積。他這種追求完美的個性讓我大為欣賞。他真是一個奇才。

「吉賽兒要幹嘛？」他問。

「嗯，」我說。「朋友之間是有秘密的。」我停了一下，朝著繁忙的餐廳四下張望了一下，確定沒有人注意到我們。沒有人往我的方向看過來。

「感到緊張嗎？」他臉上帶著一絲俏皮的笑容說道，而我相信他可能是在和我打情罵俏。光是這個念頭，就把我的心射穿成了兩半。

「你這麼說還真有趣。」我回答他。在我想得到要對他說什麼之前，羅尼先開了口。「我們得談談瓚．曼紐爾的事。」

罪惡感突然向我湧來。「噢，當然。」我太專注於羅尼和我們迅速發展的關係所帶給我的興奮，以至於我把璜．曼紐爾完全拋諸腦後了。羅尼顯然比我好太多了，他總是先想到別人，而把他自己擺到最後面。這提醒了我他還得多教導我，我要向他學習的還很多。

「我能做什麼嗎？」我問。

「我聽說警察已經走了，布雷克套房現在沒人了。對嗎？」

「這點我可以確定，」我說。「事實上，那間套房會有一陣子不出租給客人。我今天的第一件事就是要去那裡打掃。」

「那太好了，」羅尼說著，放下手中擦拭好的杯子，拿起另一只。「我認為，對璜．曼紐爾而言，目前最安全的地方就是布雷克套房了，」他說。「警察已經離開了；那間房間短期之內也不會再租出去，雖然，還是有客人有興趣想要預訂。你看到今天飯店是什麼樣子了嗎？城裡每個酷愛秘密的中年女士都跑到飯店大廳裡來，希望可以看到吉賽兒一眼，或者什麼相關的事物。說實在的，這還真差勁。」

「我答應你：不讓任何好奇的人進去那間套房，」我說。「我有任務要做，而且我也會把它完成。一旦套房打掃乾淨之後，我會讓你知道，璜．曼紐爾就可以進去了。」

「太好了，」羅尼說道。「我可以再要求你一件事嗎？璜．曼紐爾把他過夜用的袋子給了我。你可以把袋子放到套房裡嗎？放到床底下或者哪裡都好？我會讓他知道東西放在哪裡。」

「當然可以，」我回答他。「你可以要求任何事。璜．曼紐爾也是。」

羅尼說完，從一個啤酒桶邊拿出那個眼熟的海軍藍行李袋，遞給了我。

「謝謝，茉莉。」他說。「老天，真希望所有的女人都和你一樣棒。大部分的女人都太複雜了。」

我的心原本已經以兩倍的速度在跳了，現在不僅燃亮了，還飛到了天空裡。「羅尼，」我問他。「我想知道。也許有一天我們可以一起去吃冰淇淋？除非你喜歡拼圖遊戲。你喜歡拼圖嗎？」

「拼圖？」

「對，拼圖遊戲。」

「呃……如果可以選擇的話，我是那種比較喜歡冰淇淋的人。最近，我有點忙，不過，我們會找時間出去的。一定會的。」

我拿起璜．曼紐爾的袋子甩到肩膀上，準備走開。

「茉莉，」我聽到他在叫我。我轉過身。「你忘記拿你的報紙了。」

他把一落報紙放到吧檯上，我立即將之捧在臂彎裡。

「謝謝你，羅尼。你人太好了。」

「噢，我知道。」他說著眨了眨眼。然後轉過身去處理一名女服務生給他的點單。

結束了那段令人興奮又甜美的互動之後，我上了樓。我是真的漂浮起來了，然而，在我抵達布雷克套房門口的那一刻，沉重的回憶又將我拉回了地面。距離我上一次進入這個房間已經相隔兩天了。大門似乎比以前更大，更不可侵犯。我做了一個深呼吸，鼓起勇氣準備進入房間。我用我的門卡刷開大門，拉著我的手推車踏進了房間。房門喀噠一聲地在我身後關上。

我首先注意到的是味道，或者缺乏味道——沒有吉賽兒的香水和布雷克先生的刮鬍水混合在一起的味道。當我環顧眼前的景象時，我可以看到所有傢俱的抽屜都被打開了。沙發上的枕頭掉在了地上，枕頭上的拉鍊也被扯開了。起居室的桌面上佈滿指印，就像作案現場一樣。桌面看起來就像是一幅我在幼稚園時被強迫畫的手指畫，儘管我很討厭讓自己的手指染上油彩。一捲黃色的警示膠帶被丟棄在臥室門外的地上。

我又深吸了一口氣，然後往前走到套房內部。我站在臥室門口的門檻邊上。裡面的床已經被扒得光溜溜了，沒有床單，沒有床包。我懷疑警察是不是把床單都帶走了。這意味著我的寢具少了一套，並且還得向車諾兒報備這個損失。床上的枕頭被到處亂丟，枕頭套也被拆了下來，上面的污漬彷如古怪的牛眼。放眼望去只有三顆枕頭，而非四顆。

我突然感到有點暈眩。為了穩住我自己，我扶住了門框。保險櫃是打開的，不過，裡面現在什麼也沒有。吉賽兒和布雷克先生所有的衣服也都從衣櫃裡清空了。一直放在布雷克先生床側的那雙鞋子也不見了。床頭櫃也同樣髒亂，只見櫃子上灑滿粉末，粉末上浮現著一堆亂七八糟的指紋。也許有些指紋還是我的。

那些藥丸也不見了，就連掉落在地上的那幾顆也蒸發了。事實上，地毯和地板似乎是套房裡唯一被適度清理過的地方。也許警察用吸塵器把所有的痕跡都吸乾淨了——布雷克私生活裡的超細纖維和分子，全都被吸進了一張濾網裡。

我感覺到一股寒顫流竄過我的體內，彷彿布雷克先生的鬼魂正在把我推開。不要擋我的路。

我想起了吉賽兒手臂上的瘀青，噢，那並非我解決不了的事。我是真的愛他，你知道嗎。每當我在套房裡或走廊上遇到他時，那個恐怖的人總是把我撞開，彷彿我是一隻應該要被壓碎的昆蟲或害蟲一樣。透過我心靈的眼睛，我所看到的就是一個卑鄙的、目光銳利的生物，而且還抽著討人厭又散發惡臭的雪茄。

我感到鬢邊有一股憤怒在跳動。吉賽兒現在應該要去哪裡？她應該要怎麼辦？我很擔心吉賽兒，一如我擔心自己一樣。今早，羅索先生對我發出了更多的威脅。把房租付清，不然，你就會被趕出去。我的家，這份工作。這是我僅有的了。我可以感到眼淚刺痛著我的眼睛，而眼淚是此刻的我所不需要的。

好事會發生在那些辛勤工作的人身上。乾淨的良知。乾淨的生活。

外婆永遠都會來拯救我。

我聽從了她的忠告。我匆匆地回到我的手推車旁邊，戴上我的塑膠手套。我把消毒劑噴在玻璃桌面上、窗戶上、傢俱上。擦掉所有的指紋，擦掉所有曾經進入這間房間的闖入者所留下的髒污。接著，我開始清刷牆壁，處理那些被磨損和撞到的地方，我很確定在那些笨手笨腳的警察來到之前，牆上根本沒有這些痕跡。我在床墊上包好純白的床包。然後鋪床，讓嶄新的床單彷如波浪般地滾到床上。之後再擦亮門把，補充咖啡用品，用紙蓋清潔玻璃杯，以確保杯子的潔淨。我機械式地做著我的工作，我的身體自然而然地移動著，這些事我做過了那麼多遍，做過了那麼多日子，我清掃過那麼多房間，所有的客人都交融在了一起，彷彿一團雲霧一樣。當我擦拭著床對面那張鍍金的鏡子時，我的手竟然在顫抖。我得要聚焦在當下，而非過去。我不停地擦拭，直到我的影像完美地反射在鏡子裡。

布雷克的臥房只剩下一個角落尚待清掃，吉賽兒衣櫃旁那個陰暗的角落。我拿起吸塵器，一遍又一遍地吸著那塊地毯。然後小心翼翼地檢查牆壁，將兩面牆壁都噴上消毒劑，再徹底擦乾淨。好了。一切都被擦拭乾淨了。

我環顧著自己的手工成果，眼前的套房恢復了原狀。空氣裡瀰漫著怡人的柑橘味。

是時候了。

我一直避開了浴室，但是，我不能再逃避了。浴室也同樣地處在混亂的狀態中。毛巾不見了，面紙，即便衛生紙捲——全部都不見了。鏡子上和浴室的洗手台邊同樣遍布著指紋。我噴灑了消毒劑。擦亮鏡子和洗手台，再把丟失的東西都補齊。在這個小小的房間裡，基於它的功能，它需要加倍地消毒，漂白水的辛辣味濃烈到讓我的鼻腔都感到了刺痛。我打開風扇的開關，立刻就聽到那陣熟悉的哐噹聲。我立刻把它關掉。

是時候了。

我脫下橡膠手套，把它們扔進我的垃圾桶裡。再從我的手推車上取來那個凳子階梯，安放在風扇口下面。然後爬上凳子。風扇的蓋子很容易就被拆下來了。我插入兩根夾子，讓蓋子完全鬆脫，隨即謹慎地把蓋子放到洗手台旁邊。之後，我重新站回凳子上，一隻手臂往上伸進風扇漆黑的入口，探進一個未知的空間，直到我的手指碰到了冷冰冰的金屬。我把那個東西拉下來，捧在雙手裡。它比我想像的還要小，光滑漆黑，但是卻出乎意料地沉重。紮實。握柄摸起來很粗糙，感覺像是砂紙或者貓的舌頭。槍管很光滑，閃爍著令人滿意的亮光。嶄新。光潔。乾淨。

吉賽兒的槍。

我這輩子裡從來沒有拿過這種東西。感覺上彷彿有生命一般，雖然我知道它並不是活的。

誰能怪她持有這種東西呢？如果我是她的話，被布雷克先生和其他人那樣地對待，呃……也難怪。我可以感覺得到它，我手中的這股力量立刻讓我感到了安全、無敵。況且，她也沒有使用過，這件武器。她沒有把它用在她丈夫身上。

她未來會去哪裡？她打算做什麼？那我呢？我感到房間裡的重力改變了，所有的重量都落在了我的肩上。我把槍放到洗手台上，爬上凳子，重新把風扇的蓋子蓋上。然後從凳子上下來，再次拿起槍，帶著它走進起居室裡。它服貼地躺在我的手掌心裡。我要怎麼處理它？我要怎麼把它交給吉賽兒？

我想到了。大家都說看電視是浪費時間，不過，我相信我從神探可倫坡學到了不少。

最危險的地方就是最安全的地方。

我小心地把槍放到玻璃桌面上，隨即走回我的手推車旁邊。我把瑱．曼紐爾的行李袋從車上拿下來，再走回到臥室，把他的袋子塞到床底下。然後，我回到了起居室。

我把注意力轉向穩穩站立在我身邊、隨時準備好等著我啟動開關的吸塵器。我拉開吸塵器集塵袋的拉鍊，取出骯髒的濾網。接著從手推車上取來一個全新的濾網，把槍塞到裡面。接下來，我把乾淨的濾網裝回吸塵器的內膽。重新拉上拉鍊。眼不見為淨。最後，我把吸塵器前後搖晃了一番。什麼聲音也沒有，我的秘密，我無聲的朋友就在裡面。

我撿起髒濾網，正打算丟進我的垃圾袋時，一坨灰塵棉絮掉了出來，落到地毯上發出了沉悶的聲響。我低頭看著腳邊，發現地毯已經又沾上了污垢。然而，在那一坨棉絮般的灰塵中間，有個發亮的東西夾雜在裡面。我蹲下身，把那個東西放到手上，拭去了覆蓋在上面的塵埃。金子，厚重，鑲嵌著鑽石和其他的寶石。那是一只戒指。男人的戒指。布雷克先生的結婚戒指。就在我的掌心裡。

得與失都掌握在上帝手裡。

我彎曲手指把它包裹在手掌心裡。這就好像我的禱告得到了回應。「謝謝你，外婆。」我對自己說道。

因為，直到此刻，我才知道應該要怎麼做。

11

那支槍就藏在我的吸塵器裡。那只戒指則小心地被一張面紙包了起來，塞在我左邊的胸罩裡，就在我心臟的位置。

我盡可能地打掃著我分配到的其他房間，也盡可能地加快手腳，把自己當作人工吸塵器，而不使用我的電動吸塵器。我在走廊的某一處遇到了蘇妮塔。當她看到我的時候，她似乎有點驚嚇到，這看起來有點不尋常。「噢，抱歉。」她說。

「蘇妮塔，出了什麼事嗎？」我問。「你缺了什麼清潔補充品嗎？」

她抓住我的手臂。「你發現他。死了。你是一個很好的女孩。小心點。有時候，一個地方看起來似乎乾淨得像新雪一樣，但是其實並非如此。那只是一種障眼法。你明白嗎？」

我立刻就想到了車諾兒用她那塊擦馬桶的抹布擦拭洗手台的事。

「我完全明白，蘇妮塔。我們一定要永遠保持乾淨。」

「不是的，」她小聲地說。「你一定要更小心。草雖然是綠的，但是，有蛇會躲在裡面。」說著，她把一條白色的毛巾扔向空中，毛巾瞬間就掉落在她待洗的那疊布堆裡。她看著我的表情，和我在任何我看得懂的劇集裡所看到的都不一樣。她是怎麼了？在我能問她之前，她就推著她的房務推車走開了，走進她應該要清掃的下一間房裡。

我試著把這場奇怪的對話拋諸腦後。我集中精神盡快地打掃，這樣，我就可以把我的午餐休息時間提前幾分鐘開始。每一分鐘對我都很重要。

是時候了。

我推著我的手推車來到電梯口，等著電梯抵達。電梯的門開了三次，裡面的客人都只是看著我，即便裡面還有不少空間，但是，沒有人願意稍微移動一下位置讓我進去。房務員得排在所有人之後。

終於，電梯的門又打開了，裡面空無一人。只搭載了我一個人的電梯一路下到了地下室。我匆忙地推著我的手推車，卻差點在接近我置物櫃的轉角撞到車諾兒。

「你這麼急急忙忙地要去哪裡？你怎麼可能這麼快就把所有的房間打掃完了？」她問。

「我很有效率。」我回答她。「抱歉，我不能多加逗留。午餐休息的時間我還有個任務。」

「一個任務？可是，你通常都不會在午餐時間停下來休息，」車諾兒說。「如果你要在午餐時間執行什麼任務的話，你要怎麼維持你A+的優秀生產力效能？」

我對我的A+優秀生產力效能感到自豪。每年，史諾先生都會親自頒發給我一份優秀員工的證書。車諾兒從來都沒有掃完她每天應該要打掃的房間數量，而我的優秀表現就會彌補掉這個缺口。

然而，在我看著車諾兒的時候，我看到她臉上一直以來都有的那種表情——不過，今天我完全可以看懂了——她上唇的曲線，那抹不屑，還有……什麼其他的意味。我聽到外婆的聲音在我腦海裡響起，她給了我關於在學校遭到霸凌的忠告。

不要讓他們按下你的按鈕。

當時，我不明白按鈕指的並非字面上的意思。現在，我明白了。那些碎片在我的腦子裡拼湊在了一起。

「車諾兒，」我對她說。「我很清楚我有午餐休息的合法權益，而我今天就會這麼做。其他的日子我也會選擇要不要這麼做。這樣可以嗎，或者我應該要去請示史諾先生？」

「不用，不用，」她說。「好的。我絕對不會暗示任何……違反合法權益的事。你只要在一點前回來就行了。」

「我會的。」

語畢，我快步地經過她旁邊。我把我的手推車停放在我的置物櫃外面，抓起我的皮包，立刻跑回去搭電梯，然後衝出人來人往的飯店大門。

「茉莉，」普雷斯頓先生在我身後叫住我。「你要去哪裡？」

「我一個小時內就會回來！」

我穿過馬路，走過飯店正前方的咖啡店。然後轉到一條小街上。這裡的交通比較不繁忙，人行道上的人也少了很多。我的目的地在十七分鐘的路程之外。我可以感覺到一股熱氣在我的胸口升起，而我勉強自己踏出的每一步，也都讓我的腿感覺像在燃燒。不過沒有關係。有志者事竟成，外婆總是這麼說。

我行經一間位在一樓的辦公室，裡面的上班族正成排地坐在椅子上，聆聽一名穿著西裝的人站在講台前，比手畫腳地在說話。那個人身後的螢幕上播放著一堆圖表。我對自己笑了笑。我知道身為一個有資格接受專業培訓的幸運員工是什麼感覺。我很期待史諾先生下一個專業培訓日的到來，那距離今天還有一個月左右。

我一直無法明白，為什麼有些員工會抱怨這種活動，彷彿這是一種過分的要求，彷彿自我提升和針對客人服務以及飯店衛生的免費教育課程並非麗晶大飯店員工的福利似的。我很享受這樣的機會，特別是因為我無法追求我的夢想，去接受飯店管理和旅遊觀光的高等教育。這不是一個好的回憶，這樣的回憶不受歡迎。我看到威爾伯的臉孔閃過我的腦海，讓我立刻就想要給它一拳。但是，你沒有辦法痛揍一個回憶。就算你可以，這也改變不了什麼事實。

我一邊走，肚子一邊咕嚕嚕地在叫。我沒有吃午餐，今天早上，我並沒有準備午餐，因為我的櫥櫃裡已經沒有什麼東西了，連早餐都幾乎沒得吃了。我原本希望可以在其中一間客房的門外，發現早餐托盤裡還有沒吃過的餅乾，或者一小瓶沒有被拆封的果醬，甚至什麼我可以在洗淨之後帶走的水果。不過，唉，今天的客人並沒有留下什麼給我。我的小費共計是20.45元，這已經很不錯了，但還不足以安撫一個憤怒的房東，也不足以填滿一個冰箱，而只夠買一點基本的食物。算了。

蜂蜜來自於蜂巢。蜜蜂會製造蜂蜜。

這回，出現在我腦子裡的是史諾先生的聲音。在上次的專業培訓日裡，他談到了一個最重要的話題：蜂巢思維方式如何製造更好的生產力。我在一本全新的日記本上做了筆記，我也仔細地閱讀了細節。在他那一個小時的演講裡，史諾先生談到了團隊合作，他用了一個最引人入勝的比喻。

「把這間飯店想像成一個蜂巢，」他一邊透過他的貓頭鷹眼鏡看著他的員工，一邊說道。而我也很專注地聽著他的每一句話。「把你們自己想像成蜂蜂。」

我在我的筆記本上寫著：把你自己想像成一隻蜜蜂。

史諾先生繼續說道：「我們是一個團隊，一個家庭，一個群體。當我們採用一種蜂巢思維的時候，就代表了我們都朝著一個更美好的目標、朝著飯店更大的利益在努力。就像蜜蜂一樣，我們認同飯店的重要性，也就是我們的蜂巢。我們必須細心照料它，打掃它，在乎它，因為我們知道，沒有它，就沒有蜂蜜。」我在筆記本上寫著：飯店＝蜂巢；蜂巢＝蜂蜜。

此時，史諾先生的演說來到了一個驚人的轉折點。「現在，」他用雙手抓住他身前那張講台的兩端說著。「讓我們思考一下蜂巢裡的層級角色，以及所有蜜蜂的重要性，不管位於什麼層級，他們都會發揮他們最大的能力。有的蜜蜂屬於管理階層（說到這裡，他拉正了他的領帶），有些則是工蜂。有些蜜蜂直接服務於其他蜜蜂，而有些則是間接的。但是，沒有哪一隻蜜蜂的重要性高於其他蜜蜂，你們明白嗎？」

史諾先生的雙手握拳，強調著最後這一點的重要性。當史諾先生突然指著群眾中的我時，我正在筆記本上疾書，盡可能地把每一個字都記錄下來。

「例如，以一名房務員為例。她可以是任何一種清潔人員，可以是任何一家飯店的房務員。在我們的飯店裡，她就是我們完美的工蜂。她辛苦地工作，讓每一個蜂窩都為蜂蜜的來到做好準備。這是一份需要體力的工作。重複的工作不僅消耗體力，也很枯燥乏味，然而，她還是以自己的工作為榮；每天，她都把這份工作做得很好。她的工作大多是眼睛看不到的。但是，這會讓她的重要性次於雄蜂或蜂王嗎？這會讓她對蜂巢來說就變得比較不重要了嗎？沒有！事實是，沒有了工蜂，我們就沒有蜂巢。沒有她，我們就無法運作！」

史諾先生在講台上重捶了一下，來強調他的重點。我環顧四周，發現很多人都在看我。坐在我前排的陽光和蘇妮塔，正轉頭對著我微笑，還對我揮了揮手。和我相隔幾個座位的車諾兒則靠在椅背上，瞇著雙眼，把她的雙臂交叉抱在胸前。羅尼和一些從聯誼廳來的女服務生坐在我的後面，當我回頭時，他們正在小聲地交頭接耳，對什麼我錯過的笑話發出笑聲。

全場裡我所認識的員工（不過，他們大部分都沒有和我說過話）都往我的方向望過來。

史諾先生繼續往下說：「在這個組織裡，我們有很多需要改進之處。而我也越來越清楚，我們的蜂巢並非總像一個具有凝聚力的單位在運作。我們製造了蜂蜜讓我們的客人得以享受，但是有時候，這樣的努力所換來的甜美卻遭到了盜取，沒有公平地分享。我們有部分的蜂巢遭到不當使用來謀取個人的利益，而非為了群體的利益……」

當他說到這裡的時候，我停下了手中的筆，因為車諾兒開始以一種擾人的方式乾咳。我再度轉過頭，只見羅尼縮進了他的椅子裡。

史諾先生持續說著：「我要在此提醒你們，你們都比我剛才所說的那種情況要好，我們可以一起共創更美好的未來。我們的蜂巢可以成為蜜蜂界裡最棒的、最優秀的、最乾淨的，也是最奢華的蜂巢。但是，這需要凝聚力和相互合作。這需要對蜂巢思維有所認同。我要你們幫助這個群體，為這個群體努力。我希望你們想想專業精神的初心。展現出完美的狀態。我希望你們讓這個地方煥然一新！」

在這一刻，我整個人從椅子上彈起來，站起身，我預期全場都會認同史諾先生偉大的結論，並且會主動爆出掌聲。然而，我是唯一一個站起來的人。全場只有我一個人孤零零地站著，房間裡安靜到連一根針掉落在地上都可以聽得見。我感到自己變成了一塊石頭。我知道我也許應該要坐下來，但是，我做不到。我僵住了。卡住了。

我就那樣站了很久。史諾先生在講台上繼續待了一兩分鐘。然後，他扶正他的眼鏡，拾起他的講稿，大步走回了他的辦公室。等到他一離開，我的同事們開始在他們的座位上動來動去，自顧自地聊起天來。我可以聽到四周響起的低語。他們真的以為我聽不到嗎？

變種人茉莉。

機器人輪巴。

墨守成規的怪咖。

最後，櫃檯那些企鵝和行李員、女服務生和代客泊車人員一群群地站起來，開始離開現場。我待在自己的位子上，直到全場的人都走光了。

「茉莉？」我聽到有人在背後叫我。我感到一隻熟悉的手搭在我的肩膀上。「茉莉，你還好嗎？」

我轉過身，只見普雷斯頓先生站在我眼前。我望著他的臉，希望找出一絲線索。他是朋友還是敵人？我有時候會出現這種狀況。我會僵住一會兒，因為我所學到的一切都化為烏有了。都被抹去了。

「這和你無關。」他說。

「什麼？」我回應道。

「史諾先生剛才說這間飯店也許並非那麼乾淨，有些員工會做一些瞞天過海的事情。那不是在說你，茉莉。這間飯店有些狀況，有些事情甚至連我都不太清楚。不過，你不用擔心。大家都知道你每天都盡全力在工作。」

「但是，他們不尊重我。我覺得我的同事一點都不喜歡我。」

他的帽子拿在手上。他嘆了一口氣，低頭看著手裡的帽子。「我尊重你。而且我也很喜歡你。」

當他注視著我的時候，他的眼裡散發出一股暖流。不知怎麼地，他的眼神解放了我。我的雙腿又能動了。

「謝謝你，普雷斯頓先生。」我說。「我想，我應該要回去工作了。蜂巢永遠沒有休息的時候。」

說完，我從他身邊走開，直接回去工作。

那已經是幾個月前的事了。現在，我正站在距離飯店幾條街之外的一家店門口。我的雙腿又卡住了，就像那天那樣。

我已經走到店裡，把東西拿給櫃檯後面的那名男子看。他開了一個價錢。我接受了。在那個東西原本存放的地方，在我的胸罩罩杯裡，在我心臟的位置，現在，取而代之的是用面紙包裹著的一疊厚厚的鈔票。

我看了一下手機上的時間。這個交易，包括步行到這裡，總共花了我二十五分鐘的時間，比我原本預計的少了五分鐘，這表示我會在大約十二點五十五分的時候回到工作崗位上，車諾兒已經很好心地提醒過我要在一點前回去，而一點正是我後半個班開始的時間。

我的胃在翻攪，彷彿一條靜臥在那裡的巨龍突然甩了甩尾巴，把胃酸潑灑得到處都是一樣。

也許我不應該這麼做；也許這是錯的。

我在玻璃上看到自己的倒影。我想起了布雷克先生蠟黃下垂的臉孔、他造成的那些深色瘀青，以及他引起的傷痛。

我胃裡的那隻怪物蜷縮成了一團，靜靜地躺了下來。

木已成舟、覆水難收。

一股輕盈的感覺落在我身上。我深深吸了一口氣，對自己在玻璃裡的倒影感到驚嘆——一個身穿嶄新亮白襯衫的房務員，而且襯衫的領子還漿得筆挺。我調整了一下姿勢。以一種抬頭挺胸、能讓外婆引以為傲的姿勢站著。

除了我的倒影之外，櫥窗裡還有一些出售中的物品——放在一個紅色天鵝絨盒子裡的一支發亮的薩克斯風、一些電動工具，它們的電線全都整齊地繞成阿拉伯數字8的形狀，並且用鬆緊帶綁了起來，老舊的手機，以及一些放在展示盒裡的珠寶。盒子的中央多了一件新品，一只戒指，男人的戒指，一只婚戒，戒指上鑲嵌著的鑽石和珠寶閃爍著光芒，那是一件醒目而稀有的奢侈品——一個精緻的寶藏。

當店員把我們同意的金額遞給我時，我可以感受到他為我感到遺憾。從他緊閉的雙唇。從那抹不是微笑的微笑。我已經慢慢開始理解各種笑容的細微差別，了解它們所代表的豐富意義。我把每一種笑容都按照字母順序收藏在了我腦子的櫥櫃裡。

「很遺憾事情並不如你所預期，」那個店員對我說。「我是說你的男人。」

「我的男人？」我重複他的話。「剛好相反，」我說。「這是長久以來第一次，他的事情能有這麼好的發展。而且是非常好的發展。」

12

我踏著輕快的步伐一路走回飯店，並且在途中不時地確認著時間。我的速度控制得很不錯。現在距離一點還有五分鐘，而我幾乎已經到飯店了，我的時間預估得剛剛好。走路讓我的臉頰微微泛紅，而我心臟上的那一疊鈔票也有點重量，不過沒關係。

飯店很明顯地沒有早上那麼繁忙了；客人的數量少了很多。普雷斯頓先生獨自守在門衛的指揮台後面。當他看到我走近的時候，他立刻從指揮台後面走了出來，雙臂出奇僵硬地垂放在身體兩側。我揮了揮手，快步走上台階，但是，普雷斯頓先生卻在我還沒到達他面前時朝著階梯下面大喊。

「茉莉，」他的聲音緊繃，音量也壓得很低。「回家去。」

我在第三個台階停下了腳步。他的表情很奇怪，彷彿他急需上廁所一樣。

「普雷斯頓先生，我現在不能回家。我的班還有一半沒做完。」

「茉莉，」他再一次對我說。「從後門走。拜託你。」

「你沒事吧，普雷斯頓先生？你需要幫忙嗎？」

直到此時，我才注意到了一件事——大門口完全沒有客人，普雷斯頓先生站在指揮台後面的模樣也太過正式了，還有他奇怪又小聲的吩咐。透過旋轉門的玻璃，我可以看到史諾先生，以及他身旁一抹氣勢逼人的身影，史塔克警探。

「我親愛的孩子，」普雷斯頓先生說。「不要進去。」

「沒關係的，」我一邊說著，一邊繼續拾級而上。「被多問幾個問題不會要了我的命。」說著，我走進旋轉門裡。在我還來不及踏進大廳一步時，史諾先生和史塔克警探就擋住了我的去路。史塔克警探的姿態有種讓我不喜歡的感覺——她的雙臂彎曲，兩手張開，彷彿我是什麼野獸，而她準備要在我逃跑之前把我抓住。我從眼角看到了車諾兒，她正站在幾個手推車外的距離，不過，她看起來也有點不一樣。這是我第一次看到她臉上露出了真正的笑容——一種充滿期待和興奮的表情。

「不好意思，」我對史諾先生和史塔克警探說道。「我不能浪費時間。我剩下的班在三分鐘之後就要開始了。」

「只怕不是了。」史塔克警探對我說。

我看向史諾先生，但是他根本不敢正視我的目光。他的眼鏡歪到了一邊，豆大的汗珠貼在他的鬢邊。「茉莉，警探要帶你回警察局，她有更多的問題要問你。」

「我不能在這裡回答完，然後回去工作嗎？我今天的工作量很大。」

「不可能，」史塔克警探說道。「每件事都有簡單的作法和困難的作法。而簡單的作法總是最好的。」

真是個有趣的評論，不過卻完全錯了。就我的工作而言，簡單的作法就是偷懶的作法，完全不是最好的作法。不過，既然我們現在在飯店裡，技術上來說，警探就是客人，我只能保持禮貌，閉緊我的嘴巴。

我環視著大廳，發現越來越多人開始聚集。他們並不像平時那樣到處亂轉，而是三三兩兩地聚集成一個小團體──在櫃檯旁，在大廳的休閒椅附近，在宏偉樓梯下的大理石地面上。他們的站姿出奇地僵硬。而且異常地安靜。他們都往同一個方向注視。他們冷漠的眼神都在看著我。

「好吧，史塔克警探，」我說。「我就接受簡單的作法吧，」然後，我轉向史諾先生補充道：「不過，下不為例。」

史塔克警探示意我先穿過旋轉門，我照做了，她則緊跟在我身後。當我穿過旋轉門的時候，我回頭看了一眼，只見所有人的目光都跟隨著我離開的身影。

普雷斯頓先生就在門外最上層的階梯上。「來吧，」他說著扶住我的手肘。「讓我來幫你，茉莉。」

我正打算告訴他我沒事，然而，當我低頭看著台階時，台階上紅色的地毯瞬間像令人暈眩的海浪般波動了起來。我緊緊地扶住普雷斯頓先生的手臂。他的手很溫暖，讓人感到安慰。

我們來到了階梯底層。

史塔克警探開口說道：「我們走吧。該走了。」

「茉莉，好好照顧自己。」普雷斯頓先生對我說。

「我一直都有好好照顧自己。」雖然我這麼回答，但卻無法全然相信我自己所說的話。

13

這趟行程一路上很安靜。這回，我坐在警車的後座，而不是前座。我不喜歡坐在後面。每一次我稍微動一下，我屁股底下的塑膠坐墊就會發出尖銳的聲音。一面防彈玻璃隔在史塔克警探和我之間。玻璃上佈滿了骯髒的指紋和深褐色的血跡。

想像你在一輛豪華禮車裡，坐在黑色的後座上，車子正在駛往歌劇院。

外婆提醒我，困境只是一種精神的狀態，永遠都可以找得到出路。我把雙手放在大腿上，深深地呼吸。我會好好欣賞車窗外的風景。是的。我會把精神集中在那上面。

我們已經到達警察局，感覺上只不過用了幾秒鐘的時間。一進入警局，史塔克警探就帶我走向我上次被詢問的那間白色房間。在我們走到那間房間途中，我感覺到有更多的目光集中在我身上——穿著制服的警察在我走過時無禮地瞪著我看，其中有些人點了點頭，不過不是對我，而是對史塔克警探。我抬頭挺胸地往前走。

「坐吧。」警探對我說。我在上次坐的那張椅子上坐下來，史塔克警探則坐在我的對面，她把門關上了。這次，她並沒有問我要不要喝咖啡，甚至是水，這真是可恥。我可以喝點水的，雖然我知道如果我開口要的話，還是可以得到一杯裝在塑膠杯裡的水。

挺起胸膛，抬起下巴，呼吸。

史塔克警探不發一語。她就坐在我面前，看著我。角落裡的那架攝影機也在對著我閃爍著它的紅眼睛。

我首先打破了沉默。「我能怎麼幫你嗎，史塔克警探？」

「你能怎麼幫我嗎？噢，房務員茉莉。你可以從說實話開始。」

「我外婆曾經說，實話是很主觀的。不過，我從來都不相信。我相信實話是絕對的。」我說。

「那麼，我們算是有共識了，」史塔克警探回應道。她往前靠，兩肘放在我們之間的那張磨損了的白色桌子上。但願她沒有這麼做。我反對把手肘放到桌上。不過，我什麼也沒有說。

她和我的距離實在太近了，近到我可以看到金色的小斑點就在她那雙藍眼睛的虹膜裡。「既然我們聊到了實話，」她說。「我想和你分享一下布雷克先生的毒物反應報告。驗屍報告還沒出來，不過，我們很快就可以拿到了。布雷克先生的身體裡有藥物反應，就是他床頭櫃上以及臥室地上發現的那種藥丸。」

「吉賽兒的藥。」我說。

「藥？苯二氮平類，還摻雜了其他的街頭毒品。」

我花了好一會兒的時間，才在腦海裡把藥店裡的吉賽兒轉換成她在骯髒後街裡交易非法物品的畫面。有些不對勁。這說不通。

「總之，」史塔克警探說。「他並不是死於那些藥丸。雖然他的體內有很多，不過還不至於要了他的命。」

「那你覺得是什麼要了他的命？」我問。

「我們還不知道。不過，我可以向你保證，我們會查出真相的。」她說。「完整的驗屍報告會確定那些點狀的皮下出血是心搏停止造成的，還是其他的罪行導致的。」

我突然回想起一件事。房間開始旋轉。我看到布雷克先生，他緊繃的皮膚顏色死灰，眼睛周圍有著一些像被針刺過的細微瘀青，他的身體僵硬，毫無生氣。在我打電話到櫃檯之後，我抬起頭。看到我自己的倒影出現在床前面那道牆上的鏡子裡。

突然之間，我感到一陣濕冷，彷彿就要暈倒一樣。

史塔克警探抿著嘴唇，等待著機會。最終，她開口說：「如果你知道些什麼的話，那麼，你的機會到了，你現在可以站在對的一邊。你明白布雷克先生是一個很重要的人吧？一個VIP？」

「不。」我說。

「什麼？」史塔克警探回應。

「我不相信有些人比其他人重要。我們每個人都自有我們重要之處，警探。例如，我現在和你坐在這裡——一個地位低下的飯店房務員——然而，很明顯地，我一定有非常重要之處。否則，你不會把我帶到這裡來。」

史塔克警探很小心地聽著我的話。她全神貫注在我的每個字上。

「讓我問你幾個問題，」她說。「你曾經感到生氣嗎？我是說當個房務員？幫有錢人善後？處理他們造成的混亂？」

這種問話的方式讓我大為驚訝。當我被帶來這裡時，我完全沒有預期到她會這麼問。

「是的，」我誠實地回答她。「有時候，我確實會感到生氣。特別是當客人很隨便的時候。當他們忘記他們的行為會對別人造成影響，當別人用一種無關緊要的態度對待我的時候。」

史塔克警探沒有說話。她的手肘依然靠在桌上，這不斷地讓我感到很惱火，雖然只有在吃飯的時候，把手肘靠在桌上才真的算是不禮貌的行為。

「現在，讓我問你一個問題，」我說。「這種事會讓你感到困擾嗎？」

「什麼事會讓我感到困擾？」

「幫有錢人善後。處理他們造成的混亂。」我說。

警探突然往後退開，彷彿我抓出了一條九頭蛇的頭，頃刻之間，有一百條蛇正朝著她的臉在嘶嘶吐氣。不過，讓我感到滿意的是，她的手肘不再靠在桌面上了。

「你是這樣看待這件事的嗎？我的警探工作是在一個人死了以後幫他善後？」

「我的意思是，在遇到這種事情的時候，我們沒有什麼太大的不同。」

「是嗎？」

「你希望這場混亂能被理清，我也是。我們都希望這個不幸的狀況能乾淨地結束。我們都希望能夠回到常態。」

「我在尋找的是真相，茉莉。關於布雷克先生是怎麼死的真相。而現在，我也想要知道關於你的真相。在過去四十八小時裡，我們發現了一些有趣的資訊。前幾天，當我們談話的時候，你說你和吉賽兒並沒有特別熟。但是，我們發現這不是真的。」

我不會讓她以為我被嚇到了。吉賽兒是我的朋友。過去，我從來都沒有像她那樣的朋友，而我也很清楚地意識到要失去她有多麼容易。我考慮著要如何保護她，同時也要兼顧實話。

「吉賽兒以前曾經對我傾吐過。那不代表我和她很熟，儘管我也想要如此。布雷克先生的脾氣確實很大。我很難不注意到吉賽兒身上的瘀青。她對我說那些瘀青是他造成的。」

「你知道我們也和飯店其他員工談過，對嗎？」

「是的，我也預期你們會那麼做。我相信你會發現他們對你的調查很有幫助。」我說。

「他們告訴了我們很多。不只關於吉賽兒和布雷克先生的事。還有你的事。」

我感到胃在翻攪。我相信，不管是誰和史塔克警探說過話，他們的評論都應該很公正，即便他們並不喜歡我？而且，如果警探去諮詢了史諾先生、普雷斯頓先生，或者羅尼，那她一定會聽說我的工作表現和可靠程度都很出色。

一個念頭闖進我的腦子裡。車諾兒。她昨天「生病」了——也許沒有病到她無法走到這間警察局來。

警探彷彿讀到了我的心思一樣，她繼續又說：「茉莉，我們和車諾兒聊過了，你的上級。」

「我希望她有幫到忙。」我說，雖然我高度懷疑她有。

「我們問車諾兒，在布雷克夫婦住在飯店期間，她是否曾經打掃過他們的套房。她說，她有一陣子確實和你一起打掃過那間套房。那是她維持品質管控、並且讓她的房務員保持敏銳的方式。」

那股胃酸又湧了上來。「那是她侵佔小費的方式，那些小費是要給真正打掃的人，而不是給那些站在一旁看人打掃的人。」我說。

警探完全忽視我所說的話。「車諾兒說，她觀察到你和吉賽兒之間有一種友好的關係，一種特別的親密關係，那在一名客人和一個房務員之間是很不尋常的，特別是你，因為你其實並沒有什麼朋友，這是她告訴我的。」

我知道車諾兒老是在看我，但是，我從來都不知道她有多注意我。在我回應之前，我花了一點時間釐清思緒。「吉賽兒很感謝我的服務，」我說。「我們的關係是建立在這個基礎上面的。」

「告訴我，吉賽兒有沒有給過你小費？或者一大筆錢？」她問。

「她和布雷克先生會給我很不錯的小費，」我回答她。我不會進一步告訴她細節，讓她知道為了感謝我把套房打掃乾淨，吉賽兒曾經多次把全新的百元大鈔塞到我的手裡。我也不會提及她昨天晚上到我家找我，以及仁慈地給了我現金作為禮物。這是我自己的事，和任何人都無關。

「除了錢之外，吉賽兒曾經給過你任何東西嗎？」

仁慈。友誼。幫助。信任。「沒有什麼不尋常的東西。」我說。

「什麼都沒有？」

史塔克警探從她的口袋裡掏出一柄小鑰匙。她打開了我們之間那張桌子的一個抽屜，取出了那個沙漏計時器，吉賽兒的計時器，她給我的那個金色的禮物。警探把計時器放到桌上。

我感到臉頰在發燙。「車諾兒讓你打開我的置物櫃。那是我的置物櫃，那是我個人的空間。那麼做是不對的，侵犯別人的隱私，在沒有得到允許下就碰別人的東西。」

「那些置物櫃是飯店的財產，茉莉。請你記住你只是一個員工，不是飯店的老闆。現在，告訴我：你準備好要說出關於你和吉賽兒的實話了嗎？」

關於吉賽兒和我的實話是一件連我自己都不了解的事。那就像一隻犀牛寶寶被一隻陸龜養大一樣的奇怪。我應該要怎麼解釋這種事？「我不知道要對你說什麼。」我說。

「那就讓我告訴你一件事吧，」史塔克警探又把手肘放回了桌上。「你在很短的時間內已經變成了一個讓我們感到興趣的人。你明白那是什麼意思嗎？」

我偵測到一種目中無人的氛圍。以前，我也曾經感受過這種氣氛——因為對別人來說很容易就能理解的事，我卻未必能夠了解，所以，他們就認為我根本是個白痴。

「你已經變成一個VIP了，茉莉，」史塔克警探表示。「而且不是好的那種VIP。你已經證明了你有能力隱藏重要的細節，你能根據你的需要歪曲真相。我要再問你一次：你有和吉賽兒．布雷克聯絡嗎？」

我仔細地考慮了一下，然後發現我可以百分之百誠實地回答這個問題。「我現在和吉賽兒沒有聯絡，不過據我了解，她依然是飯店的客人。」

「但願你說的是實話。也希望驗屍報告所顯示的是自然死因。在那之前，你不能出國或者用任何方式企圖躲避我們。你並沒有被捕。」

「我當然希望不要被捕。我又沒有做錯什麼！」

「你有有效護照嗎？」

「沒有。」

她把頭歪向一邊。「如果你說謊的話，我會揪出來的。我可以去查你的資料，你知道的。」

「如果你去查的話，」我說。「你就會發現我確實沒有護照，因為我這輩子從來沒有離開過這個國家。你也會發現，我是個模範公民，我的紀錄非常乾淨。」

「哪裡都不要去，明白了嗎？」

就是這種說法讓我老是感到困惑。「那我可以回家嗎？我可以去商店嗎？可以去廁所嗎？上班呢？」

她嘆了一口氣。「可以，你當然可以回家，也可以去所有你經常去的地方。還有，你可以去上班。我說的是，我們會看著你的。」

又來了。「看著我做什麼事？」我問。

她的目光緊緊鎖住我。「不管你在隱藏什麼，不管你企圖在保護誰，我們都會查到的。我從我的工作上學到了一件事，那就是你可以把髒污隱藏起來一陣子，但是，到了某個時候，它一定會浮上表面的。你懂嗎？」

「你是在問我懂不懂髒污嗎？」

門把上的髒污。地上的鞋印。桌面上的灰塵痕跡。死在床上的布雷克先生。

「是的，警探。髒污是我最了解的東西了。」

14

當史塔克警探放我離開的時候，已經是下午三點半了。我自己走出了警察局的大門。這次，沒有人開車送我回家。從早上開始，我就沒有吃過東西，甚至沒有一杯茶幫我熬過這段時間。

我的胃在攪動。那條巨龍又醒了。我得在我公寓大樓前面的人行道上暫停一下，才能讓我自己免於昏倒。

這種反應並非出於飢餓，而是因為我隱瞞了事情，那讓我的神經受到了一種有害的影響。那是因為我沒有全然吐露關於吉賽兒的事，也沒有說出目前隱藏在我內心裡的事所造成的。那是我之所以出現這種狀態的原因。

誠實是唯一的策略。

我可以看到外婆因為失望而扭曲的面容，在我十二歲的時候，有一天，我放學回到家，她問我那天過得怎麼樣。我告訴她，那天很正常，沒有什麼好說的。那是一個謊話。實情是我在午餐的時候逃學了，那一點也不正常。學校打電話給外婆。我向外婆承認我為什麼逃學。我的同學在校園裡把我圍堵在一個圈裡，命令我在泥土上打滾，並且把土吃下去，還在我遵從他們的命令時踢我。只要是有關折磨我的事，他們都可以發明出各種方法，而那次的作法也不例外。

當那場考驗結束之後，我去了社區的圖書館，在那裡的洗手間花了幾個小時的時間，把臉上和嘴裡的泥土洗乾淨，把指甲裡的污垢摳乾淨。然後滿意地看著那些證據被水流沖進下水道。我很確定我可以逃過這件事，外婆一定不會發現的。

但她還是發現了。在我承認遭到霸凌之後，她只問了我一個問題。「親愛的孩子，你為什麼不當下就說出實情？告訴你的老師？告訴我？告訴任何人？」說完，她哭著用力抱住我，力道之大讓我完全無法開口回答她的問題。不過，對於她的問題，我確實有答案。真的。我沒有說實話，因為實話很傷人。發生在學校的事已經夠糟了，如果外婆知道了我所受到的折磨，那意味著她也會感受到我的痛苦。

那就是痛苦帶來的問題。它就像疾病一樣具有傳染性。它會從最早遭到感染的人身上，散播給那些最愛這個人的人。實話並不總是最好的；有時候，為了不把痛苦傳染給你所愛的人，你只能犧牲實話。每個小孩本能上都知道這點。

我的胃安定了下來。又恢復了穩定。我穿越馬路，走進我的公寓樓裡。我爬上樓梯，直接朝著羅索先生的門走去。並且把為了安全起見而保存在我心臟位置的那疊鈔票取了出來。在警察局裡的時候，我一直都可以感覺到它們的存在，不過，那不是一種令人討厭的感覺，它們給了我一種保護感，就像一面盾牌一樣。

我用力地敲了敲門。我聽到羅索先生穿過他的走廊，隨即響起了門鎖摩擦的吱吱聲。我房東那張紅潤的圓臉出現在門口。我伸出握著鈔票的手。

「這是這個月還沒有付清的房租，」我說。「你可以看得出來，我和我外婆一樣。我是個信守承諾的人。」

他接過錢，開始清點。「都在這裡了。不過，很感激你這麼謹慎。」我說。

等他一張張地數完之後，他緩緩地點了點頭。「茉莉，我們不要每個月都這樣，好嗎？我知道你外婆走了，但是，你還是得要準時付房租。你得要讓你自己的生活井井有條。」

「我很明白，」我說。「至於井井有條，盡可能地過著井井有條的生活是我明確的願望。不過，這個世界充滿了隨機的混亂，那常常會打亂我的計畫。可以給我付清全額的收據嗎？」

他嘆了一聲。我知道那代表著什麼。他被惹惱了，這並不公平。如果有人把一疊鈔票放到我的手裡，我絕對不會像這樣嘆氣。我只會大為感激。

「我今晚會把收據寫好，」他說。「明天就給你。」

我希望現在就拿到收據，不過，我可以把時間延後。「這可以接受。謝謝你。」我說。「祝你有個愉快的傍晚。」

他沒有什麼禮貌地把門關上。「你也是。」

我走到自己的門口，轉動鑰匙開門。然後踏進門檻，把門在我身後鎖上。我們的家。我的家。和我今早出門時一模一樣。整齊。井然有序。安靜到令人不安，儘管外婆的聲音就在我的腦海裡。

有時候，在我們的生命裡，我們必須做一些我們不想做的事。不過，我們還是得去做。

正常來說，只要我一把門關上，我會立刻感到一陣寬慰。在這裡，我很安全。不需要去猜測別人的表情。沒有什麼需要解碼的對話。沒有要求。也沒有需求。

我把鞋子脫掉，擦乾淨，整齊地擺到櫥子裡。我拍了拍外婆那個放在門邊椅子上的枕頭。然後走到起居室的沙發上坐下來，開始整理我的思緒。即便回到了這裡，在我自己平靜的家裡，我還是感到很困惑。我知道我必須考量我的下一步——我應該要打電話給吉賽兒嗎？或者也許打給羅尼，尋求他的支持和建議？打給史諾先生，對今天下午我沒有辦法工作、在沒有完成我每日應該打掃的房間數量之下就離開而表達歉意？——不過，我發現只要一想起這件事，我就不知所措。

我覺得心情很不好，自從威爾伯和法貝熱事件以來，自從外婆去世的那天以來，我已經好一陣子沒有這種感覺了。

今天，在警察局那間過亮的房間裡，史塔克警探責怪我，像慣犯一樣地對待我，而我明明就不是那種人。我只希望一轉過頭，就能看到外婆坐在我旁邊的沙發上，對我說：親愛的孩子。不要讓自己因為煩惱而亂成一團。生命自有出口。

我走到廚房把水壺放到爐子上。我的手在顫抖。我打開冰箱，不過冰箱裡幾乎是空的——只剩下一點麵餅，我得把那留下來當明天的早餐。我在櫃子裡找到了一點餅乾，然後把它們整齊地排放到盤子裡。當水滾時，我泡了茶，加了兩顆糖在裡面，以彌補沒有牛奶的不足。我想要一口一口地享用餅乾，然而，我發現自己在廚房流理台邊就狼吞虎嚥了起來，並且大口地配著茶吞下肚。在我意識到之前，我的茶杯就已經空了。我立刻感覺到茶發生了作用。一股溫暖的能量再度流過我的體內。

當一切都起不了作用的時候，就打掃吧。

真是個好主意。沒有什麼比好好打掃更能讓我感到振奮的了。我把我自己的茶杯洗淨，擦乾，然後收起來。起居室裡外婆的古董櫃可以讓我分散一下心神。我小心地打開櫃子的玻璃門，拿出她所有的珍藏——一個施華洛世奇水晶動物的動物園，每一隻都是她在柯德威爾斯家那間豪宅裡辛苦加班換來的。還有湯匙，大部分是銀製的，都是經年累月從二手店裡買來的。還有一些照片——外婆和我一起烘焙的照片，外婆和我站在一個公園噴水池前的照片，外婆和我在橄欖花園裡手拿夏多內白酒的照片。還有一張不是我們的合照，而是我母親年輕時候的照片。

我把那張照片拿起來。我的雙手依然沒有完全穩定下來。當我擦拭玻璃相框的時候，我得要集中精神。如果我的手指一滑，相框就會掉到地上，玻璃將會粉碎成數以百顆的碎片。我蹲下來，盡可能地靠近地面。這樣會比較安全。我用雙手握著相框，仔細地看著我母親的臉。此刻的我，被外婆所有可愛的東西所圍繞。

又一個記憶浮現，不過不是最近的回憶，而是一件我很久沒有想起的事情。在我十三歲的時候，有一天，當我放學回家進門時，發現外婆正蹲在地上，非常類似我現在的姿勢。那是一個星期四——清除灰塵的日子——她已經開始做家務了，她的那些收藏品散落在她身邊，她的手上拿著一條擦拭用的抹布，以及我母親的這張照片。我一跨進門檻，就發現有點不對勁。外婆一副蓬頭垢面的模樣，只見她向來都捲得很完美的頭髮變得十分凌亂。她的臉頰上沾了一些污漬，雙眼也腫了起來。

「外婆？」我還來不及擦拭我的鞋底就開口問。「你還好嗎？」

她沒有回答。她帶著一種木然的、心不在焉的眼神看著我。然後說道：「親愛的孩子，我打算把事情的真相告訴你。你母親。她死了。」

我發現自己的腿黏在了地上。我知道我母親在世界上的某個地方，然而，對我來說，她就像女王一樣的抽象。對我來說，她彷彿很久以前就已經死了。但是，對外婆而言，她的意義重大，而這也是一直讓我感到擔心的。

每年，當母親節來臨之際，外婆就會開始每天檢查三次信箱。她在期待我母親寄來的卡片。早年的時候，信箱裡會出現簽名潦草的卡片。而那些卡片總能讓外婆高興很久。

「我的孩子，她依然在某個地方。」她說。

但是，隨著時間過去，隨著一年又一年的母親節過去，信箱裡再也沒有出現卡片，那也讓外婆在接下來的整個月裡都悶悶不樂。於是，我會耗資買下我所能找到的最大、最讓人歡快的卡片，然後在「母親」的字樣前面加上「祖」字，再等距地寫滿代表擁抱的×和代表親吻的○，並且畫上紅色和粉紅色的心形圖案，同時小心翼翼地不要把顏色塗出心的邊框。

當外婆告訴我我母親死了的時候，我感受到的不是我自己的痛苦，而是她的痛苦。她不停地哭泣，完全不像平時的她，也讓我打從骨子裡感到了不安。

我快步走到她身邊，把一隻手放在她的背上。

「你需要一杯好茶，」我說。「沒有什麼是一杯好茶無法治癒的。」

說完，我衝進廚房裡，雙手顫抖地把水壺放到爐子上。我可以聽到外婆在起居室裡啜泣的聲音。等到水滾之後，我泡了兩杯完美的茶，用外婆的銀托盤端到起居室裡。

「來吧，」我說。「讓我們坐到沙發上吧。」

但是，外婆連動都沒有動一下。那條抹布在她手裡已經被揉成了一團。

我跨過地上那些珍藏造成的障礙，在她身邊的地板上為我自己騰出一個小空間。我把托盤放到一邊，拿起兩只杯子，放在我們面前。然後再次把一隻手放到外婆的肩膀上。

「外婆？」我說。「你可以坐直嗎？你要和我一起喝茶嗎？」我的聲音在顫抖。我嚇壞了。我從來沒有看過外婆如此虛弱和黯然，宛如一隻雛鳥般的脆弱。

外婆終於坐直起來。她用那條抹布輕輕地在眼睛上壓了壓。

「噢，」她說。「茶。」

我們就那樣坐著，外婆和我，坐在地板上，在那些施華洛世奇的水晶動物和銀湯匙的環繞下喝著茶。我母親的照片就在我們旁邊，成為了我們這個茶會上的第三個人，不過卻是個缺席的人。

當外婆再度開口的時候，她的聲音已經回復了正常，從容而且穩定。「親愛的孩子，」她說。「我很抱歉，我剛才太難過了。不過別擔心，我現在覺得好多了。」她喝了一小口茶，對我笑了笑。那不是她慣常的笑容。那抹笑容只笑了一半，並沒有在她的整張臉上綻放開來。

我突然想到一個問題。「她曾經問到過我嗎？我母親？」

「當然有，親愛的。當她突然打電話給我的時候，通常都是為了問你的事。我當然都會告訴她。只要她願意一直聽下去的話。只是有時候，她的電話很快就掛斷了。」

「因為她不舒服嗎？」我問。外婆總是用這個理由來對我解釋我母親當初為什麼離開。

「是的，因為她非常的不舒服。當她打電話給我的時候，通常都是從街上打來的。但是，當我不再提供金錢支助她時，她就不再打來了。」

「那我父親呢？」我問。「他怎麼了？」

「就像我以前說的那樣，他不是一個好蛋。我試著要幫助你母親看清這點。我甚至還請老朋友幫忙我勸她離開他，不過卻完全沒有用。」

外婆停下來，再喝了一口茶。「你一定得要答應我，親愛的孩子，絕對不要迷上毒品。」她的眼裡含著淚水。

「我答應你，外婆。」我說。

我不知道還能說什麼，因此，我伸出手抱住她。我可以感覺到她用一種全新的方式抱著我。那是我唯一一次感覺到是我在擁抱她，而不是她在擁抱我。

當我們往後退開的時候，我不知道正確的禮儀是什麼。我說：「你怎麼說，外婆？當一切都起不了作用的時候，就打掃吧？」

她點點頭。「我親愛的孩子，你是我的寶貝。你真的是。我們要不要一起來整理這團混亂？」

這句話讓外婆又回來了。也許她是裝出來的，不過，隨著我們把她所有的小東西都整理好，擦拭得乾淨又晶亮，並且把它們放回古董櫃之後，她又開始嘰嘰喳喳地說個不停，彷彿那只是很尋常的一天。

在那之後，我們再也沒有提起過我母親。

現在，我就在這裡，和那天一模一樣的位置，身邊圍繞著一個充滿回憶的動物園。不過，這回，我卻完完全全地落單了。

「外婆，」我對著空蕩蕩的房間說。「我想我遇到麻煩了。」

我把那些照片放在古董櫃的最上面。然後把外婆所有的寶貝都擦拭乾淨，再將它們安全地放回玻璃門後面。我站在櫃子前面，注視著裡面的每一樣東西。我不知道應該怎麼辦。

只要你有一個朋友的話，你就永遠都不會孤單。

我一直都靠自己在面對這一切，但是，也許是該求助於朋友的時候了。

我走到前門去拿我的手機。然後打給了羅尼。

他在電話響了兩聲之後接了起來。「哈囉？」

「哈囉，羅尼，」我說。「我希望我沒有在不對的時間打來。」

「沒事的。」他說。「怎麼了？我看到你和警察一起離開飯店。每個人都在說你有麻煩了。」

「我很遺憾地告訴你，在這個特殊的情況下，那些八卦也許是對的。」

「警察想要幹嘛？」

「真相，」我說。「關於我。關於吉賽兒。布雷克先生並不是死於用藥過量。不完全是。」

「噢，感謝老天。他的死因是什麼？」

「他們還不知道。不過，他們很顯然在懷疑我。也許也懷疑吉賽兒。」

「可是……你沒有對他們說任何有關她的事，不是嗎？」

「沒說太多。」我告訴他。

「你也沒有提到璜．曼紐爾或者其他有關他的事，對嗎？」

「他和這有什麼關係？」

「沒什麼關係。一點關係也沒有。那……你為什麼打電話給我？」

「羅尼，我需要幫忙。」我的聲音破了，我發現自己很難保持冷靜。

他沉默了很長一段時間，然後問道：「你……你殺了布雷克先生嗎？」

「沒有！當然沒有。你怎麼可以——」

「對不起，對不起。忘了我的問題。那你為什麼會有麻煩？」

「吉賽兒，她要我回到套房裡，因為她有東西留在了那裡。一把槍。她想要把它拿回去。她是我的朋友，所以我……」

「天哪。」電話那頭停了一會兒。「是啊。」

「羅尼？」

「嗯，我在。」他說。「那麼，那把槍現在在哪裡？」

「在我的吸塵器裡。就在我的置物櫃旁邊。」

「我們得拿到那把槍，」羅尼說。我可以聽出他聲音裡的焦慮。「我們得湮滅它。」

「對！正是，」我說。「噢，羅尼，我很抱歉讓你牽涉在這裡面。還有，如果警察有去找你談的話，拜託你一定要告訴他們我不是壞人，我永遠都不會傷害別人。」

「別擔心，茉莉。我會處理一切的。」

我感到一股原始的感激之情湧上我的胸口，幾乎就要化為淚水決堤而出了，但是，我不會讓這種事發生的，以免羅尼覺得我很不得體。我希望這個經驗能讓我們更加接近，而不是把我們分開。我深深吸了一口氣，把我的情緒壓抑下來。

「謝謝你，羅尼，」我說。「你是個好朋友。甚至不只如此。我不知道沒有你，我要怎麼辦。」

「我會幫你的。」他說。

不過，我還沒說完。我擔心如果他聽完其他的事，他也許會永遠地轉身離開我。

「還有另一個……消息。」我說。「布雷克先生的婚戒。我在套房裡發現了那只婚戒。呃……我很不想承認，不過，我最近發現自己處於很嚴重的財務壓力下。今天，我把那只戒指拿去了當鋪，這樣我才可以支付得了我的房租。」

「你……你什麼？」

「它現在就展示在市中心一家商店的櫥窗裡。」

「我真不敢相信。我真的無法相信有這種事。」他說。我幾乎可以聽到他在笑。彷彿這是最棒的消息。他當然不覺得好笑。我想起笑就和微笑一樣。人們也用笑來表達許多亂七八糟的情緒。

「我犯了一個可怕的錯誤。」我說。「我從來沒有想到他們會再一次地詢問我。我以為我在這件事裡的角色已經結束了。如果警察發現我當掉了布雷克先生的戒指，那就會讓我看起來好像是為了錢而殺了他。你明白嗎？」

「我當然明白，」羅尼說。「哇。這……難以置信。聽著，一切都會沒事的。把一切都交給我吧。」

「你會把槍處理掉嗎？還有戒指？我不應該拿那枚戒指的。那是不對的。你會把它買回來，並且確定沒有人會再看到它嗎？總有一天我會把錢還給你的。你要相信我。」

「就像我說的，茉莉。把一切都交給我。你現在在家嗎？」

「是的。」我說。

「今晚不要出門。好嗎？哪裡都不要去。」

「我不會的。羅尼。」我回答他。「我不知道要怎麼感謝你。」

「那就是朋友的功能，不是嗎？互相幫忙？」

「是的，」我說。「那就是朋友的功能。」

「羅尼？」我對著電話說道。我打算要補上一句話，告訴他我有多麼不只想要當他的朋友，但是已經太遲了。他沒有說再見就掛斷了電話。我留了一個無比混亂的場面讓他去清理，而他一刻都不想浪費。

當這一切都結束的時候，我要帶他去享受一趟免費的義大利之旅。我們會坐在我們那個橄欖花園的隱密卡座裡，在過亮的溫暖燈光下，享用堆得像山一樣高的沙拉和麵包，還有豐盛的義大利麵，再加上各式各樣的甜點。然後，等到我們吃飽的時候，我會拿起帳單。

我會為這一餐買單。我知道我會的。

星期四

15

翌日上午，我人在飯店裡，我遲到了，而且遲到了很久。不管我再怎麼努力工作，不管我清掃了幾間客房，我都趕不上進度。我清掃完一間客房和一扇黑曜石的大門，那扇門彷如一個巨大的無底洞，正對著走廊另一頭的房間張大了嘴。污垢無處不在——堆積在每一張地毯上的砂礫，塞在每一扇鏡子隙縫裡的灰塵，印在桌面上油膩膩的髒污，以及塗抹在糾結床單上沾了血的指印。我突然置身在飯店大廳裡，正沿著宏偉的台階爬上陽台，渴望著想要逃走。我用雙手抓住金黃色的蛇形欄杆，然而，每一根欄杆都滑溜到幾乎連手都無法停留其上。欄杆上那些晶亮的蛇眼看起來十分熟悉，它們忽然眨了起來，在我的手指底下活了過來。隨著我踏出的每一步，一條新的蛇就跟著醒了過來——車諾兒、史諾先生、威爾伯、那兩個身上有刺青的大漢、羅索先生、史塔克警探、羅尼、吉賽兒，最後是布雷克先生。

「不！」我尖叫著，但是，我卻聽到了一陣敲門聲。我彈起身，直挺挺地坐在床上，心臟噗通噗通地撞擊著胸口。

「外婆？」我呼喚著。但是，屋內響起的回聲就如同每個早上那樣。這裡只有我一個人。

咚。咚。咚。

我看了一眼手機。還不到早晨七點，因此，我的鬧鐘還沒響。哪個腦子正常的人會在這種不便的時候來敲我的門？我想起了羅索先生，他還沒給我房租的收據。

我把自己拖下床，套上我的拖鞋。「來了！」我說。「等一下！」

我搖搖頭甩開那個惡夢，沿著走廊走向前門。然後拉開生鏽的門閂，再把鎖轉開，拉開了大門。

「羅索先生，我很感謝你拿——」話才說到一半，我就突然打住了，因為站在門口的來者並非羅索先生。

一名高大的年輕警察雙腳岔開地站在我面前，擋住了所有的光線。他身後還有兩名警員，其中那名中年男性很符合神探可倫坡裡的警察形象，另一個則是史塔克警探。

「很抱歉。我還沒換衣服。」說著，我揪住了我的睡衣衣領，這件睡衣以前是外婆的——粉紅色的法蘭絨上印了許多可愛的彩色茶壺。這一身穿著怎麼都不適合迎接客人，即便是在一早別人還不方便的時刻就不請自來的客人。

「茱莉，」史塔克警探上前一步走到那名年輕的警察前面。「你因為非法持有武器、毒品，還有犯下一級謀殺罪而被捕了。你有權保持沉默，並且拒絕回答問題。你所說的任何一句話，都可能在法庭上對你不利。在對警方開口之前，你有權諮詢律師，而不管是現在還是將來，你也有權在被警方質詢的時候，要求要有律師在場。」

我的頭在旋轉，我腳底下的地板在傾斜。一個個小茶壺在我的眼前飛舞。「有人要來杯……」不過，我無法把這句話說完，因為我的視線已經變暗了。

我所記得的最後一件事是自己的膝蓋化成了柑橘醬，整個世界都變成了一片漆黑。

等我醒來的時候，我已經置身在一間牢房裡，正躺在一張窄小的灰色便床上。我想起了我的前門，想起了我打開前門，以及在震驚中聽到我的權利被宣讀，就像電視劇演的那樣。那是真的嗎？我慢慢地坐起身。環視著這間帶有鐵欄杆的小房間。是的，這是真的。我在一間牢房裡，也許是我曾經被質詢過兩次的那間警察局的地下室裡。

我吸了幾口氣，希望能讓自己保持冷靜。空氣聞起來既乾燥，又充滿了灰塵。我依然穿著我的睡衣，在這種特殊情形下穿著如此不合宜的服裝，這讓我受到了很大的打擊。我屁股底下的簡便床鋪佈滿了外婆口中的「無解的髒污」——血跡和某種黃色的圓形污漬，那很可能是很多我想都不願意去想的東西造成的。有些服務性質的用品就應該立即被丟棄，因為它根本不可能再被恢復到完美的狀態，而這張簡便的床鋪就是最完美的例子。

這間牢房的其他部分有多衛生？我很懷疑。這讓我想到，在這種地方當管理員，可能比在飯店當房務員還要糟糕。想像這麼多年來堆積在這裡的細菌和污垢。不，我不能去想這種事。

我把穿著拖鞋的腳放到地上。

數一數你所擁有的恩賜。

我的恩賜。我準備要從第一件開始數，然而，就在我低頭看著我的手時，我發現它們居然被弄髒了。被染色了。我的每一根手指都沾上了深黑色的油印。我想起來了。當我躺在這間狹小又佈滿細菌的牢房裡時，有兩名警察把我的每一根手指都按在了一張漆黑的吸墨紙上。他們甚至不讓我在事後把手洗乾淨，即便我確實要求過要洗手。在那之後的事，我就不記得了。也許我又暈了過去。很難說那是多久之前的事——有可能是五分鐘，也有可能是五個小時。

在我能想到任何事情以前，那個稍早站在我門口的年輕警察出現在了牢房鐵欄杆的另一頭。

「你醒了，」他說。「你現在在警察局，你知道嗎？你在你家門口和這裡都暈倒了。我們宣讀過你的權利。你已經被捕了。罪名有好幾個。你記得嗎？」

「是的。」我說。我不記得自己究竟為什麼被捕，不過，我知道這一定和布雷克先生的死有關。

史塔克警探出現在那個年輕警察的身邊。她已經換上便服了，不過，當她的目光和我的眼神相遇時，就算她穿著便服也改變不了我的恐懼感。「交給我吧，」她說。「茉莉，跟我來。」

那個年輕的警察把一支鑰匙插進鐵門裡，然後幫我打開了門。

「謝謝你。」我經過他身邊時對他說。

史塔克警探走在最前面。那名年輕的警察則在我身後，以確保我被夾在中間。我就這樣穿過走廊，走廊上還有另外三間牢房。我試著不要去看牢房裡的其他人，不過卻很難做到。我瞄到一個臉頰浮腫、臉上還有一道瘡疤的男子，他的雙手正牢牢握在他牢房的鐵欄杆上。在他對面的是一名衣衫襤褸的女子，正躺在她的簡便床鋪上。

數數你的恩賜。

我們往上爬了幾個台階。我讓自己避免去碰到那些覆蓋著髒污的欄杆。終於，我們來到一間我熟悉的房間，那是我之前二度造訪過的房間。史塔克警探啪地把燈打開。

「坐下。」她命令我。「你那麼常來這裡，這裡感覺一定就像家吧。」

「完全不像，」我的聲音像刀一樣尖銳。那張骯髒的白色桌子後面有一張搖搖晃晃的椅子，我在椅子上坐了下來，小心翼翼地不要讓自己的背碰到椅子的其他部分。儘管我穿了毛茸茸的拖鞋，我的腳依舊覺得冰冷。

那名年輕的警察端著裝在塑膠杯裡的咖啡走進來，還有兩包奶精和裝了一塊馬芬的紙盤。加上一根金屬湯匙。他把那些東西都放到桌上之後便離開了。史塔克警探在他離開之後把門關上。

「吃吧。」她說。「我們不希望你又暈倒了。」

「真體貼。」我回應她，因為，每當有人提供食物給你的時候，你就應該要說一些客套話。我不相信她真的關心我，不過那不重要。我餓壞了。我渴望食物。我需要吃東西才能撐下去，才能讓我面對接下來的情況。

我拿起湯匙，在手上翻面。只見湯匙的背面沾黏著一塊乾掉的灰色物體。我立刻就把湯匙放回桌上。

「你的咖啡要加奶精嗎？」史塔克警探問我。她就坐在我的對面。

「一包就好。」我回答她。「謝謝你。」

她伸手取了一包奶精，打開它，倒進了塑膠杯裡。隨即打算拿起那根令人反感的湯匙，準備攪拌。

「不要！」我說。「我不喜歡咖啡被攪拌。」

她看著我，她臉上的神情已經越來越容易理解了——嘲笑和不屑。她把塑膠杯遞給我。當我接過來的時候，杯子發出了那種恐怖的刺耳聲。我不由自主地畏縮了一下。

史塔克警探把裝著馬芬的盤子推近我。「吃吧。」她又說了一遍，這是個命令，不是邀請。

「非常謝謝你。」我小心地將馬芬的紙杯撕開，再把馬芬分成了整齊的四份。然後將其中的四分之一塞進嘴裡。葡萄乾麥麩。那是我最喜歡的馬芬——濃郁又富含營養，時不時還爆發出甜味。史塔克警探彷彿知道我的喜好一樣，雖然她當然不可能知道。只有可倫坡才會想得到。

我嚥下馬芬，喝了一口苦澀的咖啡。「很好吃。」我說。

史塔克警探笑了出來。我相信這是一個得體的笑，因為沒有什麼話適合用來回應我。只見她雙臂交叉。這個姿勢可能代表她很冷，不過，我懷疑真的如此。她不相信我，而這種感覺完全是相互的。

「你了解到我們已經控告你了，」她說。「罪名是非法持械，非法持毒。還有一級謀殺。」

我差點就被第二口咖啡嗆到。「不可能，」我說。「我這輩子從來都沒有傷害過任何人，更別說殺人了。」

「聽著，」她說。「我們相信你殺了布雷克先生。或者你和此事有關。或者你知道是誰殺的。驗屍報告已經出來了，茉莉。死因不是心臟病。他是窒息而死的。那就是他的死因。」

我把另一塊馬芬塞進嘴裡，專注在咀嚼上面。每一口最好都要嚼十到二十下。外婆曾經說這樣會幫助消化，我開始在腦子裡計算。

「你在飯店鋪床的時候，會在每張床上放幾個枕頭？」史塔克警探問道。

我當然知道答案，然而，我的嘴裡塞滿了食物。在這種時候開口回答就太不禮貌了。

「四個，」史塔克警探在我來得及回答之前說道。「每張床上會有四個枕頭。我和史諾先生以及其他幾名房務員求證過了。但是，當我抵達犯罪現場的時候，布雷克先生的床上只有三個枕頭。第四個到哪兒去了，茉莉？」

第六、第七、第八。我終於把食物吞了下去，正當我準備開口之際，警探用力地把手往我們之間的桌上一拍，讓我差點就從我的椅子上跳了起來。

「茉莉！」她大吼。「我正在暗示說，你用一個枕頭冷血地謀殺了一個人，而你還坐在這裡，忘我地在咀嚼馬芬。」

我停了一下，試圖調解我極速跳動的脈搏。我不習慣被別人大聲吼，也不習慣被指控犯下滔天大罪。我發現這讓人感到很不安。為了鎮定神經，我喝了一口咖啡。然後才開口。「我會用一種新的方式來回答你，警探。我沒有殺害布雷克先生。而我也絕對沒有用枕頭悶死他。至於我的紀錄，我絕對不可能持有毒品。在我這輩子裡，我從來沒有看過、也從來沒有試過毒品。還有，毒品殺了我母親。也幾乎讓我外婆因為心碎而喪命。」

「你對我們說謊，茉莉。關於你和吉賽兒的關係。她告訴我們，在你打掃完布雷克夫婦的套房之後，你經常逗留在那裡，還和她有私人的對話。她還說，你從布雷克先生的皮夾裡拿錢。」

「什麼？她才不是這個意思！她說的意思是我接受他的錢。是她把錢給我的。」我把目光從警探身上移到角落裡那個正在閃著紅燈的攝影機。「吉賽兒向來都很大方地給我小費。從布雷克先生的皮夾裡拿錢的人是她，不是我。」

史塔克警探的嘴抿成了一條線。我拉直了我的睡衣，然後挺起胸膛地在椅子上坐直了。

「在我說了那麼多之後，你只想要澄清這點？」

房間裡的各個直角開始彎曲。我做了一個深呼吸來穩定自己，等待著桌子從曲線恢復成直線。

太多訊息了。我完全無法消化。人們為什麼不能直接把他們想說的意思說出來呢？我猜，警探已經再度和吉賽兒談過話了，但是，吉賽兒不可能扭曲我。她不會做這種事，不會對一個朋友做這種事。

我的手升起一股顫慄，然後延伸到我的全身。我拿起塑膠杯，卻差點在送到嘴邊的時候，把裡面的咖啡灑了出來。

我做了一個很快的決定。「我還有一件事要澄清。」我說。「確實，吉賽兒有對我吐露心事，而我也把她當作是——曾經當作是——朋友。我很抱歉之前沒有把這件事對你完全說清楚。」

史塔克警探點點頭。「沒有完全說清楚？哈。還有什麼事是你之前決定不完全說清楚的？」

「是的，確實有。我外婆總是說，如果你對某個人沒有什麼好話要說的話，那最好就什麼都不要說。那就是我為什麼不太談及布雷克先生的原因。我要你知道，布雷克先生並非每個人以為的那個好人VIP。也許你應該去調查一下他的敵人。之前，我告訴過你，吉賽兒身上的傷是他造成的。他是一個很具危險性的人。」

「危險到你對吉賽兒說，沒有他，吉賽兒會過得比較好？」

「我從來沒有……」我停了下來，因為我確實這麼說過。我想起來了。當時我確實相信如此，現在也依然相信如此。

我又吃了一口馬芬。因為嘴裡塞滿食物而不用說話的正當性真令人感到寬慰。我又開始重複外婆堅持的咀嚼習慣。一、二、三……

「茉莉，我們和你的很多同事都談過。你知道他們是怎麼形容你的嗎？」

我暫停下來，不再咀嚼，然後搖搖頭。

「他們說你是個怪人。說你很冷漠。拘泥小節。是個潔癖怪咖。是個怪胎。還有更糟糕的形容詞。」

我等到嚼完十下才把食物吞下去，但是，那對緩和我喉嚨裡形成的腫塊一點用處都沒有。

「你知道你其他同事還說你什麼嗎？他們說他們完全可以想像你殺人。」

車諾兒，一定是她。只有她才說得出這種可恨的話。

「我不喜歡說別人的壞話，」我對她說。「不過，既然你這樣對我施壓，那我就告訴你吧，車諾兒．格林，房務員的領班，她用擦馬桶的抹布去清潔洗手台。這不是什麼委婉的比喻，我說的就是字面上的意思。她明明沒有生病，也打電話請病假。她偷窺別人的置物櫃。而且，她還偷別人的小費。如果她敢偷竊而且還在衛生上犯下這種嚴重的錯誤，她還有什麼做不出來的？」

「那你有什麼做不出來的，茉莉？你偷了布雷克先生的婚戒，還把它拿去當掉。」

「什麼？」我說。「我沒有偷那個婚戒。我是發現了那個婚戒。誰告訴你的？」

「車諾兒一路跟著你去到那家當鋪。她知道你打算要什麼花招。我們在當鋪的櫥窗裡發現了那枚戒指，茉莉。店員很清楚地描述了你的模樣——一個不開口就絕對不會讓人多看一眼的人。那種在大部分的情況下很容易就被人忽略掉的人。」

我的脈搏急遽地在跳動。我沒有辦法集中精神。這並未適當地反映了我的性格，我必須要修正這種說法。

「我不應該把那只戒指拿去當的，」我說。「我的腦子用錯了規則，在我應該要應用『己所不欲，勿施於人』的規則時，我卻用成了『誰找到就是誰的』，我很後悔做了那樣的選擇，不過，那並不代表我就是個小偷。」

「你還偷了其他東西。」她說。

「我沒有。」我說著交叉雙臂，強調我的不屑，這是一種表達忿忿不平的姿勢。

「史諾先生看過你從丟棄在客房門外的托盤裡偷取食物。還有小罐的果醬。」

我覺得胃裡的那塊地板脫落了，就像飯店的電梯快要故障時那樣。我不確定哪一件事更讓我丟臉——史諾先生看到我做這種事，還是他看到了卻從來沒有對我提過。

「他說的是實話，」我承認。「我解放了廢棄的食物，那些最終會被倒進垃圾桶的食物。這就是所謂的『勤儉節約，吃穿不缺』。這不是偷竊。」

「這只是程度的問題而已，茉莉。你的一名同事，也是個房務員，就說，她很擔心你分辨不出什麼是危險。」

「蘇妮塔，」我說。「我要鄭重聲明，她是一個很優秀的房務員。」

「她的優秀與否並不是我們討論的重點。」

「你和普雷斯頓先生談過了嗎？」我說。「他一定會為我做擔保的。」

「我們確實有和那個門衛聊過。他說你『沒有過錯』——這種用詞真有意思——他說，我們應該從別的地方去挖掘那些骯髒事。他提到了布雷克家族的成員，以及一些在晚上進出飯店的奇怪人物。不過，他好像想盡辦法在保護你，茉莉。他知道這裡面必有文章。」

「文章和這些事有什麼關係？」我問。

史塔克警探大聲地嘆了口氣。「要命。今天會很難過了。」

「那璝．曼紐爾呢，那個洗碗工？」我問。「你有和他談過嗎？」

「我們為什麼要去和一個洗碗工談，茉莉？他又是什麼人？」

他是別人的兒子，是一個家庭的支柱，是蜂巢裡另一隻不被重視的工蜂。不過，我決定不要進一步追問。我最不希望發生的事就是讓他惹上麻煩。於是，我轉而提及另一個我絕對相信會為我的可信度做擔保的人。「你和羅尼談過嗎，聯誼廳那個酒保？」

「事實上，我和他談過了。他說，他認為你——我引用他的原話來說——『絕對有能力殺人』。」

所有讓我可以挺起背脊的力氣，在這一刻全都消散了。我垮了下來，看著放在大腿上的雙手。一雙房務員的手。一雙做工的手。儘管我擦了那麼多的乳液，它還是磨損又粗糙，我的指甲剪得乾淨整齊，手掌裡佈滿了老繭。這是一雙年紀遠大於我的老婦才會有的手。誰希望被這樣的手和身體貼近？我怎麼會以為羅尼會喜歡呢？

如果我現在抬起頭去看史塔克警探的話，我知道，淚水一定會從我的眼裡流下來，因此，我讓自己聚焦在我睡衣上那些小茶壺上面——充滿活力的粉紅色、粉藍色，以及水仙花般的黃色。

當警探再度開口的時候，她的聲音比之前溫和了。「布雷克的套房裡佈滿了你的指紋。」

「那是一定的，」我說。「我每天都要清掃那個房間。」

「你也清掃了布雷克先生的脖子嗎？因為他的脖子上也有你的清潔劑留下的痕跡。」

「因為我在打電話求助之前檢查了他的脈搏。」

「你有很多方式可以殺他，茉莉，但你為什麼最後選擇了悶死他，而不是槍殺他？你真的以為你不會被抓到嗎？」

我不打算抬頭。我不會抬頭看她的。

「我們在你的吸塵器裡找到了武器。」

我感到身體裡在翻攪，那條巨龍又咬牙切齒地在拍打尾巴了。「你為什麼要擅自去碰我的吸塵器？」

「你為什麼要把槍藏在裡面，茱莉？」

我的脈搏在狂跳。羅尼是唯一知道關於戒指和槍的人。不可能。我沒有辦法把這些事在腦子裡拼湊起來。

「我們檢驗了你的房務推車，」史塔克警探說。「你的手推車對古柯鹼呈現陽性的反應。我們知道你不是這件事的重要人物，茱莉。因為你沒那麼聰明。我們相信吉賽兒把你介紹給了布雷克先生，並且推薦你幫她丈夫做事。我們相信，你和布雷克先生很熟悉，他透過飯店進行賺取暴利的毒品生意，而你則幫他隱瞞了這件事。你們兩個之間一定出了什麼問題。也許，你對他感到憤怒，而為了報復，你殺了他。或者，也許你是在幫吉賽兒脫離什麼困境。不管是哪一個假設，你都逃不了干係。

「所以，就像我說的，這件事有兩個作法。你可以對所有的罪名立即認罪，包括一級謀殺。法官會把你的快速認罪和供詞納入考量。你及時表現的悔意，再加上如果你可以提供飯店涉及販毒的任何訊息，這些都有助於大大減輕你的刑責。」

我看著那些茶壺在我腿上跳舞。警探喋喋不休地在說話，然而，她的聲音聽起來卻很小聲，而且越來越遙遠。

「或者，我們也可以慢慢來處理這件事。我們可以蒐集更多的證據，然後最終把這件事帶到法庭。不管用哪一個方式，房務員茱莉，你的詭計都已經被拆穿了。好吧，你要選擇怎麼做？」

我知道我沒有辦法好好地思考。而我也不知道一個人在被控謀殺的時候，有什麼適當的禮儀要遵守。不知道為什麼，我想起了神探可倫坡。

「稍早，你曾經宣讀過我的權利。」我說。「在我家門口的時候。你說，我有權諮詢律師。如果我聘用一名律師的話，我需要立刻付錢嗎？」

史塔克警探翻了翻白眼——她的怒意實在明顯到我不可能沒有發現。「律師通常不會期待當場付現。」

我抬起頭注視著她。

「如果是這樣的話，我希望能打一通電話。我要求要和律師說話。」

史塔克警探把她的椅子往後推，發出了一聲誇張的噪音。我相信，她剛剛已經在地板上留下了一大片不明顯的磨痕。她打開偵訊室的門，對著站在門外的那個年輕警察說了一些話。後者從他身後的口袋裡摸出了一支手機遞給她。那是我的手機。他幹嘛拿我的手機？

「拿去。」警探說著，把我的手機哐啷一聲地放到了桌面上。

「你拿了我的手機。」我說。「誰給你這個權利的？」

史塔克警探瞪大了眼睛。「你給的，」她說。「因為你在牢房裡暈倒過，所以你堅持要我們帶著你的手機，以防你稍後需要打電話給朋友。」

「非常謝謝你。」我說著拿起手機，按下聯絡簿。我搜尋著裡面的八個號碼——吉賽兒、外婆、車諾兒・格林、橄欖花園、普雷斯頓先生、羅尼、羅索先生，還有史諾先生。我考量著誰是真的站在我這邊——還有誰可能不是。那些名字在我眼前打轉。我等了一會兒，直到我可以看得清楚時，我才選擇了其中一個名字，撥出號碼。我聽到電話響起。有人接了起來。

「普雷斯頓先生？」我說。

「茉莉？你還好吧？」

「請原諒我在這麼不方便的時間點打擾你。你可能正要準備去工作。」

「還沒有。我今天上晚班。親愛的孩子，發生什麼事了？」

我在螢光燈下環顧著這間全白的房間。史塔克警探那冰刀般的目光緊盯在我身上。「事實上，普雷斯頓先生，我不太好。我被以謀殺罪逮捕了。還有，我被關在離飯店最近的那間警察局裡。我……我很不想這麼說，但是，我可能真的需要你的幫助。」

16

我一結束和普雷斯頓先生的通話，史塔克警探就伸出了她的手。說真的，我不知道那是什麼意思，因此，我拿起空的塑膠杯遞給她，我以為我們的談話已經結束了，而她正要清理這張桌子。

「你在和我開玩笑嗎？」她說。「你以為我是你的房務員嗎？」

我當然沒有這麼想。如果她能有一個優秀房務員的一半專業，那麼，這間房間看起來就不會是現在這個樣子了——到處磨損又佈滿髒污。如果我能有一張紙巾和一瓶水的話，我就可以等待機會把這個豬圈清乾淨了。

史塔克警探從我手中拿走我的手機。

「我以後可以拿回來嗎？裡面有很重要的聯絡號碼，我不想丟掉。」

「你會拿回去的，」她說。「有朝一日。」她看了看她的手錶。「在你的律師抵達之前，你還有什麼要說的嗎？」

「很抱歉，警探。請不要介意我的沉默。首先，我從來就不擅長聊天，如果我被迫要聊天的話，我通常都會說錯話。其次，我很清楚我有保持緘默的權利，所以，我會立刻就使用這個權利。」

「好，」她說。「隨便你。」

過了一段彷彿永無止境的等待之後，門上響起了一陣巨大的敲門聲。

「應該會很有趣。」史塔克警探從椅子上站起來，打開房門。

門外是穿著便服的普雷斯頓先生。我幾乎從來沒有見過他不穿門衛制服的時候。他穿了一件熨燙得很完美的藍色襯衫和一件深色的牛仔褲。他身邊還有一名穿得比他正式很多的女子，那名女子穿了一件訂製的藍色西裝，手裡提了一只黑色的皮革手提箱。那頭短短的捲髮完美地梳理過了。那雙深棕色的眼睛立刻就透露了她的身分，因為那和她父親的眼睛實在太神似了。

我站起來和他們打招呼。「普雷斯頓先生，」我很難掩飾見到他帶給我的安慰感。我起身得太快，以至於髖骨撞到了桌邊。這一撞雖然很疼痛，卻阻止不了我湧到嘴邊的話。「我很高興你來了。非常感謝你來這一趟。我被指控做了一些很可怕的事。我這一輩子從來沒有傷害過人，從來沒有碰過毒品，而我唯一一次碰過武器的——」

「茉莉，我是夏綠蒂，」普雷斯頓先生的女兒打斷了我。「根據我的專業，我建議你現在保持沉默。噢。還有，很高興見到你。我父親告訴過我很多關於你的事。」

「你們最好其中有一個人是律師，不然的話，我就要抓狂了。」史塔克警探說道。

夏綠蒂往前跨出一步，腳底下那雙高跟鞋的鞋跟在冷冰冰的工業式地板上發出了重重的吧噠聲。「那就是我，夏綠蒂．普雷斯頓，普雷斯頓與賈西亞公司的負責人。」語畢，她把一張名片遞給了警探。

「親愛的孩子，」普雷斯頓先生對我說。「現在，我們來了，所以，你不用再擔心任何事情。這只不過是——」

「爸。」夏綠蒂出聲阻止了他。

「抱歉，抱歉。」他說著閉上了嘴。

「茉莉，你同意讓我來代表你嗎？」

我沒有回應。

「茉莉？」她又叫了我一次。

「你剛才建議我不要說話。我現在應該要說話了嗎？」

「抱歉。我沒有說清楚。你可以說話，只是不要談及任何和你被指控有關的事情就好。我再問你一次：你同意讓我來代表你嗎？」

「噢，當然，那是最有幫助的事了。」我說。「我們可以在比較方便的時候再討論費用的事嗎？」

普雷斯頓先生用手遮著嘴咳了一聲。

「我應該要給你面紙的，普雷斯頓先生，可是我身上並沒有面紙。」我看了一眼史塔克警探，只見她正在搖頭。

「現在先不用擔心費用的問題。我們先把力氣集中在讓你離開這裡。」夏綠蒂對我說。

「你知道，要放她走的話需要八十萬的保釋金。讓我想想……」史塔克警探說著，把食指按在她的嘴唇上。「我想，那應該超出一個房務員的薪水和積蓄吧，我說得對嗎？」

「你說得沒錯，警探，」夏綠蒂回答她。「房務員和門衛的薪水向來都過低，而且也被低估了。至於訴訟律師？我們的收入還可以。據我所知，應該比警探要好。我已經把保釋金給外面的工作人員了。」她對著史塔克警探笑了笑。我可以百分之百地肯定，那並不是個友善的笑容。

夏綠蒂轉而面對我。「茉莉，」她說。「我已經安排讓你在今天上午稍後出席一場保釋公聽會。我沒有辦法代表你出席公聽會，不過，我已經以你的名義發了幾封郵件了。」

「郵件？」我問。

「是的，我父親提供了一份關於你的性格陳述，而我則在郵件裡表示我會提交你的保釋金，今天下午你就可以獲釋了。」

「真的嗎？」我問。「就這麼簡單？我會獲釋，然後這件事就結束了？」我看看她，然後又看向普雷斯頓先生。

「不會這樣就結束的。」史塔克警探說。「就算他們現在把你弄出去，你也還得要接受審判。那不代表我們撤銷訴訟了。」

「那是你的手機嗎？」夏綠蒂問我。

「是的。」我回答她。

「你會確保那支手機會被安全地鎖在某個地方，對嗎，警探？你不會把它列為證物。」

史塔克警探把手扠在她的臀邊。「這又不是我第一次的馬術表演，女牛仔。我還有她家的鑰匙，那是她昏倒之後要我保留的。」警探從她的口袋裡掏出我的鑰匙，放到桌上。如果我有消毒濕巾的話，我一定會立刻把我的鑰匙拿起來消毒。

「很好，」夏綠蒂說著拾起我的鑰匙和手機。「我們會去找坐在外面的行政人員，確定他們把這些東西列為私人財產，而不是證物。」

「隨便你。」史塔克警探說道。

普雷斯頓先生眉頭緊皺地看著我。那也許代表著他正專心在想什麼事，不過，我想，那個表情可能更像是他在擔心什麼。

「別擔心，」他說。「我們會等你在公聽會結束之後出來的。」

「稍後見了。」夏綠蒂說完，便和普雷斯頓先生轉身離開。

他們走了之後，史塔克警探只是站在那裡，雙臂交叉地瞪著我。

「現在要做什麼？」我問。我發現自己有點呼吸困難。

「你和你的茶壺要回去你那間迷人的牢房裡，然後耐心等待你的公聽會開始。」史塔克警探回覆我。

「非常謝謝你。」我在走出房間之前對警探表示。

「謝我什麼？」她問。

「謝謝你的馬芬和咖啡。我真心希望你有個愉快的上午，至少比我的愉快。」

17

到了下午還穿著睡衣感覺真是太奇怪了，而且穿著這一身不合適的裝扮出現在法庭裡就更讓人不安了。大約一個小時之前，史塔克警探手下的一名警員好心地開車載我到這間法院，此刻，我正和一個很年輕的男子坐在法院裡一間擁擠的辦公室裡，這個人將會在公聽會上擔任我的律師。他問我叫什麼名字，並且看了看那些指控的罪名，然後告訴我說，等法官準備好的時候，就會叫我們進到法庭裡，接著他說他有幾封郵件要查看一下。於是，他拿出手機，在接下來至少五分鐘的時間裡專注在他的手機上。而我則完全不知道自己應該要做什麼。不過沒關係。我可以利用這個時間整理一下思緒。

我從電視上得知，身為被告人，我應該要穿一件乾淨的襯衫，襯衫的釦子需要扣到脖子，再加上一條正式的褲子。我完全不應該穿著睡衣。

「抱歉，」我對那個年輕的律師說。「我有可能在公聽會之前回家換衣服嗎？」

他的臉皺成了一團。「你不是認真的吧？」他回答我。「你知道你今天能被法官接見有多幸運嗎？」

「我是認真的。」我說。「很認真。」

他把手機收到胸前的口袋裡。「哇。你知道我作何感想嗎？」

「太好了。請告訴我你的想法，快點。」我回答他。

不過，他一個字也沒說，只是張嘴看著我，那顯然意味著我犯了什麼大錯誤，至於是什麼錯誤，我卻不知道。

過了一會兒，他開始問我問題。「你曾經坐過牢嗎？」

「今天早上之前都沒有。」

「那不叫坐牢，」他說。「坐牢比那個要糟糕多了。你有犯罪紀錄嗎？」

「我的紀錄非常乾淨，很感謝你。」

「你有打算離開這個國家嗎？」

「噢，有。我希望有朝一日可以去開曼群島。我聽說那裡很美。你去過嗎？」

「你只要告訴法官，你沒有離開這個國家的計畫就好。」他說。

「好吧。」

「公聽會要不了太久的。這都有標準程序，即便是像你這種犯罪的案子。我會試著讓你可以獲得保釋。我猜，如同所有被指控的人那樣，你是無罪的，而且你希望可以獲得保釋，因為你是唯一一個可以照顧你那可憐又生病的外婆的人，對嗎？」

「以前是。不過，現在已經不是了。」我說。「她死了。還有，關於所有的那些指控，我都是無罪的。」

「是啊。那當然。」他說。

我很感激他對我說的話那麼有信心。

就在我打算把我之所以無辜的細節告訴他時，他口袋裡的電話響了。「輪到我們了，」他說。「走吧。」

他帶我離開這個小房間，沿著走廊，走進一間大很多的房間，房間的兩邊有長凳，中間則是一條寬敞的走道。我跟著他走過走道，一直來到法庭的最前面。有那麼一瞬間，我想像著自己處在一個類似的房間，房間裡也有一條類似的走道，不過，最大的不同是，在我的想像裡，我是以一個準新娘的身分走在走道上，而我身邊的人並非這個陌生人，而是一個我很熟悉的男人。

然而，我的年輕律師在此時開口，粗魯地打斷了我的幻想。「坐下。」他指著法官右邊一張桌子前方的椅子對我說。

就在我坐下來的時候，史塔克警探走進了法庭，在走道另一邊那張桌子前的椅子坐了下來。那張桌椅和我這邊的一模一樣。

我發現我又開始發抖了。我把雙手緊緊地壓在大腿上，試圖抑制住我的顫抖。

有人開口了。「全體起立。」我感覺到那個年輕律師的手扶在我的手肘上，示意我站起身。主持公聽會的法官從法庭後面的一扇門走進來，沉重地走向他那張高高的凳子，然後在凳子前端坐了下來，還發出了一聲很響的呻吟。我並不想太無禮，不過，他讓我想起了一隻巴西角蛙。外婆和我曾經看過一部關於亞馬遜雨林和巴西角蛙的驚人紀錄片。那是一種很特別的物種。角蛙有一張往下彎的長嘴和突出的眉毛，就和我眼前的這個法官很相像。

公聽會的程序在法官要求史塔克警探陳述下立即就開始了。她提出了對我的指控。她說了很多關於布雷克這個案子的事，以及我也涉入其中的事。她讓我聽起來好像是個不可靠的人一樣。不過，最讓我無法忍受的是她最後的那些毀謗。

「法官大人，」她說。「茉莉．葛雷所受到的指控是很嚴重的。我明白你面前的被告人看起來很無辜，而且絲毫不像會潛逃，但是，她已經證實了她自己是個不可信賴的人。就好像她工作的那間麗晶大飯店一樣，那間精緻又高級的飯店，然而，我們越是調查茉莉的生活和她工作的地方，我們所發現的骯髒之處就越多。」

如果我可以的話，我一定會拿起一塊石頭用力一敲，然後大聲喊：「反對！」就像電視上演的那樣。

法官動也沒有動一下，不過他打斷了她的話。「史塔克警探，我可以提醒你，飯店不是這場公聽會的主題，一家飯店也不可能受審。你能直接講重點嗎？」

史塔克警探清了清喉嚨。「重點是，我們開始懷疑茉莉．葛雷和布雷克先生之間的關係。我們蒐集到的重要證據顯示，布雷克先生和你面前這個看似無辜的年輕飯店房務員之間，存在著非法的行為。對於她的道德操守以及她遵從法律的能力，我感到很憂心。法官大人，這就是『外表會騙人』的最佳例子。」

我覺得這是個極大的侮辱。我也許有錯，但是，說我不遵守規則簡直就是胡言亂語。我這一輩子都在遵守規則，即便那些規則完全不符合我的信念。

那名年輕的律師被指示代表我說話。他說得很快，雙臂也很戲劇性地在揮舞。他向法官解釋說，我的犯罪紀錄十分乾淨，我的生活也相當地平淡無奇，我是一個職務卑微的薪水階級，完全沒有潛逃之虞，我這輩子從來都沒有出過國，而且二十五年來一直都住在同一個地址——二十五年，也就是我這一整輩子。

在結尾的時候，他提出了一個問題。「這個年輕的女人真的符合一個危險的罪犯和潛逃者的特性嗎？我是說，她真的像嗎。仔細看看你面前的這個人。這根本說不通。」

法官那坨青蛙般的垂肉正靠在他的手上。他的眼睛下垂，眼皮幾乎半閉著。「保釋金由誰付？」

「被告的一名熟識。」那名年輕律師回答。

法官看了一眼他面前的文件。「夏綠蒂．普雷斯頓？」說著，他的眼睛稍微地睜開了一點，然後看著我。「身分地位很高的朋友。」他說。

「我通常沒有這樣的朋友，法官大人。」我回答。「不過近來確實如此。還有，我要對我完全不適當的服裝致歉。我是在清晨一個很不適當的時間，在我家門口被逮捕的，而且我沒有機會換穿適合來到法院的莊重服裝。」

我不知道我是否應該開口，但是已經太遲了。我的那名年輕律師張大了嘴，但是，他並沒有給我任何的線索，讓我知道我應該要做什麼或說什麼。

過了好一會兒，法官才說：「我們不會根據你的茶壺來評斷你的，葛雷女士，而是從你遵守規則和不要亂跑的傾向來判斷。」他那兩道驚人的眉毛不停地上下波動，彷彿在強調他所說的話。

「那真是好消息，法官大人。提到遵守規則，我是真的天生就很善於此道。」

「那很好。」他說。

那名年輕的律師依然不發一語。既然他不打算冒險為我辯護，我只能繼續說道：「法官大人，我認為自己非常幸運能交到幾個階級比我高好幾級的朋友，不過，我只是個房務員，你知道的。一個飯店的房務員。一個被錯誤指控的人。」

「你今天還不會受審，葛雷女士。你要了解，如果我們讓你接受保釋的話，你的行動就會受到限制。你只能待在家裡，去工作，只能待在這個城市裡。」

「這很精確地總結了我這一生的足跡，法官大人，不過，不包括我從電視上看到的旅遊節目和紀錄片，我想看電視應該不算吧，因為那是坐在舒服的扶手椅上發生的旅行。我無意也沒有財力去擴大我的地理範圍，我也不知道自己一個人要如何旅行。我會很擔心自己不知道在國外要遵守什麼規則，擔心那會讓我自己……呃，出洋相。」我停了一下，然後意識到自己的失禮。「法官大人。」我急忙補充，然後很快地屈膝行禮。

法官那張兩棲動物的長嘴往一邊揚起，看起來像是一絲笑容。「我不希望在座的任何人讓自己出洋相。」法官說完轉而看著史塔克警探，這是她在公聽會裡首度沒有迎向法官的目光。

「葛雷女士，」法官宣布道。「我在此准許你有條件地保釋。你可以走了。」

18

在填完一大堆表格和辦理完許多手續之後，我終於陷入夏綠蒂・普雷斯頓那輛房車的豪華皮革座椅裡。我一離開法院，立刻就被交給了一名自稱和夏綠蒂很熟悉的職員，她說會把我安全地帶去找夏綠蒂。她帶我走到法院的後門，而普雷斯頓先生和他的女兒一如他們稍早所承諾的那樣，正在那裡等著我。他們讓我上了這輛車。我自由了，至少目前如此。

夏綠蒂車上的儀表板告訴我現在是中午一點了。我相信這是一輛賓士，不過，由於我這輩子從來沒有擁有過車子，而且也很少搭過車，所以，我對高級車的品牌也並非那麼了解。車子由夏綠蒂駕駛，而普雷斯頓先生就坐在前面的乘客座位上。

我很高興自己坐在這輛車裡，而不是置身在法院或者警察局那骯髒地下室的牢房裡。我想，我應該要聚焦在好的一面，而非那些不愉快的事情上面。今天我有很多新的體驗，外婆曾經說，新的經驗會打開個人成長的大門。我不確定自己是否喜歡今天為我打開的門，或者我今天的這些體驗，不過，我真心希望長期而言，這些經驗可以引領我個人的成長。

「爸，茉莉的手機和鑰匙在你那裡，對嗎？」

「當然了，」普雷斯頓先生說。「謝謝你提醒我。」他說著從口袋裡拿出那些東西，將它們還給了我。

「謝謝你，普雷斯頓先生。」我說。

直到這時候我才想起來一個問題。「我可以問一下，我們要去哪裡嗎？」

「去你家，茉莉。」夏綠蒂說。「我們要送你回家。」

普雷斯頓先生從前座的乘客座位上轉過頭來看著我。「你現在不用擔心，茉莉。」他說。「夏綠蒂會幫你的，無償幫你，直到一切回復正常之前，我們是不會罷休的。」

「可是，保釋金怎麼辦？」我問。「我完全沒有那麼多錢。」

「沒關係的，茉莉。」夏綠蒂說話的同時，目光一直沒有離開過馬路。「我不是真的需要支付掉那筆錢，除非你逃亡了。」

「噢，我不會逃的。」我往前靠向兩個前座之間的空間。

「聽起來懷特老法官很快就明白了這點，至少我是這麼聽說的。」夏綠蒂說道。

「你怎麼會那麼快就聽說了？」普雷斯頓先生問。

「法院裡的職員、助理、書記官。大家都會聊。你對他們好一點，他們就會把內部消息透露給你。只不過，大部分的律師對他們都不太友善。」

「這個世界的運作就是如此。」普雷斯頓先生說。

「是啊。他們還說，懷特法官並不急著把茉莉的名字告知媒體。在我聽來，他知道史塔克搞錯對象了。」

「我不知道為什麼會發生這些事。」我說。「我只是個房務員，企圖要盡我最大的能力做好我的工作而已。我……這些指控，我都是無辜的。」

「我們知道，茉莉。」普雷斯頓先生說。

「有時候，生活就是不公平，」夏綠蒂補充說道。「如果我有從這麼多年的律師生涯裡學到什麼的話，那就是這個世界從來都不缺那種為了自己的利益而陷害無辜的犯罪者。」

普雷斯頓先生再度從他的座位上轉身看著我。他的額頭上出現了很深的皺紋。

「沒有你外婆，生活對你來說一定很辛苦。」他說。「我知道你很依賴她。你知道嗎，她在去世之前要求我要照顧你。」

「是嗎？」我說。我真希望她在這裡。透過眼裡的淚光，我望向窗外。「謝謝你照顧我。」我說。

「沒關係的。」普雷斯頓先生對我說。

我的公寓樓已經映入眼簾了，看到這棟樓從來沒有讓我這麼高興過，這點我現在很確定。

「你覺得我今天適合按照平時那樣去上班嗎，普雷斯頓先生？」

夏綠蒂轉頭看著她的父親，然後又把視線轉回馬路。

「恐怕不適合，茉莉。我想，飯店可能會希望你請假一陣子。」

「是不是應該要打電話給史諾先生？」

「不要，現在這種情況不適合。現在，你最好不要和飯店裡的任何人聯絡。」

「我的公寓樓後面有訪客的停車位，」我說。「我從來沒有用過，因為外婆和我的訪客大多是外婆的朋友，而他們都沒有車。」

「你和他們有聯絡嗎？」夏綠蒂把車開到一個空的停車格時問我。

「沒有。」我回答。「從外婆死後就沒有了。」

等我們把車停好之後，我帶著他們走向公寓。「往這邊走。」我指著樓梯的方向。

「沒有電梯？」夏綠蒂問我。

「恐怕沒有。」我說。

我們默默地爬上我的樓層，再沿著走廊走向我的公寓。羅索先生突然在此時從他家的門後出現。

「你！」他用食指指著我。「你把警察帶到這棟樓來！他們逮捕了你！茉莉，你不是什麼好東西，你不能繼續住在這裡。我要把你趕出去，你聽到了嗎？」

在我來得及回答以前，我感到有人握住了我的手臂。夏綠蒂從我身邊走過，往前站在羅索先生面前幾吋之處。

「你就是那個惡房東——我是說房東——對嗎？」

羅索先生一副不高興的模樣，就像每當我告訴他房租會遲交時那樣。

「我就是房東，」他說。「你是哪根蔥？」

「我是茉莉的律師，」夏綠蒂回答他。「你知道這棟建築違反了好幾項法規，對嗎？防火門破了，停車位間隔太擁擠。還有，任何超過五層樓的住宅建築都應該要有工作電梯。」

「那太花錢了。」羅索先生說道。

「我相信市政府的檢查員以前也聽過這個藉口。讓我給你一點免費的忠告吧。你叫什麼名字？」

「羅索先生。」我試圖幫上忙。

「謝謝你，茉莉。」夏綠蒂說。「我會記住的。」她轉過頭再度看著羅索先生。「免費的忠告就是：不要動我客戶的主意、不要議論我的客戶、不要用趕人或什麼言詞來騷擾或威脅我的客戶。除非我改變說法，否則，她有權住在這裡，就和其他人一樣。你聽到了嗎？夠清楚嗎？」

羅索先生的臉瞬間漲紅。我以為他會開口說些什麼，然而，出乎我意料地，他什麼也沒說。他只是點點頭，然後退回了他的公寓裡，安靜地關上了大門。

普雷斯頓先生對著夏綠蒂笑了笑。「不愧是我女兒。」他說。

我翻找出我的鑰匙，打開了門。

外婆的日常打掃規律有一個極大的優點，就是這間公寓的狀態永遠都不怕不速之客來訪，雖然我通常不會有什麼訪客。除了今天一大清早不請而來的警察和週二突然出現的吉賽兒以外，現在是少數幾次讓我從這樣的打掃習慣裡獲益的情境。

「請進。」我說著，指示夏綠蒂和普雷斯頓先生踏進前門。我沒有從櫥子裡拿出擦鞋的抹布，因為我腳上還穿著拖鞋，而拖鞋的海綿底是沒有辦法被好好擦拭乾淨的。因此，我從櫥櫃裡拿出一個塑膠袋，把我的拖鞋包起來，稍後再消毒。普雷斯頓先生和夏綠蒂選擇了繼續把鞋子穿在腳上，對此我毫無異議，因為在目前的處境下，我對他們充滿了感激。

「能把你的袋子給我嗎？」我問夏綠蒂。「這個櫥櫃很小，不過，我很會整理空間。」

「事實上，我需要我的袋子，」她說。「我需要做點筆記。」

「是啊，」當我意識到她為什麼來此，以及接下來會發生什麼事時，我開始感覺地板在我的腳底下傾斜了。直到現在為止，我都還處於有人——友善的人、樂於助人的人——在我身邊幫助我的喜悅之中。我一直試圖在忽視一個事實，那就是我很快就需要進一步思考今天發生在我身上的事情，以及為什麼會發生這樣的事。對於那些其實我並不想要去思考的事，我都必須把細節全數說出來。我得要說明那些出了錯的事。我得選擇要說些什麼。

光是想到這些事，我就開始明顯地發抖了。

「茉莉，」普雷斯頓先生把一隻手放在我的肩膀上。「我可以到廚房去，幫我們大家準備一壺茶嗎？夏綠蒂會告訴你，我很擅長泡茶，雖然我看起來笨手笨腳的。」

夏綠蒂在此時走到了起居室裡。「他很會泡茶，我爸爸真的很厲害，」她說。「交給他吧，你剛好也可以去梳洗一下，茉莉。我相信你一定很想要換件衣服。」

「我確實很想，」我說著，低頭看著自己的睡衣。「我很快就可以梳洗好。」

「不急。你好了再出來。」

站在走廊上的我，可以聽到普雷斯頓先生在廚房裡發出噹啷的聲響，並且還在自顧自地哼著曲子。這顯然違反了禮貌。客人應該要舒服地坐在起居室裡，而我也應該要招待他們，現在卻恰好相反。不過，問題是，我現在無法遵守這些規則。我連思考都沒有辦法好好思考。我的神經太緊張了。當夏綠蒂加入了普雷斯頓先生在廚房的行列時，我依然無法動彈地站在我自己家裡的走廊上。他們在聊天，就像兩隻電線上的小鳥。這是最悅耳的聲音了，彷彿陽光和希望一樣，在那一瞬間裡，我突然不明白自己究竟做了什麼，才能如此幸運地讓他們兩人出現在這裡。我的雙腳慢慢地恢復了行動的能力，於是，我走到廚房，站在門檻邊上。「謝謝你們，」我說。「我不知道要如何感謝你們——」

普雷斯頓先生打斷我。「糖罐呢？我知道一定就在這附近。」

「在爐子旁邊的櫥櫃裡。第一層。」我說。

「你快去吧。這裡交給我們。」

我轉身走向浴室，感謝老天，今天有充足的熱水供應，讓我很快地淋浴完畢，能把警察局和法院裡的那些髒污刷洗乾淨，真讓人鬆了一口氣。幾分鐘之後，我穿著一件帶有釦子的白色襯衫和深色長褲走進了起居室。我覺得好多了。

普雷斯頓先生坐在沙發上，夏綠蒂則坐在他對面的一張椅子上，那是她從廚房裡拿出來的椅子。他在櫥櫃裡找到了外婆那只漂亮的銀托盤，那是我們很久以前，用一個很經濟的價格從一家二手店裡買來的。看到那只托盤被握在他那雙男性的大手裡，感覺十分奇怪。只見一整套茶具非常專業地被擺置在沙發前面的桌上。

「這麼完整的奉茶方式，你是在哪裡學的，普雷斯頓先生？」

「我並非一直都是門衛，你知道嗎。我是後來才當門衛的，」他說。「想想看，現在，我女兒是個律師了。」他看著他的女兒，眼睛瞇了起來。那個神情讓我想起了外婆，讓我好想哭。

「要我幫你倒杯茶嗎？」普雷斯頓先生問我。不過，他並沒有等我回答。「一塊糖還是兩塊？」

「今天需要兩塊。」我說。

「我每天都需要兩塊。」他說。「能有多甜就多甜。」

說真的，我也是。我需要糖分，因為我微微地感到頭暈了。自從早上在警察局裡吃過那個葡萄乾—麥麩馬芬之後，我就沒有吃過任何東西了。我的櫥櫃裡沒有足夠招待三個人的食物，但如果我只是自己一個人吃東西的話，卻又顯得太不恰當了。

「爸，你得少吃點糖，」夏綠蒂搖搖頭說。「你知道那對你不好。」

「好啦，」他回答道。「要教會一隻老狗什麼新把戲可不容易，對吧，茉莉？」他拍拍肚子笑道。

夏綠蒂把她的茶杯放到桌上。然後，拿起她放在椅子旁邊的黃色便箋和一支線條簡潔的金黃色的筆。「茉莉，坐吧。你準備好要聊聊了嗎？我需要你告訴我所有你知道的關於布雷克夫婦的事，以及你覺得自己為什麼會被指控……這麼多的罪名？」

「那都是錯誤的指控。」我說著在普雷斯頓先生旁邊坐下來。

「那是個假設，茉莉。」夏綠蒂對我說。「很抱歉，我沒有馬上說清楚。如果我們不相信你的話，我父親和我就不會在這裡了。他一直都懷疑那家飯店在從事什麼不道德的活動。」她停了一下，環顧著室內。她的目光落在外婆的花色窗簾、古董櫃和牆上那些英國風景畫上面。「我可以看得出來為什麼我父親那麼相信你，茉莉。不過，為了要免除你的罪名，我們得弄清楚誰真正犯了這些罪。我們兩個都認為你被耍了。你明白嗎？在布雷克先生的謀殺案裡，你被人利用來當棋子了。」

我想起我吸塵器裡的那把槍。唯一知道我和那把槍的人只有吉賽兒和羅尼。光是這個想法，就讓我感到一股悲傷。這個念頭把我背脊裡的精力沖刷得蕩然無存，讓我重重地陷入沙發裡。

「我是無辜的，」我說。「我沒有殺布雷克先生。」淚水刺痛了我的眼睛，我立刻忍住不讓它們流下來。我不想讓自己出醜。我真的不想。

「沒事的，」普雷斯頓先生輕輕地拍著我的手臂。「我們相信你。你只需要說實話就好了，你的實話，其他的就交給夏綠蒂吧。」

「我的實話。好，」我說。「這我可以做到。我想也是時候了。」

我開始詳細地敘述那天我進到布雷克套房時所看到的一切，以及發現他死在他自己床上的經過。夏綠蒂很快地記下我所說的每一個字。我描述了放在起居室那張雜亂桌上的酒瓶，打翻在臥室裡的吉賽兒的藥罐，被丟棄在地上的浴袍，床上的枕頭只有三顆而非四顆。那些回憶讓我又開始發抖。

「我不確定那些枕頭和混亂的場面是夏綠蒂想要知道的細節，茉莉。」普雷斯頓先生對我說。「我想，她是在尋找可能和謀殺有關的細節。」

「沒錯。」夏綠蒂補充道。「例如藥丸。你說，那些藥丸是吉賽兒的。你有碰到那些藥丸嗎？它們有什麼標籤嗎？」

「沒有，我沒有碰到它們。至少那天沒有。那個藥罐也沒有標籤。我知道它們是吉賽兒的，因為當我在打掃那間套房的時候，她常常在我面前服藥。還有，我常常在浴室裡看到那個罐子。她說那是她的『苯朋友』或她的『鎮定劑』。我想，『苯』是一種藥還是什麼的吧？我覺得她看起來不像生病了——不是那種身體的病。不過，有些疾病和房務員很像——無所不在卻也幾乎難以察覺到。」

夏綠蒂從她的便箋上抬起頭來。「的確，」她說。「苯是苯二氮平類藥物的簡稱。是一種抗焦慮和憂鬱的藥物。白色的小藥丸？」

「其實是一種知更鳥蛋的藍色，很可愛。」

「嗯，」夏綠蒂說道。「看來是一種街頭的毒品，而不是醫生處方。爸，你有沒有和吉賽兒說過話？有沒有看過她有什麼異常的行為？」

「異常的行為？」他說著啜飲了一口茶。「身為麗晶大飯店的門衛，看到什麼異常行為是很正常的事。很顯然地，她和布雷克先生常常感情不和。在布雷克先生死的那一天，她離開酒店時很匆忙，而且還在哭。在那之前一週也發生過同樣的事，不過，那是在維多利亞來訪過之後，維多利亞是布雷克先生的女兒，他和他前妻生的女兒，也就是第一任的布雷克太太。」

「我記得那一天，」我說。「布雷克太太——第一任的——幫我按住電梯的門，不過，她的女兒卻叫我去搭貨梯。吉賽兒告訴我，維多利亞不喜歡她。也許那就是吉賽兒那天哭的原因，普雷斯頓先生。」

「眼淚和高度的戲劇性對吉賽兒來說是常事。」普雷斯頓先生說。「我想，當你知道她嫁的男人是誰，那就沒什麼好驚訝的了。我絕對不希望別人倒霉，不過，看到那個人的生命那麼早就結束，我並不覺得難過。」

「為什麼？」夏綠蒂問。

「如果你像我一樣，在麗晶大飯店當了那麼多年的門衛，那麼，你一眼就可以看出人性。他不是什麼紳士，對新的布雷克太太來說不是，對前任的布雷克太太來說也不是。記住我的話，那個人是個壞人。」

「一個壞蛋？」我問。

「一顆腐臭的蛋。」普雷斯頓先生確認道。

「爸，他有什麼明顯的敵人嗎？有誰可能希望他剛好死掉嗎？」

「噢，我相信他一定有。我就是其中之一。不過還有其他人。首先，有一些女人——其他女人。當布雷克太太——不管是新任還是舊任——不在的時候，有一些……我要怎麼稱呼她們……年輕的女性來訪者？」

「爸，說是性工作者就可以了。」

「如果我可以確定她們是的話，那我就會這麼稱呼她們，不過，我從來沒有見到有金錢的交易。或者其他的部分。」普雷斯頓先生咳了一下，然後看著我。「抱歉，茉莉。這實在很可怕。」

「是的，」我說。「不過，我可以證明。吉賽兒告訴我，布雷克先生涉及婚外關係。而且不止和一個女人。這讓吉賽兒很受傷。我可以理解。」

「她告訴你這些？」夏綠蒂問。「你有告訴過任何人嗎？」

「我當然沒有。」我說著調整了一下襯衫的鈕釦。「謹言慎行是我們的座右銘。無微不至的客戶服務是我們的目標。」

夏綠蒂看著她的父親。

「那是史諾先生對飯店員工的命令，」他解釋道。「他是飯店的經理，而且自稱是總管飯店服務和衛生的大臣。不過，我開始懷疑，他這個清潔先生的角色只不過是一個聰明的掩護。」

「茉莉，」夏綠蒂說。「你可以告訴我任何有助於我了解為什麼你會被指控持有毒品和武器的事情嗎？」

「我希望我可以解釋。吉賽兒和我的關係不只是房務員和客人。她信任我。她會和我分享她的秘密。她是我的朋友。」我看著普雷斯頓先生，深怕我會讓他失望，因為我超過了客人－員工的界線。不過，他看起來並不沮喪，只是很擔心的樣子。

「布雷克先生死後的隔天，吉賽兒來我家找我。我沒有把這件事告訴警察。我覺得那是發生在我家的私人拜訪，因此，應該和他們無關。她很沮喪。她需要我幫忙。我也答應了。」

「噢，天啊。」普雷斯頓先生說道。

「爸，」夏綠蒂先是對他說了一聲，然後轉向我。「她要你做什麼？」

「去把她藏在套房裡的手槍拿走。在浴室的風扇裡。」

夏綠蒂和普雷斯頓先生又交換了一個眼神，那種我很熟悉的眼神——他們知道什麼我不懂的事情。

「但是，沒有人聽到任何槍聲，布雷克先生身上也沒有什麼傷口。」普雷斯頓先生說。

「沒錯，我所看到的所有新聞都沒有提到。」夏綠蒂表示。

「他是窒息而死的。」我說。「是史塔克警探說的。」

夏綠蒂張大了嘴。「能知道這點真是太好了。」她說著，在她的黃色便箋上寫下一些東西。

「所以，那把槍不是謀殺的武器。你把它還給吉賽兒了嗎？」

「我沒有機會還給她。我把它藏在我的吸塵器裡，希望稍後能交給她。然後，我在午餐的時候離開了飯店一趟。」

「沒錯。」普雷斯頓先生說道。「我看到你匆匆忙忙走出大門，當時我還在想你那麼匆忙要去哪裡。」

我低頭看著腿上的茶杯。我的良心有點不安；我胃裡的那條巨龍又在翻攪了。「我發現了布雷克先生的婚戒，」我說。「我把它拿去典當了。我知道那樣做不對。我很難靠自己一個人做到收支平衡。我外婆，她一定會為我感到丟臉。」我不敢抬頭看他們任何一個人。我只是盯著我茶杯裡的那個黑洞。

「親愛的孩子，」普雷斯頓先生說。「你外婆比任何人都了解錢的難題。相信我，我很清楚這點，而且我也知道很多關於她的事情。我知道她去世後留了一些積蓄給你？」

「沒了，」我說。「全都沒了。」我無法解釋威爾伯和法貝熱的事。當下，我沒有辦法再承認更多丟臉的事了。

「所以，你把戒指當了，然後又回去上班？」夏綠蒂問。

「對。」

「等你回去的時候，警察已經在等你了？」

普雷斯頓先生插嘴說道：「正是，夏綠蒂。我也在那裡。雖然我試著想要阻止，但是卻什麼也做不了。」

夏綠蒂在座位上變更了一下坐姿，蹺起了腿。「那毒品的指控呢？你知道那是怎麼來的嗎？」

「我的房務推車上有古柯鹼的痕跡。我完全不知道怎麼會有那種可能性。很久以前，我就向外婆保證過，我這輩子絕對不會碰毒品。現在，只怕我已經違背我的承諾了。」

「親愛的孩子，」普雷斯頓先生說。「我相信你外婆的意思並不是指用手去摸到毒品。」

「我們回到槍的問題吧，」夏綠蒂說。「警方是怎麼在你的吸塵器裡發現它的？」

自從我被捕之後，我把一切都拼湊在了一起，現在，我得要說出來。「羅尼。」我幾乎無法把這兩個字說出口。

「我還在想，他的名字什麼時候會出現。」普雷斯頓先生說道。「昨天，警察和我談的時候，我很害怕。非常害怕。事後，我直接就回家了，然後打了電話給羅尼。」

「他是聯誼廳的酒保，」普雷斯頓先生對夏綠蒂說明。「一個令人討厭的白痴。把這句話寫下來。」

聽到普雷斯頓先生那麼說讓我覺得很難過。「我打電話給羅尼，」我說。「我不知道應該怎麼辦。他對我來說，一直都是一個很忠誠的朋友，也許比朋友還多一點點。我告訴他關於警察質詢我的事情，關於吉賽兒的事，還有我把槍藏在吸塵器裡的事，以及我發現戒指拿去當的事情。」

「我來猜猜。羅尼說，他會很高興幫助像你這樣的好女孩。」普雷斯頓先生說道。

「差不多。」我說。「不過，史塔克警探說是車諾兒，我的上級，說是她跟蹤我到了當鋪。也許她是這一切的罪魁禍首？她絕對是一個不可信任的人。我可以告訴你這點。」

「親愛的茉莉，」普雷斯頓先生嘆了一口氣地說。「羅尼利用車諾兒去向警方告密。你明白了嗎？他可能利用你持有那把槍和戒指的事，來把他自己的嫌疑轉嫁到你身上。他也非常可能和你手推車上發現的古柯鹼有關係。還有布雷克先生的謀殺。」

我知道外婆不會高興的，但是我的肩膀現在下垂得更厲害了。我幾乎沒有辦法坐直。「你覺得也許羅尼和吉賽兒有勾結？」

普雷斯頓先生緩緩地點了點頭。

「原來如此。」我說。

「我很遺憾，茉莉。我試著警告過你關於羅尼的事。」他說。

「你是警告過我，普雷斯頓先生。你可以補一句『我早就告訴過你了』。是我活該。」

「你並沒有活該，」他說。「我們都有自己的盲點。」

他站起來，走向外婆的古董櫃。他看著我母親的照片，然後把它放下來，再拿起外婆和我在橄欖花園的那張合照。他笑了笑，然後回到沙發上坐下。

「爸，你在飯店到底看到了什麼，讓你懷疑飯店有不法勾當？你認為麗晶大飯店真的涉及販毒嗎？」

「不，」我在他來得及回答之前肯定地說。「麗晶大飯店是一家很乾淨的飯店。史諾先生不可能那麼做。那裡唯一的問題只有璜・曼紐爾。」

「璜・曼紐爾・莫拉里斯？那個洗碗工？」普雷斯頓問。

「是的，」我回答他。「在正常情況下，我一定不會亂說的，但是，現在已經完全偏離正常情況了。」

「繼續說下去。」夏綠蒂說。

普雷斯頓先生往前靠，在凸出來的那個沙發彈簧旁邊調整了一下姿勢。

我解釋了一切。璜・曼紐爾的工作簽證在前陣子過期了，他沒有地方可以住，羅尼偷偷地讓他在飯店的空房裡過夜。我又說了被我放在房間裡的那些過夜行李袋，以及我是如何在每天早上幫璜・曼紐爾以及他的朋友清理他們待過的房間。

「我必須承認，」我說。「我真的不知道一個晚上怎麼可能製造出那麼多髒亂。」

夏綠蒂放下手裡的筆，然後對她的父親說道：「哇，爸。你工作的地方還真是了不起。」

「非常卓越，就像法國人說的。」我說。

普雷斯頓先生用雙手捧著頭，不停地在搖晃。「我早該知道的，」他說。「璜・曼紐爾手臂上燙傷的痕跡，每次我問他還好嗎的時候，他總是避開我。」

直到此時，那些拼圖才在我的腦子裡湊在了一起。羅尼那些大塊頭朋友，那些髒污，那些包裹和過夜的行李袋。我手推車上的古柯鹼痕跡。

「噢，我的天，」我說。「璜・曼紐爾。他一直遭到了虐待和脅迫。」

「他每天晚上都被迫在飯店裡處理毒品，」普雷斯頓先生說。「而他並非唯一一個被利用的人。他們也一直在利用你，茉莉。」

我試著嚥下我喉嚨裡的那塊巨大的腫塊。

我明白了，全都明白了。「我不只在做房務員的工作，對嗎？」我問。

「恐怕是的，」夏綠蒂回答我。「我很遺憾這麼說，茉莉，不過，你也在幫忙運毒。」

19

夏綠蒂正在低聲地和一個她辦公室裡的人講電話。普雷斯頓先生則在洗手間裡。我在起居室裡來回地踱步。我走到窗邊，打開一道隙縫，企圖想呼吸一點新鮮的空氣，不過卻沒有什麼用。在我們的外牆上，一只空蕩蕩的餵鳥器正在微風裡晃盪。外婆和我曾經從這扇窗戶裡看著鳥兒。我們會花好幾個小時的時間，欣賞著鳥兒啄食著我們放在餵鳥器上的麵包屑。我們幫每一隻小鳥都取了名字——崔普斯洛先生、溫德米爾小姐，還有比克伯爵。不過，在羅索先生抱怨小鳥太吵之後，我們就不再餵食了。小鳥都飛走了，再也沒有回來過。噢，當隻小鳥有多好。

當我望向窗外時，我聽到了夏綠蒂電話內容的片段——「查一下羅尼．史蒂爾斯的背景」，「以吉賽兒．布雷克的名義註冊的槍枝」，「麗晶大飯店的檢查紀錄」。

普雷斯頓先生從洗手間出來了。「璜．曼紐爾有消息了嗎？」他問。

「還沒有。」我說。

大約一個小時以前，夏綠蒂和普雷斯頓先生決定和璜．曼紐爾聯絡。我很不確定是否應該要把他拖進我這一團混亂裡。

「這麼做是對的，」夏綠蒂說。「理由不止一個。」

「他是解開謎團的人，」普雷斯頓先生補充說。「他是唯一一個也許可以為這個災難提供解釋的人——如果我們可以說服他開口的話。」

「他難道不會害怕嗎？」我問。「我有理由相信他的家人受到了威脅。他自己也受到了威脅。」我甚至無法忍受去提及另一個部分——他那些燙傷的疤痕。

「會的，」夏綠蒂說。「誰不會怕呢？但是，他今天會有新的選擇，那是他過去所沒有的。」

「什麼選擇？」我問。

「在我們和他們之間做選擇。」普雷斯頓先生回答。

在那之後，普雷斯頓先生並沒有浪費什麼時間。他打電話給飯店廚房裡的一個人，那個人又打給了另一個人，讓這個人小心翼翼地去查員工名冊，直接找出了璜．曼紐爾的手機號碼，一拿到號碼，我們每個人立刻就將之輸入我們自己的手機裡。

我緊張地看著普雷斯頓先生撥出電話。萬一他也是一個令人失望的人呢？萬一他不是我以為的那個人呢？

「璜．曼紐爾？」普雷斯頓先生說。「對，是的……」

我聽不到璜．曼紐爾的回應，不過，我想像著他企圖要弄清普雷斯頓先生為什麼打電話給他時所露出的困惑。

「我相信你處於某種嚴重的危險之中，」普雷斯頓先生解釋道。他接著說他女兒是一名律師，他知道璜．曼紐爾在飯店裡遭到了脅迫。

當璜．曼紐爾說話的時候，電話這頭暫停了一下。

「我了解，」普雷斯頓先生說。「我們不希望你受到傷害，我們也不希望你家人受到傷害。你也應該要知道，茉莉也陷入了麻煩……對，沒錯……她遭人陷害，說她謀殺了布雷克先生。」

普雷斯頓先生告訴他。

電話這頭又停了一下，這通電話就這樣來來回回了一會兒。「謝謝你……對……當然，我們可以詳細地解釋所有的事情。還有，請你明白，我們絕對不會做任何……是的，當然。所有的決定都看你自己……我會把地址發簡訊給你。稍後見了。」

已經過了一個小時，但是，璜．曼紐爾還沒有出現。所有的等待和期待都對我的神經帶來了最大的負面影響。為了讓自己冷靜下來，我開始去想普雷斯頓先生和夏綠蒂站在我這邊造成了多麼大的不同。昨天，我還是孤身一人。這間公寓的感覺是那麼的蒼涼和空洞。所有的色彩和活力在外婆死的那天就都消失了。然而，現在，它又活了過來，又回春了。我看著窗外的餵鳥器。也許，稍後我會找一點麵包屑放上去，不管羅索先生怎麼說。

我感到了過度的精力，這讓我無法安靜地坐下來，這也就是我為什麼在踱步的原因。如果這裡只有我一個人獨處的話，也許我會刷洗地板或浴室的磁磚，然而，我不是一個人在這裡，再也不是了。擁有同伴是一種全新的感覺，也是一種奇怪的感覺。不過卻也是一種很大的安慰。

普雷斯頓先生就坐在沙發上。

夏綠蒂已經講完了她的電話。

我覺得自己正在被侵蝕，因此，我決定要說出來。「你們不認為我應該打電話給羅——羅尼嗎？」我問。他的名字再度讓我難以說出口，不過，我還是說了出來。「也許他可以解釋？也許，他和我的手推車上被發現的古柯鹼完全無關。那有可能是車諾兒幹的，不是嗎？或者其他人？萬一羅尼才是可以解釋這一切的人呢？」

「絕對不是，」夏綠蒂說。「我剛才調查了一下羅尼的背景。他來自有錢人家，不過在十五歲的時候就被踢出家門了。之後，他住在一間家屋裡。行竊、鬥毆和各種持毒的指控不斷，在來到這個城市落腳以前，他所搬遷過的地址列出來都可以排上整整一哩的長度了。」

「聽見了嗎，茱莉？打電話給那個白痴絕對不是什麼好主意。」普雷斯頓先生一邊說，一邊撫平外婆蓋在沙發上的那條針織毯子。「他只會再次說謊。」

「然後消失。」夏綠蒂補充說道。

「那吉賽兒呢？她一定知道什麼可以幫得上我的事情。或者史諾先生？」

在他們可以回答我之前，我的前門傳來一陣敲門聲。

我屏住了氣息。「萬一是警察呢？」房間又開始晃動，我覺得自己恐怕走不到門口。

夏綠蒂從她的椅子上站起身。「你現在有法律代表了。如果警察要找你的話，他們會打電話給我的。」

她來到我身邊。「沒事的。」她說著，把手放在我的手腕上讓我安心。這還真的有效。我立刻覺得冷靜了一些，地板上那些波動的漣漪也凝固了。

普雷斯頓先生來到我的另一邊。「你做得到的，茱莉，」他說。「我們一起去開門吧。」

我深深吸了一口氣，然後走到入口處。打開了門。

璜．曼紐爾就站在我面前。他穿了一件熨燙過的馬球衫，襯衫的下襬塞進了乾淨的牛仔褲裡。他的一隻手裡拿了一只白色的外賣塑膠袋。他瞪大了眼睛，氣喘吁吁的，彷彿他是兩階併作一階地跑上樓來的。

「哈囉，茉莉，」他說。「我真不敢相信。我從來都沒有想過要麻煩你。如果我能有——」

他說到一半停了下來。「你是誰？」他看著我身後的夏綠蒂問道。

她往前站。「我是夏綠蒂，茉莉的律師，普雷斯頓先生的女兒。請不用害怕。我們無意供出你的事。我們也知道你現在處於極大的險境裡。」

「我陷得太深了，」他說。「太深太深了。這個處境從來都不是我的選擇。是他們造成的。」

茉莉的處境也是他們造成的。其實是一樣的，不過卻又不一樣。」

「我們兩個都陷入了麻煩，璜．曼紐爾，」我說。「而且是很嚴重的麻煩。」

「是啊，我知道。」他說。

普雷斯頓先生在我身後開口。「袋子裡是什麼？」

「飯店剩下的食物，」璜．曼紐爾回答他。「我得讓自己看起來像是要提前出來吃晚餐一樣。袋子裡有下午茶的三明治。我知道你喜歡這種三明治，普雷斯頓先生。」

「噢，是啊。謝謝你。」普雷斯頓先生說。「我來把它們拿出來吧。我們都需要保持體力。」

普雷斯頓先生說完把袋子拿到廚房。

璜．曼紐爾只是站在門檻邊上沒有動。沒有了袋子在手上，我們可以很清楚地看到他的手在顫抖。我也一樣。

「你不進來嗎？」我問。

他步履不穩地往前跨了兩步。

「我很感謝你能來，特別是你現在的處境很危險。我真的很希望你能和我談談，」我說。「也和他們談談。我需要……幫助。」

「我知道，茉莉。我們都很需要。」

「是啊。之前發生的一些事情是我不──」

「是你不了解的──直到現在。」

「對。」我說。我看了一眼他疤痕累累的前臂，然後把頭轉開。

他走進來，環顧著起居室。「哇，」他說。「這個地方。讓我想起了家。」

他把鞋子脫掉。「我要把我工作的鞋子放在哪裡？它們不是太乾淨。」

「噢，真體貼，」我說著繞過他，打開櫥櫃，拿出一塊布。就在我打算擦拭他的鞋底時，他一手接過那塊布。

「不，不。我的鞋子。我自己來。」

他小心翼翼地把鞋子擦拭好，放進櫥櫃，並且在關上櫃門之前，還把那塊布整齊地折疊好放進去，然後才關上櫃子，而我只是站在那裡不知道應該怎麼辦。

「我得先警告你，我不像平常的我。因為一切都太……震驚了。而且，我通常不會有客人，所以我也很不習慣。我不太會招待客人。」

「天啊，茉莉，」普雷斯頓先生的聲音從廚房裡傳出來。「放輕鬆，接受幫助就好。璜・曼紐爾，也許你可以到廚房來幫我？」

璜・曼紐爾加入了他的行列，我也暫時離開到洗手間去。事實上，我只是需要一點時間來集中精神。我注視著鏡子裡的自己，做了幾個深呼吸。璜・曼紐爾來了，我們兩人都處於險境。我看起來像要崩潰了一樣。我那雙又紅又腫的眼睛底下有一些黑眼圈。我渾身緊繃，覺得好像就要溺斃了一樣。我彷彿被包裹在浴室的磁磚裡，全身就要開始破裂了。我在臉上潑了一些冷水，擦乾，然後走出了浴室，回到客人們所在的起居室裡。

普雷斯頓先生在外婆的銀托盤裡擺上小巧精緻的黃瓜三明治——麵包皮都被切掉了——還有迷你鹹派和其他美味的剩菜。才聞到食物的味道，我的胃立刻就開始咕嚕咕嚕叫了。普雷斯頓先生把托盤放到咖啡桌上。然後從廚房裡再拿了一把椅子到起居室給璜・曼紐爾。我們全都坐了下來。

我無法相信。我們就在外婆的起居室裡，我們四個人。普雷斯頓先生和我坐在沙發上，夏綠蒂和璜・曼紐爾則坐在我面前。大家彼此寒暄了一下，彷彿這是一場友善的茶會，雖然我們都心知肚明這不是茶會。夏綠蒂問了璜・曼紐爾關於他家人的問題，以及他在麗晶大飯店工作了多久。普雷斯頓先生也發表了他的評價，說璜・曼紐爾是個可靠而且辛勤工作的人。璜・曼紐爾則低頭看著自己的腿。

「我很努力工作，是的，」他說。「太努力了。不過，我還是有很大的問題。」

我們把裝著迷你三明治的小碟子放在腿上，各自吃著盤子裡的食物，而我吃的速度比其他人都要快。

「吃吧，」夏綠蒂說。「你們兩個。這件事並不輕鬆。你們需要有足夠的體力。」

璜．曼紐爾往前傾身。

「這個，」他說。「試試這個。」他把兩塊手指大小的三明治放到我的盤子裡。「我做的。」

我拿起一塊，咬了一口。這味道真是太精緻了，鬆軟的乳酪起司和煙燻鮭魚，最後還充滿了蒔蘿和檸檬屑的味道。我這輩子從來沒有吃過這麼美味的三明治，好吃到我幾乎無法遵循外婆的咀嚼習慣。在我意識到之前，三明治已經下肚了。

「真好吃，」我說。「謝謝你。」

我們沉默了好一會兒，不過，就算有人覺得不自在，我也感覺不出來。儘管我們並非為了什麼愉快的事才聚集在這裡，但是，有那麼一瞬間，我發現自己感受到一種感覺，那是我在外婆去世之前就已經不再感受到的了。我感到……有人陪伴。我感到……自己完全不孤單。然後，當我想起是什麼原因把大家帶到這裡時，那股焦慮又開始攪動，讓我把盤子放到了一邊。

夏綠蒂也放下了盤子。她拿起她椅子旁邊的便箋和筆。「嗯，我們都是為了同一個原因才來這裡的，因此，我們最好開始吧。璜．曼紐爾，我相信我父親已經告訴過你茉莉的困境了？而我相信，你自己也置身於一個很具挑戰性的情況之中。」

璜．曼紐爾在椅子上動了一下。「是的，」他說。「我確實如此。」他那雙棕色的大眼睛注視著我。「茉莉，」他說。「我從來都不希望見到你捲入這件事裡，但是，當他們把你拉進來時，我不知道該怎麼辦。我希望你能相信我。」

我嚥了嚥口水，思考著他的話。我花了一點時間才弄清了這兩者之間的差異——睜眼說瞎話和實話。不過，我的思緒清晰了起來，我可以明顯地從他的臉上看出來。他說的是實話。「謝謝你，璜．曼紐爾。我相信你。」

「把你在廚房裡告訴我的事告訴她。」普雷斯頓先生建議他。

「你知道我為什麼每天晚上都住在飯店裡的不同房間嗎？你為什麼每天晚上都給我不同的房卡嗎？」

「我知道。」我說。

「羅尼先生。他並沒有告訴你完整的故事。我再也沒有公寓可以住這件事是真的。現在沒有工作簽證也是真的。當我有這兩樣東西的時候，一切都很好。我會寄錢回家。我家裡需要錢，因為在我父親死了之後，家裡的錢就不夠了。我家人非常以我為傲——『你是個好兒子。』我母親會這麼說。『你為了我們努力工作。』我也很快樂。我做的事情都是對的。」

璜．曼紐爾停了一下，嚥了嚥口水，才繼續往下說。「可是，當我需要延長我的工作簽證時，羅尼先生說：『沒問題。』他把我介紹給了他的律師朋友。那個律師朋友收了我很多錢，結果我卻沒有拿到簽證。我向羅尼先生抱怨，他卻說：『我的律師朋友可以解決一切的問題。幾天之內，你就可以拿到新的工作簽證。』他告訴我，他會確保史諾先生不會發現。但是他又說：『你也必須幫我，你知道的。你幫我抓背，我也幫你抓背。』我並不想幫他抓背。我想要回家，另找辦法。但是，我回不了家。我已經一毛不剩了。」

璜．曼紐爾沉默了下來。

「羅尼到底要你做什麼？」夏綠蒂問。

「當我在廚房的班結束之後，我就在晚上偷偷溜進茉莉給我房卡的房間。茉莉，她把我的袋子留在了那個房間裡，不是嗎？」

「對，」我說。「每天晚上，我都把你的袋子留在你會住的那間房間裡。」

「那個袋子，根本不是我的。那是羅尼先生的。裡面放的是他的毒品。古柯鹼。還有其他東西。當附近沒有人的時候，他會在晚上更晚的時候帶更多的毒品來到房間裡。然後就離開了。他讓我整夜工作——有時候只有我一個人，有時候則和羅尼先生的同夥一起——我們得把要賣的古柯鹼準備好。我發誓，我以前根本不懂這些事。不過，我學會了。我必須得學，而且要盡快學會。」

「當你說是他讓你這樣做的，具體是什麼意思？」夏綠蒂問。

璜．曼紐爾一邊回答，一邊扭著自己的手。「我告訴羅尼先生，『我不會這麼做的。我不能。我寧可被遣返，也不會做這種事。這麼做是不對的。』但是我那樣說卻只是讓事情更加惡化。他說他會殺了我。我說：『我不在乎。殺我吧。這不是一個人應該過的生活。』」璜・曼紐爾停下來，低頭看著自己的腿，然後又接著說：「但是，羅尼先生終究找到了讓我幫他做壞事的方法。」

璜・曼紐爾的面容緊繃。我注意到他的眼眶四周有黑眼圈，而且雙眼泛紅。我們看起來很像，他和我——我們的悲傷都寫在臉上。

「當時，羅尼做了什麼？」夏綠蒂問。

「他說，如果我不閉嘴幫他做那些骯髒事的話，他就會殺了我的家人。你不明白。他有一些壞朋友。他知道我在馬薩特蘭的地址，他是個壞人。有時候，當我工作到很晚的時候，我會在椅子上睡著了。當我醒來的時候，我會忘記自己身在何處。羅尼先生的人就會揍我，把水潑在我身上讓我保持清醒。有時候，他們會用香菸燙我來懲罰我。」說著，他伸出了自己的手臂。

「茉莉，」璜・曼紐爾說。「我騙你說那是洗碗機燙傷的。對不起。那不是真的。」他的聲音卡住，淚水也流了下來。「我不應該那樣，」他說。「我知道一個成年男子不應該哭得像個孩子一樣，」他說著抬起頭來看著我。「茉莉，當你那天走進飯店房間，看到我和羅尼以及他的朋友時，我試著想要叫你跑走，把事情告訴別人。我不希望他們像利用我一樣地利用你。但是，他們還是那麼做了。他們也找到了控制你的方法。」

當璜・曼紐爾持續哭泣的同時，普雷斯頓先生不停地在搖頭。我自己也忍不住落下了眼淚。突然之間，我覺得好累，比我這輩子任何時候都還要疲憊。我只想要從沙發上站起來，沿著走廊走到我的臥室，把自己裹在外婆的孤星棉被裡，永遠地睡去不要再醒過來。我想起了外婆最後的那段日子。她也是這樣的感覺嗎？覺得一切都走到了盡頭，覺得所有繼續往下走的意志都被搾乾了嗎？

「看來，我們找到了我們的老鼠。」普雷斯頓先生說。

「有一隻就有更多隻。」夏綠蒂說。她轉向璜．曼紐爾。「羅尼在幫布雷克先生做事嗎？你曾經聽到或者看到過什麼——什麼都好——暗示布雷克先生是這個毒品行動的幕後主使嗎？」

璜．曼紐爾擦去臉上的淚水。「羅尼先生向來都沒有說過太多關於布雷克先生的事，不過，有時候他會接電話。他以為我笨到聽不懂英文。但是每一個字我都聽到了。羅尼先生有時候會在夜裡帶著很多很多錢到房間裡來。然後，他會安排會面，把錢給布雷克先生。我這一輩子從來都沒有看過那麼多的錢。就像這樣。」他用手比畫了一下。

「成堆的鈔票。」夏綠蒂說。

「對。新的。全新的鈔票。」

「我發現布雷克先生死掉的那天，他的保險櫃裡也有很多那樣一堆一堆的錢。」我說。「排列得很完美，很整齊。」

璜．曼紐爾繼續說道：「有一次，羅尼很沮喪，因為那天晚上他沒有帶很多錢過來。他去找了布雷克先生，當他回來的時候，他身上多了一道像我那樣的疤痕。不過，不是在他的手臂上，而是在他的胸口。我也因此知道，我不是唯一一個受到懲罰的人。」那些碎片逐漸銜接在了一起。我記起羅尼硬挺的白襯衫上那道V形的開口，以及讓他光滑的胸膛失去完美的那道奇怪的圓形疤痕。

「我看過那道疤痕。」我說。

「那是另一件事，」璜．曼紐爾說。「羅尼先生從來沒有直接對我說過布雷克先生的事。不過，我知道他認識他的妻子。那個新的老婆。吉賽兒女士。」

「不可能，」我說。「羅尼對我保證過，他幾乎沒有和她說過話。」我嘴裡雖然這麼說，不過，卻馬上意識到自己是個傻瓜。

「你是怎麼知道羅尼認識吉賽兒的？」夏綠蒂問。

璜．曼紐爾從口袋裡掏出他的手機，滑了幾張照片，直到他找到他要的那張。「因為我抓到他，」他說。「就在做案現場，你們通常是怎麼說的……」

「捉姦在床？」普雷斯頓先生試著說。

「大概是這個意思吧。」他說著把手機轉向我們，讓我們看上面的一張照片。

那是羅尼和吉賽兒。他們在飯店一條陰暗的走廊上熱情地親吻，因此不可能注意到被璜．曼紐爾拍下了這一刻。看著這張照片，看著照片裡的細節，我的心覺得好痛、好沉重——她的頭髮垂落在他的肩膀上，他的手扶在她拱形纖細的背脊上。我很害怕自己的心臟就要停止了。

「哇，」夏綠蒂說。「你可以把照片發給我嗎？」

「可以。」璜．曼紐爾說著，和她交換了號碼，然後把照片發給她。不到幾秒鐘，這個罪惡的證據就已經複製到了她的手機裡。

夏綠蒂站起來，開始在起居室裡踱步。「事情已經越來越清楚了，吉賽兒和羅尼有很多理由要置布雷克先生於死地。不過，如果要證明茉莉是無辜的，唯一的方法就是找出他們其中一個或兩個人一起殺了布雷克先生的鐵證。」

「不是吉賽兒，」我說。「她沒有殺人。」

好幾雙懷疑的目光都轉向了我。

「噢，茉莉。你怎麼知道？」夏綠蒂問。

「我知道。我就是知道。」

夏綠蒂和普雷斯頓先生又交換了一個眼神，那種懷疑的眼神。

普雷斯頓先生站起身。「我有一個主意。」他宣布道。

「哎呀。」夏綠蒂應聲。

「聽我說完，」他說。「這不容易，而且我們需要團隊合作……」

「那當然。」夏綠蒂說。

「我喜歡團隊這個概念，」璜・曼紐爾說。「他們那樣對待我們是錯誤的。」

「我們得要暗中操作，」普雷斯頓先生說。「我們必須要擬出一個嚴格的計畫。」

「一個計畫。」夏綠蒂重複他的話。

「正是，」普雷斯頓先生回答她。「一個計畫。我們要智取狐狸。」

20

我們花了一個多小時才把計畫的細節都敲定。在討論的過程中，我不斷重複著「不」和「我做不到」，套句外婆的話，我聽起來就像《做不到的小引擎》那本童書裡的那個肥胖懶惰的小引擎。

「可以，你做得到的，」普雷斯頓先生一次又一次地對我說。「可倫坡會放棄嗎？」

「你可以的，茉莉小姐。」璜．曼紐爾附和道。

「如果我覺得你做不到的話，我就不會這麼建議了。」夏綠蒂理性地說。

我們練習了一次又一次。我們演練著各種情節，對於他們想得出來的所有問題，我也把答案都複習到很完美。我們也提出了有可能會出錯的情況。我必須要克服那種作假的感覺，克服那種無法表達自己真實想法的感覺，不過，璜．曼紐爾說了一句讓我安心的話：「有時候，你必須做一件壞事，才能成就另一件好事。」我的經驗告訴我，他在很多方面都是對的。

我們讓璜．曼紐爾扮演和我立場相反的角色，然後再讓普雷斯頓先生扮演我的敵人來反覆練習。我必須忘記他們是我善良的朋友。我必須把他們想像成很壞的壞蛋，雖然事實上他們完全不是。我們談論著細節，標註了一些關鍵的說詞，並且提出了緊急計畫，以防任何突發的狀況。

現在我們演練完畢了。夏綠蒂、普雷斯頓先生和璜．曼紐爾全都面帶笑容，挺直地坐在各自的椅子上看著我。我不太確定，但是，我想我了解我在他們臉上看到的神情代表了什麼——驕傲。他們相信我做得到。如果外婆在這裡的話，她會說，看到了嗎，茉莉？如果你下定決心要做的話，你就可以做得到。

經過這麼多次的練習之後，我已經覺得好多了，對整個計畫也感到了冷靜許多。我不得不說，我確實感到自己有點像可倫坡，身邊還圍繞著一群妙手調查員。我們一起策劃出了一個陷阱，希望藉此可以再度讓羅尼被抓姦在床——不過這回是要用完全不同的方式。

我們立刻就展開了第一步，由我先發簡訊給他。我們按照我的語氣擬定了這則簡訊的內容。

「我太緊張了，」我才開始在手機裡輸入訊息就立刻說道。「在我發出去之前，有誰可以檢查一下這則簡訊嗎？」

璜．曼紐爾、普雷斯頓先生和夏綠蒂湊到我身邊的沙發上，透過我的肩膀讀著簡訊。

「看起來不錯，」璜．曼紐爾說。「你說話的方式向來都很和善。希望有更多人能像你這樣說話，茉莉。」

他笑了笑，他的話讓我感到了一絲暖意。「謝謝你。你這麼說真好心。」

「我會在你的簡訊裡加上『緊急』二字。」普雷斯頓先生建議。

「嗯，這樣好。」夏綠蒂說。「緊急。」

我修改了一下簡訊：羅尼，我們得碰面：這很緊急。布雷克先生是被**謀殺**的。我向警方透露了一些事情，我想你應該要知道。我真的很抱歉！

「這樣嗎？」我看著他們，徵求大家的同意。

「來吧，茉莉。把簡訊發出去。」夏綠蒂說。

我緊緊地閉上眼睛，然後按下了發送的按鍵。我可以聽到簡訊發出了嗖嗖的聲音，離開了我的手機。

當我在幾分鐘之後睜開眼睛時，我發出的那則簡訊下方出現了三個圓圈，就在新訊息的收件箱裡。

「你們瞧瞧，」普雷斯頓先生說。「看來，我們的傻瓜很急著回應。」

當羅尼的簡訊出現時，我的手機震動了一下：茉莉，搞什麼？二十分鐘後到OG和我碰面。

「OG？」普雷斯頓先生問。「那是什麼？」

「原始幫派？」璜・曼紐爾回答他。

「那是什麼意思？」夏綠蒂問。

我突然想到了，我明白了。「橄欖花園。」我說。「那是我要和他見面的地方。我要回覆他嗎？」

「告訴他，你很快就會過去。」夏綠蒂說。

我試著要回簡訊，但是，我的手實在抖得太厲害了。

「你要我幫你打字嗎？」夏綠蒂問。

「好，麻煩你。」我說。

我把手機交給她，我們全都湊在她肩頭上看著她輸入訊息：可。二十分鐘後見。

就在她要按下發送的按鍵時，璜．曼紐爾阻止了她。「那完全不是茉莉的語氣。她絕對不會那樣寫的。」

「真的嗎？」夏綠蒂說。「哪裡有問題？」

「你得讓它看起來更文謅謅一點，」璜．曼紐爾說。「用尊敬的語氣。也許用『真令人愉悅』這樣的說法。茉莉很常用這個字眼：真令人愉悅。這聽起來感覺就很好。」

於是，夏綠蒂刪除了她原本寫的內容，重新再寫一次：這個計畫聽起來很令人愉悅，即便促使我們見面的情況並非如此。稍後見。

「對，」我說。「我會這樣說。很好。」

「那才是我的茉莉小姐。」璜．曼紐爾補充說道。

嗖嗖。夏綠蒂發完簡訊，把手機還給了我。

「茉莉，」普雷斯頓先生把一隻手放在我的肩膀上好讓我安心。「你準備好了嗎？你知道要對他說什麼，要怎麼做？」

三張充滿關注的臉等著我的回應。

「我準備好了。」我回答。

「你辦得到的，茉莉。」夏綠蒂說。

「我們對你有信心。」普雷斯頓先生也說。

璜・曼紐爾則對我豎起了大拇指。

他們都對我有信心。他們都相信我。唯一不確定的人是我自己。

如果你下定決心要做的話，你就可以做得到。

我深深吸了一口氣，把我的手機放進口袋裡，然後走出了前門。

21

十八分鐘之後，我已經在橄欖花園了，比原訂的時間提早了兩分鐘，主要的原因是我實在太緊張了，以至於我全程都走得很快。我坐在吊燈下的那個卡座裡，同樣的位置，只是這一次，這個座位完全不像是我們的位子。這個位子再也不是屬於我們的座位了。

羅尼還沒有到。我在等待的時候，腦子裡浮現了恐怖的畫面——布雷克先生，他灰色且憔悴的皮膚，羅尼和吉賽兒的照片，兩條滑溜溜的蛇交纏在一起，外婆生命的最後幾分鐘。我不知道為什麼這些畫面出現在我的腦子裡，不過，它們完全無助於壓抑住我的顫抖。我要怎麼度過這一關，我不知道。當我打從心裡感到這麼緊張的時候，我又如何能表現得正常？

當我再度抬起頭時，我看到他了，他衝進了餐廳，尋找著我。他的頭髮凌亂，襯衫上面的兩顆釦子敞開，露出他平坦光滑的胸膛。我想像著自己拿起桌上的叉子刺向他的胸口，就是他襯衫V字領口下那片裸露的肌膚。不過，一看到他的疤痕，我那暗黑的欲望就蒸發了。

「茉莉，」他一邊滑進我對面的座位，一邊說著。「我找了一個藉口暫時離開工作崗位，不過，我沒有太多的時間。我們得快一點，好嗎？把所有的事都告訴我。」

一名女服務生來到我們的桌邊。「歡迎來到橄欖花園。我能幫你們先送一些免費的沙拉和麵包過來嗎？」

「我們只是來喝一下東西而已，」羅尼回答她。「給我一杯啤酒。」

我伸出一根手指。「事實上，沙拉和麵包應該很不錯。另外，請給我一份開胃拼盤，以及一份大的義大利香腸披薩。噢，還有水？要很冰、很冰的水。裡面要加冰塊。」我今天不要點夏多內──我必須保持頭腦清醒。而且，這也不是在慶祝什麼，完全不是。「謝謝你。」我對著女服務生說。

羅尼用手指撩撥過他的頭髮，然後嘆了一口氣。

「謝謝你來，」女服務生一離開之後，我就對他說。「當我需要你的時候，你總是會在，這對我來說意義重大。你真是一個值得信賴的朋友。」當我這麼說的時候，我覺得自己的臉很僵硬、很勉強，不過，羅尼似乎沒有注意到。

「我就在你身邊，茉莉。你只要告訴我發生了什麼事，好嗎？」

「呃，」我把發抖的手藏在桌子底下說道。「警探把我帶到警察局之後，她告訴我說，布雷克先生不是自然死的。她說，他是被悶死的。」

我等著這句話生效。

「哇，」羅尼說。「而你顯然是重要的嫌疑人。」

「事實上，我不是。他們在找的是別人。」我完全按照夏綠蒂教我的話說。

我小心翼翼地觀察著他。他的喉結不停地上下移動著。女服務生帶著沙拉、麵包和我們的飲料回來了。我喝了一大口冷水，對羅尼的不自在感到竊喜。我完全沒有碰食物，因為我太緊張了。而且，食物是晚點才要吃的。

「史塔克警探說，最有可能下手的人很可能是受到布雷克先生遺囑所影響的人。她認為，他們甚至可能在殺他之前，還和他討論過他的遺囑。可憐的吉賽兒。你知道布雷克先生什麼也沒有留給她嗎？一樣東西也沒有，那個可憐的女人，真的很可憐。」

「什麼？那個警探告訴你的？但是那不可能。我很清楚那絕對不可能。」

「是嗎？我以為你和吉賽兒並不熟。」我說。

「我是不熟。」他說。雖然這裡並不是太熱，不過，他卻開始出汗。「但是，我認識和她很熟的人。總之，他們告訴我的不是這樣。所以，這……這有點出乎意料。」他喝了一口啤酒，並且把手肘撐在桌面上。

「沒禮貌。」我說。

「什麼？」

「你的手肘放在桌上了。這裡是餐廳。這是餐桌。不要把手肘靠在桌面上才是適當的用餐禮儀。」

他搖了搖頭，不過，還是把他討人厭的手肘放了下來。我贏了。

「沙拉？麵包？」我問。

「不用了，」他說。「我們直接說重點吧。布雷克先生有沒有把開曼群島的別墅留給吉賽兒？那個警探有沒有提到這件事？」

「嗯，」我說著拿起我的餐巾紙，緊緊地抓在桌底下已經汗濕的手裡。「我不記得有什麼關於別墅的事。我想，那個警探說，幾乎所有的東西都歸第一任的布雷克太太和他們的孩子所有。」我按照計畫地透露了另一個訊息。

「你是在告訴我，警察沒來由地就主動把這些都告訴你？」

「什麼？當然不是。」我說。「誰會告訴我什麼事？我只不過是個房務員而已。史塔克警探把我一個人留在了一間房間裡，你知道那是什麼情況。他們忘記我在那裡了。或者他們以為我笨到什麼都聽不懂？那都是我在警察局裡不小心聽到的。」

「還有，那個警探不在乎你吸塵器裡發現的那把槍嗎？我是說，我猜那是他們抓你的原因，不是嗎？」

「是的，」我說。「好像是車諾兒發現了那把槍，然後告訴了警察。她居然知道要去哪裡找，真有趣。對於一個那麼懶惰的人來說，實在很難想像她會去搜一個沾滿灰塵的吸塵袋。」

羅尼的臉色一變。「你不是在暗示是我告訴她的吧？茉莉，你知道我絕對不會——」

「我絕對不會暗示是你，羅尼。你沒有做錯什麼。你是無辜的，」我說。「就和我一樣。」

他點點頭。「很好。我很高興我們之間沒有誤會。」他搖了搖頭，就像一隻渾身濕透的狗剛從水裡爬出來一樣。「那麼，警察問你關於那把槍的事情時，你是怎麼說的？」

「我只是解釋了那是誰的槍，以及我是在哪裡找到的。」我回答他。「結果有人的眉毛揚起來了。我的意思是，史塔克警探很驚訝。」

「所以，你把吉賽兒供出來了，你的朋友？」他說。他的手肘又重新放在了桌上。

「我絕對不會背叛一個真正的朋友。」我說。「不過，我必須要告訴你一件很可怕的事。那就是我為什麼找你的原因。」來了，我為這一刻準備好了。

「到底是什麼事？」他幾乎掩藏不住聲音裡的憤怒。

「噢，羅尼。你知道我在社交場合裡會變得很緊張，而我必須說，警探那樣質問我，讓我很驚慌失措，因為我根本沒有什麼這方面的經驗。也許，你對這種場面會比較熟悉？」

「茉莉，講重點。」

「好，」我默默地擰著手裡的紙巾。「由於吉賽兒的槍已經從袋子裡拿出來了——我想，這個說法在這時候除了字面上的意思，也有象徵性的意思——警探說他們會再次清查布雷克套房。」我把我的紙巾拿到眼睛旁邊，並且試圖要觀察他的反應。

「繼續說。」他說。

「我說：『噢，你不能那麼做！璜．曼紐爾住在那間套房裡。』結果，那個警探就問：『誰是璜．曼紐爾？』所以，我就告訴她了。噢，羅尼，我也許不應該說的。我告訴他們，璜．曼紐爾是你的朋友，但是他沒有工作簽證，所以，你一直都在幫助他，還有——」

「你對警探提到我？」

「對，」我說。「我告訴他們關於過夜行李袋的事，以及我會在璜．曼紐爾和你的朋友住過之後打掃，還有你有多麼地好心——」

「他們是他的朋友，不是我的。」

「噢，不管他們是誰，他們都把房間弄得很髒亂。不過別擔心，我很確定我有讓那個警探知道你是多麼好的一個人，即便你的朋友們有點……髒亂。」

他把頭埋進了手裡。「噢，茉莉。你做了什麼事？」

「我說了實話。」我對他說。「不過，我發現我給瑱．曼紐爾惹了一點麻煩。萬一他們去檢查布雷克套房的時候，他還在房間裡面的話怎麼辦？我不希望讓他惹上任何麻煩。你也不希望，對嗎，羅尼？」

他用力地點點頭。「我不希望，是的。我是說，我們得確保當他們去檢查的時候，他不會在房間裡。而且，我們得盡快把那間房打掃乾淨，在警察抵達之前。你知道的，這樣就不會留下瑱．曼紐爾待過的痕跡。」

「當然，」我說。「我也是這樣想的。」我對著羅尼笑了笑，但是，內心裡，我卻拿著一壺滾水倒向他那張髒髒、說謊的臉。

「所以，你會那麼做嗎？」他問。

「做什麼？」我問。

「偷偷溜進去把套房打掃乾淨。現在就去。在警察趕到之前。除了車諾兒和史諾先生之外，你是唯一拿得到房卡的人。如果史諾先生抓到瑱．曼紐爾在裡面的話——或者更糟，如果是警察抓到的話——他會被遣返的。」

「可是，我今天不應該去工作的。史諾先生說，我是警方『感興趣的人』，所以——」

「拜託，茉莉！這很重要。」他伸出手握住了我的手。我很想把手抽回來，但是，我知道我不可以動。

我們對你有信心。

我聽到腦子裡響起一個聲音，但是，這次並不是外婆的聲音。是普雷斯頓先生。然後是夏綠蒂，然後是璝．曼紐爾。

我讓自己的手乖乖地被握在他的手裡，我的目光沒有透露什麼情緒。「你知道，」我說。「他們不准我進飯店，但是，那不代表你不能進去。如果我很快地偷偷溜進飯店，拿到正確的房門鑰匙，然後把鑰匙給你呢？你可以用我的房務推車自己去打掃房間！這不是很好嗎——你把自己製造的混亂打掃乾淨？——我是說，璝．曼紐爾製造的混亂。」

他的目光掃遍了整間餐廳。他額頭上那片反光逐漸凝聚成了一顆顆的汗珠。

過了一會兒之後，他說：「好。好吧。你去幫我弄到套房的鑰匙，我來打掃房間。」

「套房的鑰匙是通往美好的開始。」我說，不過他沒能聽出我的押韻雙關語。

女服務生在此時送來了義大利香腸披薩和前菜拼盤。

「能請你把那個打包起來嗎？」我問。

「當然可以，」她說。「麵包和沙拉有什麼問題嗎？你連碰都沒碰。」

「噢，不是的，」我說。「這些都讓人很愉悅。只是我們有點趕時間而已。」

「好，」她說。「我會把全部的東西都打包。」她對一名同事招了招手，然後兩人一起把食物打包好。

「他會買單。」我說著，指了指羅尼。

他張大了嘴，不過什麼也沒有說，一個字也沒說。

我們的女服務生從她的圍裙裡拿出帳單，遞給了他。他從皮夾裡掏出一張嶄新的百元大鈔給她，然後說：「不用找了。」語畢，他突然從座位上站起來。「我得趕快走了，茉莉。我應該要回到飯店，立刻著手進行。」

「是啊，」我說。「我會把食物先帶回家。然後，等我到飯店之後，我會盡快發簡訊給你。噢，對了，羅尼？」

「什麼事？」

「你不喜歡拼圖真的很可惜。」

「為什麼？」

「因為，」我說。「我想你並不了解，突然之間，所有的碎片都拼湊在一起的那種感覺。」

他看著我，嘴唇撇了一下。太明顯了，那種表情的意思。我是個白痴。一個傻瓜。而我蠢到自己並不知道我是個傻瓜。

那就是他那張庸俗、說謊的臉上此刻流露出來的表情

22

我很快地走回家，手裡還拎著打包的袋子。我急著想要向普雷斯頓先生、夏綠蒂，特別是璜．曼紐爾報告。

一走進公寓大樓，我立刻兩階併作一階地跑上樓。當我看到羅索先生的門開了一條小縫時，我已經快走到我的走廊了。他探出頭，看見了我，然後立刻縮回屋裡，把門關上。

我放下打包袋，轉動手中的鑰匙，然後進了門。「我回來了！」我大聲喊道。

普雷斯頓先生立刻站起身。「噢，親愛的孩子，你回來了。謝天謝地。」

夏綠蒂和璜．曼紐爾雙雙坐在起居室裡。一看到我，他們也都從座位上跳了起來。

「怎麼樣？」夏綠蒂問。

在我來得及回答夏綠蒂的問題以前，璜．曼紐爾來到了我旁邊。他接走我手中的紙袋，然後從櫥櫃裡拿出擦鞋的那塊抹布。我才脫下鞋子，他就把鞋子拿過去，將鞋底擦乾淨，然後把鞋子收起來。

「你不需要這麼做。」我說。

「沒關係。你需要什麼嗎？你還好嗎？」他問。

「我沒事，」我回答他。「我把食物外帶回來了。我希望大家都會喜歡橄欖花園。」

「喜歡？我愛死了。」璜．曼紐爾說著把紙袋拿進了廚房。

「你最好趕快告訴我們事情進行得如何，」夏綠蒂說。「打從你踏出那扇門之後，爸爸和璜．曼紐爾就快緊張死了。」

「一切都和計畫的一樣，」我說。「羅尼現在正在趕回飯店。他不明白我才是那個被捕的人，而且他相信警察即將回去搜索那間套房。我告訴他，我很快會去飯店幫他拿套房的鑰匙。」我在敘述的時候，臉上忍不住露出笑容，因為我已經做到了原先我不確定自己是否能做到的事。

「完美。做得好。」夏綠蒂說。

「我知道你一定做得到！」璜．曼紐爾從廚房裡喊道。

「爸，」夏綠蒂接著說。「你的班從六點開始，對嗎？你確定你能拿到布雷克套房的鑰匙？」

「我自有錦囊妙計。」他說。

「你的妙計最好萬無一失，爸，因為我們現在最不需要的事情就是讓你也惹上麻煩。」

「你不用擔心。一切都會很順利的。你要相信你老爸。」

璜．曼紐爾端著外婆的銀製托盤從廚房裡出來了，托盤上裝滿了橄欖花園的開胃菜和披薩。

「剛才我就應該要回去工作了，」他說。「他們一直打電話給我。」他說著把托盤放到咖啡桌上，然後坐了下來。

夏綠蒂把她的椅子拉近他。「你自己決定，璜．曼紐爾，不過，我擔心如果你今天回去工作的話——事實上，如果你再踏進那家飯店的話——羅尼還是會找方法利用你，就像他一直以來的那樣，如此一來，掉進陷阱被抓的人就會是你，而不是他了。」

璜．曼紐爾低頭看著自己的腳。「是的，我知道。」他說。「我會回電給廚房，告訴他們我生病了，沒有辦法做完今天的班。」

「很好。」夏綠蒂說。

「晚點我再把其他的事情想清楚。」璜．曼紐爾說。

「其他的事情？」普雷斯頓先生不明白地問。

「今天晚上要睡在哪裡，」他說。「首先，我們得專注去捕抓狐狸。」他點點頭，笑了一下，不過，那不是真正的笑容，不是那種笑意延伸到眼裡的笑容。

夏綠蒂看著普雷斯頓先生。

「噢，璜．曼紐爾，」普雷斯頓先生說。「我們考慮得太不周到了。如果你不回飯店的話，那就代表今晚你沒有地方安身。」

「這是我的問題，不是你們的問題。」他沒有抬頭地說。「不用擔心。」

我想到一個很簡單的解決方法，不過，對我來說也有點尷尬。我從來都沒有客人留宿過，不過，我相信在這種特殊情況下，外婆會要我做出正確的事。「你可以待在這裡，今天晚上，」我說。「這裡有很多空間。你可以睡在我的房間，而我會睡在外婆的房間。這樣，你就有時間考慮其他的安排。」

他看著我，彷彿他無法相信我說的話。「真的嗎？你是認真的嗎？你要讓我待在這裡？」

「這不就是朋友的作用嗎？彼此互相幫忙？」

他緩緩地搖著頭。「我真不敢相信，在發生了這麼多事情之後，你還這樣對我。謝謝你。不用擔心——我很安靜的。我就像一只好爐子——會自動保持乾淨。」

普雷斯頓先生輕笑著從托盤裡拿起一只小盤子，裝了前菜、披薩和油炸莫札瑞拉起司。我跟在他後面，也幫瑞·曼紐爾裝了一盤，然後再幫我自己也盛了一盤。

「感謝羅尼。」我說。「他欠我們兩個的還不止這些。」

「沒錯。」瑞·曼紐爾說。

夏綠蒂站起身，從電視上拿起遙控器，把電視轉到二十四小時的本地新聞頻道。

就在我準備咬下第一口的油炸莫札瑞拉起司時，電視的聲音讓我咬了半口就停了下來。

「……警方將在一個小時後召開一場特別記者會，針對調查殺害房產大亨查爾斯·布雷克的兇手發表最新的重大消息。我們還不確定警方會宣布什麼，不過，我們預期會聽到各項指控的細節，並且極有可能包括嫌犯的身分，以及……」

我感到每一隻眼睛都集中在我身上。我的自信在幾秒鐘之內就化為烏有。「現在怎麼辦？」我問。

夏綠蒂嘆了口氣。「我就擔心會這樣。警方太急著要讓大眾安心，並且想要就抓到兇手一事邀功。」

「如果他們公布我的名字怎麼辦？如果羅尼在回到飯店之前發現了怎麼辦？」

「現在是五點。我們還有一個小時。」普雷斯頓先生說。

「沒錯。」夏綠蒂表示。「我們先不要恐慌。我建議我們按照原來的計畫行事。不過，我們沒有多少時間了。」

新聞播報員正在回溯死亡事件的細節和驗屍報告的發現——窒息而死。我們都沉默地看著新聞。「……內部消息指出，布雷克先生的妻子，社交名媛吉賽兒．布雷克，可能沒有遭到指控，並且依然是飯店的住客。不過，一個小時之後，我們就能知道更多——」

夏綠蒂關掉電視。「希望羅尼沒有看到這則新聞，然後消失不見。也希望吉賽兒不會很快地退房離開。」她說。

「她不會的。」我說。「她沒有地方可去。」

普雷斯頓先生放下手中的盤子，站起身。「看來，我今天得早點去上班，」他說。「茉莉，你準備好了嗎？你明白下一步要怎麼做嗎？」

我似乎說不出話來。我覺得世界彷彿又傾斜了一點點，但是，我知道我必須往前邁進。「我準備好了。」我說。

「夏綠蒂，等你收到我的簡訊時，你就聯絡史塔克警探？」

「是的，爸。事實上，我打算等在警察局外面。」

「璝．曼紐爾，你可以在這裡扮演控制中心的角色嗎？當我們需要你幫忙的時候，我們會打電話給你。」

「好，當然可以。」他說。「只要你們打電話來，我就行動。直到我們抓到他之前，我都不會休息的。」

我沒有什麼要說或者要做的。我已經沒有胃口了，因此，我也把我的餐盤放下。那些油炸莫札瑞拉起司得再等等了。

23

普雷斯頓先生堅持我們搭計程車去飯店以節省時間。我們在飯店轉角停了車，這樣我就可以先行下車。當他付車資的時候，我覺得很尷尬，但是，我真的別無選擇，只能接受他的好意。

「茉莉，你確定你可以從這裡走過去嗎？你知道計畫是什麼？」

「是的，普雷斯頓先生。我沒事。我準備好了。」在我說這些話的同時，我希望我也可以感受到準備好的感覺，但是，事實上，我不停地在顫抖，而我周遭的世界也在高速旋轉。

當普雷斯頓先生把一隻手放在我的手臂上時，我正準備要下車。「茉莉，你外婆會以你為傲的。」

提到外婆就讓我的內心湧起了一股激動，不過，我硬是把這些情緒都壓下來了。「謝謝你，普雷斯頓先生。」我在下車前努力擠出了一句話。

然後，我目送著普雷斯頓先生的車繼續往前開。

我獨自走完最後的一條街，然後在飯店對面的一條巷子裡躲了十分鐘。傍晚時分的飯店美得很詭異。金黃色的燈光照射在大門入口的黃銅和玻璃上，讓飯店的入口籠罩在一片神秘的光芒裡。陳氏夫婦正要外出晚餐。陳先生穿著一件細條紋的西裝，而陳太太則一副全黑的裝扮，除了胸口那朵明亮的粉紅色胸花之外。一個年輕的家庭在結束一天的觀光之後下了計程車，從那對父母緩慢的動作看起來，他們顯然很疲憊了。不過，他們的兩個孩子還精力旺盛地衝上紅毯的階梯，拿著紀念品展示給代客泊車的人員欣賞。黃昏的時候飯店門口總是這幅景象——彷彿白天正在把最後一絲精力灑在大門口的階梯上，而飯店本身則耐心地在等待冷靜的夜晚降臨。

指揮台是唯一一個被遺忘又空曠的角落。普雷斯頓先生還沒有到。毫無疑問地，他一定正在樓下換上他的外套和帽子，提前在他的班表上簽到。

時間過得極其緩慢，慢到讓人難以忍受。緊張讓我渾身發抖。我不知道自己能否做到。我很不適合做這種程度的表演。唯一賦予我力量的是普雷斯頓先生、夏綠蒂、璜．曼紐爾都一起參與了這個計畫的事實。

當你相信你自己的時候，就沒有什麼能夠阻擋得了你。

我會盡我所能，外婆，我會的。

是時候了。

我繼續待在這裡，躲藏在巷子裡，隱匿在咖啡館的陰影底下，貼著牆壁而站。最後，他終於出現了，穿著一身俐落制服的普雷斯頓先生。他冷靜地走出旋轉門，站到飯店門外的那個指揮台後門。他拿出手機，發了一則簡訊，然後把手機塞回他的口袋裡。儘管我知道牆壁很髒，不過，我還是靠在了牆壁上。如果一切順利的話，稍後我就會有時間把衣服洗乾淨。如果不順利的話，我就再也無法恢復乾淨了。

又過了幾分鐘。就在我即將陷入全面的恐慌之際，我看到他走在大街上了——羅尼，他快步地朝著飯店而去。我必須承認，在我看到他的時候，我的感覺很複雜。一方面，他的出現意味著事情按照計畫在走；另一方面，他那張說謊、欺騙的臉，讓我充滿了想要殺人的憤怒。

他跑上台階，在指揮台前停了下來。他在和普雷斯頓先生說話。他們的對話維持不到一分鐘。然後，羅尼便走進了飯店。

普雷斯頓先生拿出手機，開始撥打電話。當我的口袋開始震動時，我幾乎在原地跳了起來。我拿起手機。「哈囉？」我小聲地說。「對，我都看到了，他要做什麼？」

「他聽說會有記者會。」普雷斯頓先生向我說明。「他問我知不知道被逮捕的人是誰。」

「你怎麼說？」我問。

「我說，我看到吉賽兒在和警察談話。她看起來很沮喪的樣子。」

「噢，天啊。那不是計畫的一部分。」我說。

「當下，我得盡快地思考。如果必須的話，你也會這麼做的。你可以做得到。我知道。」

我做了一個深呼吸。「還有其他的事嗎？」

「還有不到四十分鐘就要召開記者會了。我們得快點。是時候了。現在就發簡訊給他。按照計畫進行。」

「收到，普雷斯頓先生。通話結束。」

我掛斷電話，然後望著普雷斯頓先生把他的手機收起來。

我開始輸入給羅尼的簡訊。

幫我。我在飯店前門，他們不讓我進去！如果我沒有辦法幫你弄到門卡的話，我們要怎麼做？

羅尼立刻就回覆了。BRTDGA

什麼？那是什麼意思？我一點頭緒也沒有。快想，茉莉，快點思考。

你只要有一個朋友的話，就永遠不會孤單。

答案真的就在我的指尖。我在我的聯絡人裡找到璜．曼紐爾，然後撥了他的電話。在第一聲電話鈴響結束以前，他就接了電話。

「茉莉？發生了什麼事？一切都還好嗎？」

「是的，一切都還好。計畫正在進行之中。可是……璜．曼紐爾。我遇到了一點困難，我現在就需要幫忙。」我把羅尼的簡訊唸給他聽。

「你以為我知道那是什麼意思嗎？」他問。「我覺得自己好像參加了那種電視節目，就是你打電話給一個朋友，然後他們告訴你答案，讓你贏了一大筆獎金。可是，茉莉，你這通電話打錯對象了！」他停了一下。「等等。等一下。」我聽到電話那頭傳來一陣窸窸窣窣的聲音。

「好了。茉莉，你還在嗎？」

「在。」

「我查了一下谷歌。羅尼的意思是待在那裡。哪裡都不要去。你覺得這樣聽起來合理嗎？」

合理。絕對合理。我又重新回到軌道上了。「璜．曼紐爾，我可以……」

我可以親吻他。我想要說這句話——我太感激他了，感激到我都可以親吻他了。不過，這個念頭太大膽也太荒唐了，太不像我了，因此，這句話只是卡在我的喉嚨裡，讓我無法說出口。

「謝謝你。」我換了一句話說。

「去抓狐狸吧，茉莉，」他說。「等你回家的時候，我會待在那裡等你。」

我知道他現在不在我身邊，但是，我卻感覺他就在這裡。那就好像他正握著我的手，引領著我往前走。

「好。謝謝你，璜．曼紐爾。」

我掛斷電話，把電話收起來。

時候到了。

我深深吸了一口氣，然後從陰影底下走到人行道上。

一定要看左右兩邊……

我穿過馬路，試著正常地走路，避免加快腳步，並且提醒自己表現得就像平時那樣。我在台階下穩住腳步，緊緊地握著樓梯的黃銅欄杆。然後，一步一步地往上走，開始爬上鋪著紅地毯的台階。

普雷斯頓先生看到我了。他從他的指揮台上拾起飯店的電話，撥打出去。當他開口時，我可以聽到他的語氣流露出完美的可信度。「是的，緊急狀況。她在前門，而且不肯離開。」

一如計畫地，普雷斯頓先生戴著一副白手套，那不是他常規制服的一部分。只有在特別的情況下，他才會戴上白色的手套，不過，它們今天就派上用場了。

「茉莉，」他大聲而唐突地對我說。「你在這裡做什麼？你今天不能到飯店來。我得要求你離開。」他四下張望著，確定有人在觀望。幾個客人正在進出飯店。還有幾名正在人行道上的代客泊車人員也停下了手邊的工作看著我們，彷彿我變成了什麼引人入勝的體育活動一樣。

這麼做雖然感覺很奇怪，不過，輪到我扮演我的角色了，或者輪到我來吸引更多的注意力了。「我絕對有權利來這裡，」我很自信地大聲說道。「我是這家飯店很敬重的員工，而且──」

當史諾先生出現在旋轉門的時候，我立刻停了下來。

普雷斯頓先生很快地走到他身邊。「我去找保安過來。」他告訴史諾先生，然後便穿過了旋轉門。

史諾先生隨即衝到我身邊。「茉莉，」他說。「我很遺憾地告訴你，你已經不再是麗晶大飯店的員工了。你現在得要立刻離開。」

這些話讓我感到十分震驚，我必須說，當我聽到他這麼說的時候，我覺得自己一無所有了。不過，我深深地吸了一口氣，繼續我的演出，甚至更加提高了我的音量說道：「但是，我是模範員工！你不能無緣無故就開除我！」

「你很清楚，這是有原因的，茉莉。」史諾先生說。「你必須離開。立刻離開。」

「這不可能，」我說。「我不會走的。」

史諾先生扶正了他的眼鏡。「你打擾到客人了。」他小聲地說。

我環顧四周，看到聚集在現場的客人更多了。代客泊車的人員似乎也向櫃檯通風報信過了。因此，幾個禮賓處的員工也來到飯店外面，站在泊車人員旁邊，交頭接耳地在議論著什麼。所有的人都在看著我。

在接下來的幾分鐘裡，我把史諾先生纏在了階梯處，要求他給我解釋，懇求他重新考慮，並且長篇大論地告訴他，我所打掃的每一間客房都為飯店的衛生和高品質做出了貢獻，而這些都為飯店帶來了附加的價值。我彷彿外婆附身一樣，開始像外婆每天早上那樣吱吱喳喳地說個不停，完全沒有停下來換一口氣。在這整個過程裡，我很清楚地意識到，我們只剩下幾分鐘的時間了，再過幾分鐘這個計畫就要露餡了，因為記者會就要召開了。我也意識到自己身上並沒有穿著制服，這也增加了我的憂慮和不安。*回來，普雷斯頓先生。快點回來！我在心裡吶喊。*

終於，他快步地穿過旋轉門，來到了史諾先生的旁邊。

「我找不到保安，老闆。」他宣告結果。

「我趕不走她。」史諾先生對他說。

「我來處理吧。」普雷斯頓先生說完，史諾先生立刻點點頭，站到一邊。「茉莉，借一步說話……」

普雷斯頓先生輕輕地把我拉到一邊，拉到沒有人可以聽到我們說話的地方。然後，我們雙雙轉身，背對著好奇的群眾。

「奏效了嗎？」我壓低聲音問。

「嗯。我找到車諾兒了。」

「然後呢？」我問。

「我拿到我要的了。」

「怎麼辦到的？」

「我告訴她，我知道她偷了其他房務員的小費。她很慌張，甚至沒有留意到我從她的手推車上拿走了她的總房卡。我也沒有留下任何的指紋。」他補充說道，然後動了動戴著白手套的手指。「來吧，」他說著伸出一隻手。「握一下手。」

我按照他的話做。當我握手時，我可以感覺到總房卡無縫接軌地轉到了我的掌心裡。

「保重，茉莉，」他扯著嗓門說道，聲音大到所有的人都聽得到。「現在回家吧。你今天不能待在這裡。」他朝著史諾先生點了點頭，史諾先生也對他點點頭。

當然了，普雷斯頓先生和我一樣清楚知道我不能離開。還不能。就在我準備要展開一場關於工蜂的全新獨角戲時，羅尼終於穿過旋轉門，朝著我快步奔下階梯。

「我完全不明白！」我大聲地說。「我是一個好房務員！羅尼，我正想要見你。你能相信這種事嗎？」

史諾先生靠過來。「羅尼，」他說。「我們正試圖要向茉莉小姐解釋這家飯店已經不再歡迎她了。不過，我們在傳達這個訊息時遇到了困難。」

「我了解，」羅尼說。「讓我來和她談談。」

我再一次被拉到旁邊。等我們離人群夠遠的時候，羅尼對我說：「茉莉，別擔心。晚點，我會和史諾先生聊一聊，看看你的工作要怎麼辦。好嗎？也許只是一場誤會。你拿到鑰匙了嗎？布雷克套房的鑰匙？沒有時間可以浪費了。」

「你說得對，沒有時間可以浪費了。」我說。「鑰匙在這裡。」我偷偷地把卡片遞給他。

「謝謝，茉莉。你最棒了。嘿，我聽說警察要開一場記者會，馬上就要開始了。你知道這場記者會是怎麼回事嗎？」「我不知道。」我說。

我小心翼翼地看著他，希望這個回答能安撫他。「也是。好吧。我最好在貓頭鷹眼鏡讓警察進來之前趕快把事情辦好。」

「是啊。你要盡快。祝你好運。」

他隨即轉身，開始爬上階梯。「噢，羅尼，」聽到我叫他，他隨即轉過身來，低頭看著我。

「你能為一個朋友做到這麼多，真的很了不起。」

「你不知道的還很多，」他說。「為了朋友，我什麼都會做的。」

在我還能說其他的話之前，他已經走到階梯頂端了。「不要擔心，」他告訴史諾先生。「她要走了。」他就那樣說話，彷彿我根本不在場一樣。

在那之後，我匆忙走下鋪著紅毯的階梯，途中，我只回頭看了一次，只見羅尼衝過旋轉門，而他身後的普雷斯頓先生則伸出一隻手，用另一隻手引導著史諾先生走進了飯店。

我看了一眼手機：5:45。

是時候了。

24

我坐在飯店正對面的咖啡館裡。我的位置就在窗邊，因為，從這裡我可以完美地看到麗晶大飯店的入口。天光逐漸暗去。入口處籠罩在一片清晰可見的陰影之下，讓台階上的紅毯變成了另一種顏色，看起來更像是乾涸了的血跡。再過不了多久，鍛鐵的瓦斯燈就會被點燃，在夜色將灰塵吞噬掉之後，瓦斯燈裡的火焰也會在黑暗中散發出耀眼的光芒。

我的面前有一根金屬茶匙，那種永遠都無法把裡面的液體滴乾的湯匙，還有一個厚厚的馬克杯。我喜歡外婆的瓷器勝過這個馬克杯，不過，乞丐沒有選擇權。我也奢侈地點了一個剛烤好的葡萄乾—麥麩馬芬，並且把它切成四塊，但是，我現在緊張到根本吃不下。

幾分鐘以前，普雷斯頓先生從旋轉門裡走出來，回到了他在警衛指揮台的位置。他打了一通電話。那是一通很簡短的電話，非常地簡短。我可以看到他抬起頭，看向對街的這扇窗戶。他也許無法在黯淡的光線下看到我，不過，他知道我在這裡。而我也知道他在那裡。這讓人感到很安慰。

我的手機嗡嗡地響了。是夏綠蒂發來的簡訊。一個豎起大拇指的表情符號，那是我們稍早達成協議的暗號，代表「一切都按照計畫在進行」。

她又發來另一則簡訊：你就待在那裡等著。

我回了她一個豎起大拇指的表情貼圖，雖然我一點都沒有這種振奮的感覺。除非我看到對面的階梯上出現什麼動靜，除非我看到什麼徵兆——除了表情符號以外的任何徵兆——顯示出我們的計畫真的奏效了，否則，我不僅沒有大拇指豎起來的感覺，甚至還覺得大拇指朝下了。而截至目前為止，階梯上什麼動靜也沒有。

下午5:59分了。

是時候了。

我雙手焦慮地握住我的馬克杯，儘管杯子已經涼了，也不再能帶給我慰藉。這個座位能清楚地看到我這張桌子右邊的電視螢幕。電視沒有聲音，不過一如往常地，電視被轉到二十四小時的新聞頻道。一名年輕的警察正要在記者會上發表談話，我認出那是史塔克警探的同事。他正在唸著他面前的稿子。螢幕下方的字幕不停地在滾動：……警方已經確認查爾斯・布雷克週一在麗晶大飯店遭到謀殺，並且逮捕了一名涉及謀殺的人。這張照片裡的人就是被指控的茉莉・葛雷，她是麗晶大飯店的房務員。警方以一級謀殺、持有槍械和毒品的罪名將她逮捕。

我喝了一口茶，卻在看到我自己的照片出現在螢幕上時差點嗆到。那是我在受到聘雇時拍的檔案照片。照片裡的我臉上沒有笑容，不過，至少我看起來很專業。我穿著我的制服。制服很乾淨，是剛熨燙過的。字幕還在滾動：

……目前已經獲得保釋。任何需要進一步詳情的人，請……

我把電視關上，因為我聽到了車子尖銳的煞車聲。只見四輛深色的車子停在對街飯店的正前面。幾名武裝警察從車子裡下來，跑上了台階。我看著普雷斯頓先生帶領他們走進飯店。這整個過程只維持了幾秒鐘。普雷斯頓先生很快地又從旋轉門裡走出來，後面還跟著史諾先生。他們交談了幾句話，然後轉向站在階梯盡頭平台上的客人，無疑是在向客人保證一切都很正常，雖然一切其實非常不正常。我遠遠地望著這一幕，只感到完全地無助。除了等待和懷抱希望之外，沒有什麼我可以做的。噢，還有打電話。一通很重要的電話。

是時候了。

這部分的計畫只有我知道，我從來沒有告訴過任何人——包括普雷斯頓先生、夏綠蒂或璜・曼紐爾。有些事情只有我才知道，只有我才能了解，因為我一直都是這樣過日子的。我知道孤單一個人是什麼感覺，我知道孤單到自己做錯了選擇是什麼感覺，我也知道在絕望下信任錯了人是什麼感覺。

我打開手機上的聯絡人通訊錄。然後打給了吉賽兒。

電話響了一次、兩次、三次，就在我以為她不會接起來的時候……

「哈囉？」

「晚安，吉賽兒。我是茉莉，房務員茉莉。你的朋友。」

「噢，我的天，茉莉。我一直在等你打來。我在飯店裡沒有看到你。我好想念你。一切都還好嗎？」

我沒有時間顧及禮儀了，而我相信，這是人生中少數幾次完全可以忽略禮儀也沒有關係的情境。「你騙了我，」我說。「羅尼是你的男朋友。你的秘密男友。你從來都沒有對我說過。」

電話那頭出現了一陣靜默。

「噢，茉莉，」過了一會兒，她才開口，「我很抱歉。」我可以從她的聲音裡聽出她快要哭了。

「我原本以為我們是朋友。」

「我們確實是朋友。」她說。

我覺得這句話像鉤子一樣刺痛了我。

「茉莉，我很茫然。我……好茫然。」她說著公然哭了起來，她的聲音聽起來充滿膽怯和害怕。

「你要我去拿你的槍。」我說。

「我知道。我不應該讓你捲入我自己的混亂中。我很害怕，我怕警察會發現那把槍，然後一切就會指向我。而我覺得他們絕對不會懷疑你。」

「警察在我的吸塵器裡發現了你的槍。現在，一切都指向了我，吉賽兒。我因為好幾項指控而遭到了逮捕。就在幾分鐘之前，這件事已經被公開宣告了。」

「噢，天哪。怎麼會發生這種事。」她說。

「就是發生了，而且發生在我身上。但我並沒有殺害布雷克先生。」

「我知道，」她說。「但是我也沒有，茉莉。我發誓。」

「我知道，」我說。「你知道羅尼會陷害我嗎？」

「茉莉，我發誓我不知道。還有，羅尼要你做的那些事，在他搬運完東西之後去打掃那些房間？一直到週一早上我才知道有這樣的事。在那之前，我完全不知道。你看到他的黑眼圈了嗎？那是他告訴我這件事之後被我打的。我們大吵了一架。我告訴他那樣做是錯的，我說你是一個無辜的好人，他不能那樣利用別人。我用皮包砸了他，茉莉。當時我很生氣。結果，皮包的鍊子剛好就甩在了他的眼睛上。」

一個謎團解開了，不過只有一個。「你知道羅尼和布雷克先生一起從事非法的活動嗎？」我問。「你知道他們透過飯店在做非法的事嗎？」我聽到她在電話那頭發出窸窣的聲音。「是的，」她說。「我已經知道一段時間了。那就是我們為什麼會花那麼多時間待在這家要命的飯店。不過，關於你的部分？關於羅尼把你扯進他骯髒的勾當裡？我是一直到本週才知道的。如果我早知道的話。我發誓，我一定會阻止的。還有，我現在可以告訴你，我和查爾斯遭到謀殺一點關係也沒有。當然，羅尼和我曾經開玩笑地說，只要對他的老闆、我的丈夫動用一顆子彈，只要一顆，就可以讓我們重整我們的生活，而且可以終於公開地在一起了。我們甚至還計畫要一起私奔，跑得遠遠的。」

原來如此。那個航班行程，兩張單程機票。「去開曼群島。」我說。

「對，去開曼群島。那就是我之所以要求查爾斯把那間別墅改在我名下的原因。我打算離開他，跑得遠遠的，然後從另一個遙遠的地方訴請和他離婚。羅尼和我將會展開新的生活，一個更好的生活。就只有我們兩人。然而，我從來沒有真的想到……我不知道羅尼居然會……」

她沒有往下說。「你曾經感到遭人背叛嗎，吉賽兒？」我問。「你曾經完全地信任某個人，但是那個人卻讓你失望了嗎？」

「你知道我有過這樣的經驗。你很清楚。」她說。

「布雷克先生，他讓你失望了。」

「是的，」她說。「不過，他不是唯一一個讓我失望的人。羅尼也是。我似乎是相信混蛋的專家。」

「那也許是你我的共通點。」我說。

「是啊，」吉賽兒說道。「不過，我和他們不一樣，茉莉。查爾斯和羅尼，我和他們完全不一樣。」

「不一樣嗎？」我問。「我外婆曾經說，如果你想要知道某個人去了哪裡，不要看他們的嘴，要看他們的腳。直到現在，我才明白這句話。她還說，布丁好不好吃，要吃了才知道。」

「布丁好不好吃……什麼？」

「意思是我不會再相信你說的話了。我不會的。」

「茉莉，我犯了一個錯誤。我犯了一個愚蠢的錯誤，叫你回到那間套房去幫我完成我的骯髒事。拜託你。我不會讓你被這件事擊垮的。他們逃不掉的。」

她的聲音很真實，但是，我能相信我所聽到的嗎？

「吉賽兒，你現在在飯店嗎？你在你的房間裡嗎？」

「對。一個被鎖在塔裡的公主。茉莉，你得讓我幫你。我要把一切說出來，好嗎？我會告訴警察那是我的槍，告訴他們是我要你去拿的。我甚至會告訴他們羅尼和查爾斯結夥的事。我會讓你恢復清白的，我保證。茉莉，你是我有史以來唯一一個真的朋友。」

我感到淚水就要從我的眼眶決堤了。我希望這是真的，我真的希望。我希望她是一顆被卡在臭籃子裡的好蛋。是測試她的時候了。

「吉賽兒，你得聽我說。你要很小心、很小心地聽我說，好嗎？」

「好。」她吸了吸鼻涕地回答我。

「你可以去開曼群島嗎？」

「可以。我有尚未確定日期的機票，我隨時都可以去。」

「你的護照還在嗎？」

「在。」

「不要聯絡羅尼。你明白嗎？」

「可是，難道我不應該讓他知道——」

「他根本不在乎你，吉賽兒。你還看不出來嗎？他也會拖你下水的，只要有機會的話。你只是他遊戲裡的另一個棋子而已。」

我聽到她努力地吸了一口氣。「噢，茉莉，我希望自己能多像你一點。但是，我不像你。完全不像。你很堅強。你很誠實。你是個好人。我不知道自己能不能做到。我不知道我能不能孤單一個人過日子。」

「你一直都孤單一個人，吉賽兒。壞朋友比沒有朋友更糟糕。」

「我猜，這也是你外婆告訴你的？」

「是的，」我說。「而且她說得沒錯。」

「我怎麼會愛上一個這麼……」

「卑鄙的人？」我接口說道。

「對，」她說。「這麼卑鄙。」

「卑鄙（vile）和邪惡（evil）是同一組字母組成的字。它們是息息相關的。」

「就像羅尼和查爾斯。」她說。

「對，卑鄙和邪惡，」我說。「吉賽兒，我們沒有多少時間了。我要你照我的話做。而且要快點。」

「好，」她說。「一切都依你，茉莉。」

「我要你把你的基本所需打包到一個袋子裡。我要你把你的護照和你所有的現金都放到你胸口的地方。然後，我要你趕快跑。不要走飯店前門，而是從飯店的後門出去。就是現在。你聽到了嗎？」

「那你呢？我不能讓你——」

「如果你是朋友的話，你就會為我這麼做。我不再是自己一個人了。我有了真的朋友，真心的朋友。我不會有事的。我現在要求你按照我的話去做。去吧，吉賽兒。快跑。」

她還在繼續說話，但是我不要聽，因為我已經說了我需要說的話了。我知道這樣做很沒禮貌，而且，若非因為情況特殊，我也絕對不會表現得這麼唐突。我沒有再說什麼，只是掛斷了電話。

當我從手機上抬起頭時，我發現一名咖啡館的員工正站在我的桌邊。她尷尬地把重心從一隻腳換到另一隻腳地站在那裡。我知道這種姿勢的意思。每當我在等待機會開口時，我也都會這樣站著。

「那是你嗎？」她指著電視螢幕問。

我要怎麼回答？

誠實是上上之策。

「那是我。沒錯。」

她沒有說話。

「噢，我應該要補充一下，我沒有犯罪。我是說，謀殺布雷克先生。我不是兇手。你完全不用擔心。」說著，我喝了一口馬克杯裡的茶。

咖啡館的員工渾身僵硬，然後從我的桌邊橫向地退開。一直到她安全地退到櫃檯後面時，她才把背轉向我。我看著她衝進廚房，毫無疑問地，她一定在裡面向她的上級報告這件事，而她的上級也會很快地走出來，瞪大眼睛看著我。我會立刻就讀懂那樣的表情。我會知道那代表著害怕，因為我已經越來越擅長此道了——了解人們表達情緒的細微動作和身體語言。

你活得越久，學到的就越多。

那個上級會上下打量我，確認那就是我，那個電視新聞裡的人。她會打電話給警察。而警察則會說一些話讓她冷靜下來，告訴她不用擔心，或者告訴她記者會把細節弄錯了。

一切都會沒事的。到頭來。

我深深地吸了一口氣。然後又喝了一口讓人冷靜的茶。我坐在位子上等待著，看著飯店的入口。

然後：終於——我一直在等待著的……

警察走出了旋轉門，他們身前還有一名男子——羅尼，他的白色襯衫衣袖挽起，讓人清楚地看到了他那迷人的前臂上戴著一副手銬。跟在他身後的是史塔克警探。她手上拎著一只海軍藍的行李袋，我立刻就認出了那個袋子。袋子的拉鍊半開。即便從我所在的這裡，我也能看得到裡面裝的不是洗碗布和個人用品，而是一包包裝了白色粉末的袋子。

我拿起一塊被我切得很整齊的葡萄乾—麥麩馬芬。真是太棒了。好新鮮。這家店居然會在傍晚的時間烘焙，這不是很有意思嗎？你以為很多人不會在下午吃馬芬，不過，我就是一個會在下午吃馬芬的人。也許，這個世界上還有其他人也和我一樣。

人類是永遠無解的謎團。

這是真的，外婆。千真萬確。

這個馬芬真是太好吃了。它在我的嘴裡融化。吃東西的感覺真好。這是一種人性的感覺，一種滿足的感覺。為了活下去，這是我們都需要做的一件事，是地球上每個人的共通點。我吃，故我在。

羅尼的頭被壓低在其中一輛警車的後座裡。幾分鐘之前跑進飯店的幾名警察，現在正站在階梯最底下守衛著。飯店客人緊張地聚集在入口的平台上，向他們的門衛尋求慰藉和安心的保證。

史塔克警探爬上階梯，不知道在對普雷斯頓先生說什麼。我看到他們兩人往我的方向看過來。傍晚的光線投射在咖啡館的窗戶上，讓他們絕對不可能看得到我。

史塔克警探朝著我的方向點點頭，雖然難以察覺，不過，那仍然是個點頭的動作。她是在朝我點頭。我可以確定這點。我所不確定的是，這個動作所代表的意義，她從那個距離做了如此微小的一個動作是什麼意思。在解讀史塔克警探的言行舉止上，我向來都有困難，因此，不管怎麼猜都只是——臆測，而不是肯定。

我從來都不是愛賭的人，主要原因是我的錢賺得很辛苦，卻流失得很容易。不過，如果要我賭的話，我會說史塔克警探那個點頭具有特別的意義。而那個意義就是：我錯了。

25

我踩著悠閒的步伐走回我的公寓。說來有趣，當你感受到壓力時，你很難會去欣賞周遭的那些小事或啟發人心的事——鳥兒在振翅飛走去睡覺以前所唱的最後一首搖籃曲，日落時像棉花糖一樣的天空，你正在回家的路上，而今天這趟回家的路程和過去幾個月是那麼地不一樣，當你打開前門時，將會有一個朋友在等著你。這也許是自從外婆去世以來，我第一次感到了希望。

一切到頭來都會變好的。如果沒有的話，那就是還沒有走到頭。

我的公寓樓就在前方。我加快了腳步。我知道璜．曼紐爾一定急著想要知道消息，真正的消息，而不只是一個豎起大拇指的表情符號。

我滑進大樓的前門，然後三步併作兩步地跑上樓。我轉到我的走廊上，拿出鑰匙進了家門。

「我回來了！」我大聲地說。

璜．曼紐爾衝出來，站在離我不到一個手推車的距離之處，這樣的距離並沒有讓我感到困擾。對於別人站在我身邊，我向來都不覺得有什麼問題。我的問題其實恰恰相反——人們總是和我保持距離。

「哇，你回來了。」他雙手交握地說道。然後打開櫥櫃，拿出擦鞋的抹布，等著我把鞋子脫下來。

「成功了嗎？」他問。「他們抓到狐狸了嗎？」

「是的，」我說。「我親眼看到了。他們抓到了羅尼。」

「噢，謝謝你，謝謝你。你得把一切都告訴我。你沒事吧。告訴我——你沒事吧？」

「璜．曼紐爾，我沒事。事實上，我非常好。」

「太好了，」他吐出一口氣。「太好了。」他抓起我的鞋子，開始用抹布擦拭鞋底，彷彿一隻精靈即將會從鞋底冒出來一樣。他終於用力地擦完我的鞋子，並且把鞋子和抹布都放進櫥櫃裡。然後，他抱住了我。他突如其來的表達方式，讓我在驚訝中懸垂著手臂，完全忘記應該要回抱對方才算是正確的禮儀。就在我發現到這點時，他放開了我。

「為什麼要抱我？」我問。

「為了你安全回到家，」他說。「來吧。到廚房去。我為我們準備了一點晚餐。我試著要保持希望，茉莉，但是我好擔心。我在想，也許警察會來把我帶走，或者你再也不會回來了。我想到很糟糕的情況，如果他們……」他沒有說下去。

「如果他們什麼？」我問。

「羅尼和他的人，」他說。「如果他們……像傷害我一樣地傷害你。」

一想到他說的話，我立刻覺得房間傾斜了三十度，不過，我深深地吸了一口氣，讓自己穩定下來。

「來吧。」璜．曼紐爾說。

我跟著他走到廚房，只見他已經把東西都擺設好了。我從橄欖花園帶回來的食物被漂亮地擺放在盤子上。他甚至還鋪了外婆那條黑白格子的桌布，讓廚房增添了一絲義大利的氛圍。他的佈置效果驚人，我們原本窄小的廚房瞬間變成了一道觀光明信片上的風景。我覺得自己彷如在夢裡一樣，過了好一會兒，我才說得出話來。

「這看起來太美了，璜．曼紐爾。」我努力地發出聲音。「你可知道，這是長久以來，我第一次覺得自己可以吃得下一整頓飯？」

「我們開動吧，然後你要把一切都告訴我。」他說。

我們一起坐了下來，但是，他才坐下，立刻又從椅子上彈了起來。「噢，我忘記了。」他說。

他匆忙跑進起居室，然後拿著外婆的一個燭台和一盒火柴回到廚房。「我們可以點這個嗎？」他問。「我知道這是很特別的東西，不過，今天是特別的日子，不是嗎？今天，他們抓對人了？」

「是的，他們用警車把他載走了，」我說。「我希望這對我們來說代表著好事。」即便我嘴上這麼說，但是心裡依然存有疑慮。對於璜．曼紐爾和我而言，我們一方面得要保持希望，另一方面則要相信一切都會依照應該有的方式結束。

他把燭台放到我們之間。就在我們準備拿起叉子的時候，我口袋裡的手機響了，這讓我當場從椅子上跳了起來。是夏綠蒂。謝天謝地。

「夏綠蒂？」我說。「我是茉莉。茉莉．葛雷。」

「是，」她說。「我知道。你沒事吧？」

「是的，」我說。「我很好。謝謝你這麼問。我和璜・曼紐爾在家，我們正打算來趟義大利之旅。」

「什麼？」

「那不重要。你可以告訴我飯店裡發生的事嗎？我從咖啡館裡看到了外面發生的事，不過，計畫順利嗎？他們當場抓到了羅尼嗎？」

「事情進行得很順利，茉莉。聽著，我現在沒辦法多說。我在警察局。史塔克警探要我來她的辦公室。你和璜・曼紐爾繼續待在那裡，好嗎？爸爸和我會盡快去找你的。這也許需要幾個小時。我想，結果會讓你很滿意的。」

「好，好的。謝謝你，夏綠蒂。」我說。「替我向史塔克警探問好。」

「你要我……你確定嗎？」

「沒有理由不禮貌。」

「好吧，茉莉。我會幫你和她打招呼。」

「請告訴她，我看得懂點頭的意思。」

「你什麼？」

「就照我的話說，一模一樣照說就好了。謝謝你。」

「好。」夏綠蒂說著掛斷了電話。我也把手機放到一邊。

「我真的很抱歉說到一半被打斷了。我得讓你知道，吃晚餐的時候接電話不是我慣常的行為。我無意養成這種習慣。」

「茉莉，你太在乎『這是對的』和『這是不對的』。我只想要知道夏綠蒂說了什麼。」

「他們當場逮到他了。羅尼。」

「抓姦在床？」

「抓姦在床，是的。」

璜．曼紐爾的臉上出現了一抹笑容，笑意延伸到了他那對深棕色的眼睛裡。外婆曾經告訴過我，真正的笑容是在眼睛裡的，直到此刻，我才明白了這句話的意思。

「茉莉，我之前一直沒有機會單獨和你說話，對你說抱歉。我從來都不希望你被捲入這些事情裡。」

我已經拿起了我的叉子，但是立刻又放了下來。

「璜．曼紐爾，」我說。「你有試著要讓我不被牽扯進去。你甚至還試著警告過我。」

「也許我應該更努力嘗試。也許我應該把一切都告訴警察。問題是，我並不信任警察。當他們看到我這種人的時候，有時候，他們只會覺得我是個壞人。而且，並非所有的警察都是好人，茉莉。你怎麼能分辨誰好誰壞？我擔心，如果我提到毒品和飯店的事，也許事情會變得更糟——對我和你來說。」

「是啊，」我說。「我明白。我也有判斷誰是好人誰是壞人的困難。」

「而羅尼和布雷克先生，」他繼續說道。「我已經不在乎他們是否會殺了我。但是我母親？我的家人？我很怕他們會傷害他們。而我也害怕他們會傷害你。我以為，如果我把痛苦承受下來，如果我閉嘴的話，也許就不會有人受到傷害。」

他把手腕靠在桌面上，而非手肘。我很努力地要把注意力集中在他的臉上，因為我的眼裡似乎只能看得見他前臂上的那些疤痕，有些已經痊癒了，不過有一兩個還很新。

我指著璜．曼紐爾的手臂。「是他嗎？」我問。「是羅尼造成的嗎？」

「不是羅尼。」他說。「是他的朋友。那些大個子。但是，是羅尼下令他們這麼做的。布雷克先生燙傷羅尼，所以，羅尼就燙傷我。因為我抱怨，因為我說我不想幫羅尼做那些骯髒事，還有，因為我有一個我愛的家庭，而羅尼沒有，所以，我就遭到了這種對待。」

「那是不對的，他們對你做的事是錯的。」

「是啊，」他說。「那是錯的。他們對你所做的也是錯的。」

「你的手臂。它們看起來很痛。」我說。

「是很痛。不過今天，它們沒事的。今天，我覺得好多了。我甚至不知道自己會發生什麼事，不過，我還是覺得好過多了，因為羅尼被逮捕了。而且，我們還有蠟燭可以點燃。那就代表了希望。」他從火柴盒裡拿出一根火柴，點亮了蠟燭。然後他說：「我們不該讓食物變涼了。我們開動吧。」

我們拿起叉子，享受著食物。我有足夠的時間，我不只可以按照正確的次數咀嚼，還可以享受每一口的食物。我一邊吃著晚餐，一邊細數著今天下午發生的每一件事——我是如何坐在咖啡館裡，如何等待和充滿焦慮，如何看到我自己出現在電視上，如何聽到警車急停發出的煞車聲，以及在看到羅尼的頭被壓進警車後座時的感覺。當我告訴他，咖啡館裡那個女人認出我就是電視新聞裡的那個人時，他開始大笑。有那麼一瞬間的時間，我彷彿凍結了。我不知道他是在嘲笑我，還是在和我一起笑。

「什麼事這麼好笑？」我問。

「她以為你是殺人的人！在她的店裡。喝著茶、吃著蛋糕！」

「那不是蛋糕，」我說。「是馬芬，我吃的是一個葡萄乾—麥麩馬芬。」

他聽了笑得更厲害了，我不知道為什麼，不過，很顯然地，他是在和我一起笑。突然之間，我發現自己也在笑，我在笑一個葡萄乾—麥麩的馬芬，雖然我自己也不知道為什麼。

晚餐結束之後，璜．曼紐爾開始清洗盤子。

「不用，」我說。「你已經很好心地準備晚餐了。洗盤子就交給我吧。」

「不公平，」他對我說。「你以為你是唯一一個喜歡打掃的人嗎？你為什麼要搶走我的工作？」

他又用他的方式露出了一抹笑容，然後從廚房門後拿起外婆的圍裙。圍裙上有著藍色和粉紅色的圓點和線條，還有一些花朵的圖案，不過，他似乎並不在意。他把圍裙從頭上套下，然後一邊哼唱一邊繫上帶子。我很久沒看到有人穿那件圍裙了；即便外婆生前最後幾個月，都因為病得太重而用不上它。而現在，看到圍裙變得立體，再度套在某個身體上面……不知道為什麼，我只想把頭轉開。

當璜．曼紐爾在水槽裡準備著肥皂水的同時，我走到桌子旁邊，收拾著桌上剩餘的盤子。我們一起很快地把廚房收拾乾淨，不出幾分鐘，整間廚房就又乾淨到發亮了。

「你看？」他說。「我這輩子都在廚房裡工作——大廚房、小廚房、家庭廚房——最後，看到一個乾淨的流理台總是會讓我的心感到雀躍。」

「雀躍？」我說。

「啊，是啊，雀躍。」

我在外婆的燭光下看著他，彷彿我從來都沒有好好地看過他一樣。過去幾個月裡，我每天工作的時候都會見到這個男人，而現在，我突然覺得他比我過去見到的他還要英俊。

「你曾經覺得自己是隱形的嗎？」我問。「我是指工作的時候。你會不會覺得人們似乎看不到你？」

他把外婆的圍裙脫下來，掛到門邊的掛鉤上。

「當然，」他說。「我很習慣這種感覺。我知道完全隱形是什麼感覺，我知道在一個陌生的世界裡孤單一個人是什麼感覺。還有，對未來感到害怕是什麼感覺。」

「這對你來說一定很可怕，」我說。「即便你知道幫羅尼做事是不對的，但你還是被強迫要幫他做事。」

「有時候，你必須做一件壞事，才能成就另一件好事。這並非總是那麼清楚，不像一般人以為的那麼黑白分明。特別是當你別無選擇的時候。」

是的。他說的完全正確。

「告訴我一件事，璜．曼紐爾，」我說。「你喜歡拼圖嗎？拼圖遊戲？」

「我喜歡嗎？我愛死了。」

就在此時，大門響起了敲門聲。我感到胃在下沉，並且發現自己的腿黏在了地板上無法動彈。

「茉莉，我們能開門嗎？……茉莉？」

「可以，當然可以。」我說。

我勉強自己挪動雙腳。我們雙雙來到了門邊。我轉動了門鎖，把門打開。

夏綠蒂和普雷斯頓先生站在門口，他們身後還有一個人，史塔克警探。

我的膝蓋發軟，只能讓自己靠在門框上。

「沒事的，茉莉。」普雷斯頓先生對我說。「沒事的。」

「警探帶來了好消息。」夏綠蒂告訴我。

我聽到了，但是我依然無法動彈。璜．曼紐爾站在我旁邊扶著我。我聽到走廊上響起開門的聲音，隨即，我看到羅索先生站在了史塔克警探身後。彷彿他們就要在我門口開一場派對一樣。

「我就知道！」他大聲叫道。「我知道你不是什麼好東西，茉莉．葛雷。我在新聞上看到你了！我要你滾出這棟樓，你聽到了嗎？警官，把她趕出去！」

我可以感覺到臉頰因為羞恥而發燙，讓我一句話都說不出來。

史塔克警探轉身面對羅索先生。「事實上，先生。新聞報導有誤。一個小時之內就會發布更正的消息了。茉莉是完全無辜的。其實，她是在幫忙這個案子，這點，我們一開始的時候並不了解。那就是我為什麼在這裡的原因。」

「先生，」夏綠蒂也對羅索先生說道。「我相信你一定很清楚，你不能毫無原因就把租戶趕走。葛雷女士有付房租嗎？」

「晚了，不過有，她付了。」他說。

「葛雷女士是個模範租客，你不能這樣騷擾她。」夏綠蒂說。「還有，史塔克警探，」她繼續說道。「你有注意到這棟建築裡有任何電梯——」

「很抱歉，我得走了。」羅索先生說著，轉身走開。

「再見！」夏綠蒂在他背後大聲喊著。

走廊立刻又恢復了安靜。我們全都站在我的門口。所有的眼睛都集中在我身上。我不知道該怎麼做才好。

普雷斯頓先生清了清喉嚨。「茉莉，你會好心地邀請我們進去嗎？」

我的腿這才從冬眠中醒了過來。當我重新找回力氣的時候，璜．曼紐爾鬆開了他的手。

「對不起，」我說。「我不習慣有這麼多客人。不過，我並不是不歡迎你們。請進。」

璜．曼紐爾像個哨兵一樣地站在門邊，在歡迎每個人進門的同時，還要求他們脫掉鞋子，然後用他那雙顫抖的手擦拭完每一雙鞋，再把它們整齊地放到櫥櫃前面。

我所有的客人依序走進起居室，尷尬地站在裡面。他們在等什麼？

「請坐。」我說。

普雷斯頓先生走到廚房，拿了兩張椅子回來，然後放到沙發對面。

「有人要喝茶嗎？」我問。

「我想喝茶想到都可以殺人了。」普雷斯頓先生回答我。

「爸！」

「我用詞不當。抱歉。」

「沒關係的，普雷斯頓先生。」我說完轉向史塔克警探。「我們總是會不斷地犯錯，不是嗎，警探？」

史塔克警探似乎對她穿著絲襪的腳很感興趣。這對她來說一定很不尋常，在出任務的時候把鞋子脫掉，露出她軟綿綿的腳趾頭。

「那麼，」我說。「要喝茶嗎？」

「我來泡茶。」璜．曼紐爾出聲說道。他瞄了一眼警探，然後匆忙地退到了廚房裡。

普雷斯頓先生請史塔克警探坐下，她也順從地坐了下來。夏綠蒂坐在她慣坐的那張椅子上。我則坐在沙發上，普雷斯頓先生就坐在我旁邊，那是外婆以前常坐的位子。

「你們可以想像得到，」我說。「我對過去幾個小時裡發生的轉變感到很好奇。如果可以知道我是否還被控謀殺的話，我會很感激的。」

語畢，我聽到一根湯匙掉落在廚房的磁磚地板上。

「對不起！」璜．曼紐爾大聲說道。

「你遭到的所有指控都被撤銷了。」史塔克警探說。

「每一個指控。」夏綠蒂重複她的話。「警探希望你能到警察局去一趟，這樣她就可以親自告訴你，不過，我堅持她到這裡來找你。」

「謝謝你。」我對夏綠蒂說。

她坐在她的椅子上往前靠，直視著我的雙眼。「你是清白的，茉莉。你明白嗎？他們現在知道了。」

我聽到了她的話。它們傳進了我的腦子裡，但是我不太相信。光是用說的而沒有行動，有可能只是欺騙。

普雷斯頓先生輕輕地拍了拍我的膝蓋。「看吧，看吧。一切都圓滿地結束了。」這正是外婆會說的話，如果她還在的話。

「茉莉，」史塔克警探說。「我來這裡是因為我們需要你的幫助。今天下午，史諾先生打了一通電話給我們，要我們立刻到飯店去。他對我們密報了新的發展。」

璜．曼紐爾從廚房裡出來，他的臉色蒼白而憔悴。他端著外婆的銀托盤，然後把托盤放在了桌上。隨即又悄悄地退開，和警探保持了好幾個手推車的距離。

史塔克警探並沒有留意到。她看了一眼托盤，選了外婆的杯子，那讓我覺得很不舒服，不過算了。

「璜．曼紐爾！」我說著站起來。「請你坐在這個位子上。」但願我有另一張椅子可以讓他坐下，不過，唉，我並沒有多餘的椅子了。

「不，不用了，」他說。「你坐吧，茉莉。我站著就好。」

「很好。」史塔克警探說。「這樣她可能才不會又暈倒了。」

我只好重新坐下來。

警探在她的茶裡加了一些糖，攪拌了一下，然後繼續又說：「當我們今天進入布雷克套房的時候，聯誼廳的那個酒保羅尼和他的兩個朋友正在裡面。」

「兩個大漢，他們臉上有很有趣的刺青？」我問。

「對，你認識他們？」

「我以為他們是飯店的住客。」我說。「我被告知他們是璜．曼紐爾的朋友。」話才說出口，我就後悔了。

普雷斯頓先生彷彿可以讀到我的心思一樣，他立刻接口說道：「別擔心，茉莉。警探知道羅尼和他們威脅璜．曼紐爾的事。還有……他對璜．曼紐爾的暴行。」

璜．曼紐爾動也不動地站在廚房外面。我知道那是什麼感覺——像自己並不在場一樣的遭人討論。

「茉莉，你可以告訴警探，為什麼每次羅尼一要求，你就會幫他打掃那些房間嗎？你只要對警探說出實話就可以了。」夏綠蒂說。

我看了看瓚・曼紐爾。沒有他的同意，我不會再多說一個字。「沒關係的，」他說。「你可以告訴他們。」

於是，我開始解釋所有的事，包括羅尼是怎麼說謊的，他告訴我瓚・曼紐爾是他無家可歸的朋友，他是如何讓我在不知道自己所清掃的東西是什麼的情況下打掃房間的，還有他是怎麼騙了我——以及他是怎麼利用了瓚・曼紐爾。

「我不知道每天晚上那些房間裡究竟發生了什麼事。我沒有察覺瓚・曼紐爾遭到了暴力攻擊。我以為我是在幫助朋友。」

「不過，你為什麼相信他？」史塔克警探問。「這件事很明顯地涉及毒品，你為什麼還相信羅尼？」

「對你來說顯而易見的事，警探，對別人而言卻並非總是顯而易見。就像我外婆常說的：『每個人看似不同，其實我們都是一樣的。』事實是，我相信羅尼。我相信了一個壞蛋。」瓚・曼紐爾依然像個雕像般地站在廚房外面。

「羅尼利用我和瓚・曼紐爾來讓他自己不被人發現，」我說。「我現在知道了。」

「你說得對，」史塔克警探說。「不過，我們逮到他了。我們在那間套房裡發現了大量的苯二氮平類和古柯鹼。真的就在他的手裡。」

我想到了吉賽兒的「茶朋友」，那些裝在沒有標籤的瓶子裡的藥丸，那很可能是羅尼提供給她的。

「我們以違反好幾個毒品條例、非法持有槍械，還有威脅一名警官的罪名起訴了他。」

「威脅一名警官？」我問。

「當套房門被打開的時候，他掏出了一把手槍。那把槍和我們在你的吸塵器裡發現的那把款式型號都一樣，茉莉。」

這實在很難想像——羅尼穿著他那件白襯衫，衣袖捲起地拿著一把槍，而非在酒吧裡拿著一杯啤酒。

璜．曼紐爾注意到了我所沒有注意到的事。當他開口時，所有的注意力都轉到了他身上。

「你提到很多的罪名。但是你一直沒有提到謀殺。」

史塔克警探點了點頭。「我們也以謀殺布雷克先生的一級謀殺罪罪名起訴了羅尼。不過，我得要老實說，我們需要你的幫助，才能讓那個指控站得住腳。因為還有一些事情是我們想不通的。」

「例如？」夏綠蒂問。

「當我們在你發現布雷克先生死的那天首度進到布雷克套房的時候，茉莉，套房裡完全沒有羅尼的指紋。事實上，房間裡根本什麼指紋都沒有。但是，我們卻在布雷克先生的脖子上發現你的清潔劑痕跡。」

「因為我檢查了他的脈搏。因為——」

「是的。我們知道，茉莉。我們知道你沒有殺他。」

我想到了。「那是我的錯。」

每個人都瞪著我看。

「你這麼說的意思是什麼？」普雷斯頓先生問。

「我是指你們沒有辦法在任何地方發現羅尼指紋的這件事。當我打掃完一間房間時，我會讓它呈現完美的狀態。如果羅尼曾經進到過那間房間還留下指紋的話，我也已經在不知道的情況下把它們全都擦拭乾淨了。我是一個很好的房務員。也許好過頭了。」

「你也許是對的。」史塔克警探說。她笑了笑，不過，她沒有笑開來，不是那種笑意寫在眼底的笑容。「我們在想，你是否知道吉賽兒．布雷克在哪裡。在我們逮捕羅尼之後，我們就衝到了她在飯店的房間，但是，她已經不在那裡了。她似乎看到了我們在飯店埋伏，然後在匆忙之間離開了。她在麗晶大飯店的便條紙上留下了一個訊息。」

「什麼訊息？」我問。

「訊息說：『去問房務員茉莉，她會告訴你們。我沒有殺人。羅尼和查爾斯＝BFF。』」

「BFF？」我說。

「永遠的好朋友，」夏綠蒂解釋道。「她的意思是說，羅尼和查爾斯是同夥。」

「是的，」璜．曼紐爾說。「他們是同夥。」每一隻眼睛又轉向他。他繼續往下說：「羅尼和布雷克先生常常通電話。有時候，他們會爭吵。關於錢。關於運送和地點，還有交易方面的事。沒有人以為我有聽到什麼，但是我確實聽到了。」

警探把她的椅子轉向璜·曼紐爾。「我們很有興趣採用你的證詞。」她說。

璜·曼紐爾的臉上閃過一絲警戒。

「他們不會起訴你的，」夏綠蒂說。「也不會遣返你。他們知道你是犯罪事件裡的受害者。而且他們需要你的幫助來把犯罪者定罪。」

「對，」警探說。「我們了解你受到了威脅，而且被迫和羅尼合作，你受到了……身體上的攻擊。我們也知道你的工作簽證過期了。」

「不只是『過期』，」璜·曼紐爾說。「還過到羅尼手裡了。」

史塔克警探把頭歪到一邊。「那是什麼意思？」

璜·曼紐爾解釋了羅尼如何幫他和一個移民律師牽線，結果卻讓他的錢全部付諸水流，而且他的文件也從來都沒有出現過。

「這個『律師』。你有他的名字嗎？」

璜·曼紐爾點點頭。

警探搖了搖頭。「看起來，我們還有另一個案子要追查。」

夏綠蒂打岔道：「璜·曼紐爾，如果你幫我們在控訴羅尼的案子裡充當主要證人的話，或許我們也可以抓到這個所謂的律師。在他對更多人做同樣的事情之前逮到他。」

「沒有人應該受到這樣的對待。」璜・曼紐爾說。

「沒錯。還有，璜・曼紐爾，」夏綠蒂接著說。「我的合夥人賈西亞在我們的事務所裡專管移民法。如果你需要的話，我可以把你介紹給他，看看他是否能讓你重新拿到你的工作許可。」

「好，我會很樂意和他談談的，」璜・曼紐爾說。「我有很多顧慮——史諾先生就是其中一個。他知道我做的事情。他知道我在應該說話的時候卻保持沉默。他一定會開除我的。」

「他不會的，」普雷斯頓先生說。「他現在比以前更需要你。」

「我們都是，」史塔克警探補充說道。「我們都需要你證實羅尼和布雷克先生在飯店裡從事非法活動的事，也需要你證實他們利用你、虐待你。有了你的幫助，也許我們可以找出是什麼原因逼得羅尼犯下謀殺的罪行。他堅持他在這個罪名上是無辜的。他承認毒品的罪名，但是不承認謀殺。目前還不承認。」

璜・曼紐爾安靜了一會兒，然後才又開口。「如果我能幫上忙的話，我會幫助你們的。」

「謝謝你，」史塔克警探說。「還有，茉莉，你可以告訴我們關於吉賽兒的其他事嗎？你知道她可能會在哪裡？」

「等她準備好的時候，她就會出現了。」我說。

「希望如此。」史塔克警探說。

我想像著吉賽兒在一片遙遠的白色沙灘上，透過她手機上的新聞頻道，得知羅尼被捕的消息。她會發現我已經不再是嫌疑犯了。然後，她會怎麼做？她會和警方聯絡嗎？或者，她會把一切拋諸腦後？她會去詐騙另一個有錢男人，還是她真的會有所成長而做出改變呢？

我向來都不擅長判斷別人的個性。我總是太晚看到真相。就像璜・曼紐爾所說的：有時候，你得做一件壞事，才能成就另一件好事。也許這次，吉賽兒會做一件好事。也許不會。

「現在怎麼辦？」我問。「璜・曼紐爾要怎麼做？我要怎麼做？」

「這個嘛，」史塔克警探說。「你自由了。所有的指控都撤銷了。」

「但是我還是被開除了？」我問。一想到這件事，我就覺得自己好像從懸崖上摔下來，面臨了死劫。

「不，茉莉，」普雷斯頓先生告訴我。「你沒有丟掉你的工作。事實上，史諾先生會親自和你以及璜・曼紐爾談這件事。」

「真的嗎？」我說。「他不會開除我們兩個？」

「他說，你們兩個都是模範員工，而且你們也示範了身為麗晶大飯店員工的意義。」普雷斯頓先生又說。

「那審判呢？」我問。

「那還早，」夏綠蒂回答我。「我們會準備的，那需要好幾個月的時間。不過，希望藉由和史塔克警探以及她的團隊合作，我們可以讓羅尼在牢裡待上很長一段時間。」

「這樣似乎很恰當。」我說。「他說謊，是個虐待狂，還是個騙子。」

「他還是個殺人犯。」普雷斯頓先生補充。

我沒有答腔。

「警探，」夏綠蒂說。「我覺得我的客戶累了。她今天也受夠了，一早就被錯誤地指控說她犯了謀殺罪，而現在，她還和指控她的人在她的起居室裡喝茶。你還有其他的事要對她說嗎？」

史塔克警探清了清喉嚨。「我只想說，呃，我很遺憾你被……拘留。」

「你這樣說真好心，警探。」我說。「我希望你有學到重要的一課。」警探在椅子上挪動了一下，彷彿她坐到了一根尖銳的別針一樣。「你說什麼？」她說。

「也許你直接對我下了結論。你預期會得到你認為是正常的反應，而當你沒有得到那些反應的時候，你就假設我有罪。你的擅自推論讓你和我都掉入了困境。」

「你可以那麼說。」她說。

「我外婆常常說，活著就是一種學習。也許，下一次你會避免擅作假設。」

「每個人看似不同，其實我們都是一樣的。」瓚．曼紐爾補了一句。

「呼，」警探說。「我想是吧。」

她說著站起身，謝謝我們撥出時間和她談這些事，然後套上她的靴子離開了。

當門在她身後關上時，我把生鏽的門閂扣好，然後重重地吐出了一口氣。

我轉過身，我的起居室裡不再空洞，取而代之的是三張朋友的臉孔。他們個個面帶微笑，那種擴展到眼裡的微笑。這是我這輩子第一次了解到何謂真正的朋友。那不只是某個喜歡你的人；而是願意為你付出行動的人。

「然後呢？」普雷斯頓先生說。「警探今天認錯了不少次，我想她也許要炸掉了。感覺怎麼樣，茱莉？」

我所感到的安慰是無法衡量的，但是，不只如此。「我……我不確定自己做了什麼才會受到這樣的對待。」我說。

「你不應該受到這樣的對待，」夏綠蒂對我說。「你是清白的。」

「我不是指犯罪的事。我是指你們三個對我的善行，你們完全沒有理由要這麼做。」

「我們永遠都可以為善行找到理由。」璜．曼紐爾說。

「你說得對。」普雷斯頓先生應和道。「你知道誰老是對我說這句話嗎？」

「不知道。」我回答他。

「你那個好外婆。」

「她從來沒有告訴過我，你們彼此認識。」我說。

「我想也是。」他對我說著，然後深深吸了一口氣。「我們曾經訂婚過，很久很久以前。」

「你們什麼？」夏綠蒂驚呼。

「是的，在你出生之前，我有過一段過去，親愛的，那是你不知道的過去。」

「我不敢相信。」夏綠蒂說。「我現在才知道？」

「發生了什麼事？」璜．曼紐爾問。他已經在警探坐過的那張椅子上坐了下來。

「你外婆，佛蘿拉，她是一位很棒的女士，茱莉。她很仁慈又很敏感。她和她同年齡的女孩是那麼的不一樣，我完全為她感到癡迷。我們十六歲的時候，我向她求婚了，而她也答應了。但是她的父母不同意。你知道，他們很富有。她的社會階級和我相差很多，但是，她從來沒有表現出高高在上的樣子。」我對於我所聽到的感到很訝異，完全地震驚。但是，也許我應該知道外婆也有她自己的秘密。我們都有，我們每一個人。

「噢，你外婆非常愛你，茉莉。」普雷斯頓先生說。「比你所知道的還要愛你。」

「你那麼多年來一直都和她保有聯繫？」我問。

「是的。她和我妻子瑪麗交情不錯。而且，每當佛蘿拉有困難的時候，她就會打電話給我。不過，真正的困難在很早以前就發生了。」

「這是什麼意思？」我問。

「你曾經想過你祖父的事情嗎？」

「有，」我說。「外婆說他也是一個會在晚上飛走的『夜遊神』。」

「她是這麼說的嗎？」他說。「他有很多的特質，但是絕對不是那樣的人。如果他有選擇的話，他絕對不會飛走的。他是被迫的。總之，我知道他這個人。你可以說他是我的一個朋友。你知道，當愛還很新鮮、當玫瑰花瓣都還鮮紅的時候，會發生什麼樣的事。」普雷斯頓先生停了一下，清了清喉嚨。「結果，佛蘿拉懷孕了。當她再也隱瞞不住的時候、當她父母發現這件事的時候，就是他們真的背棄她的時候，永遠地背棄了她。可憐的女孩。她當時都還不到十七歲。她還只是個孩子，就懷著自己的孩子偷偷離家出走了。那就是她為什麼變成一個幫傭的原因。」

這實在難以想像，外婆自己一個人像那樣過活，失去了一切，失去了所有的人。我覺得肩膀好沉重，那是一股我說不出來的悲傷。

「她很聰明，你外婆。她原本可以在任何一所學校拿到獎學金，」普雷斯頓先生又說。「不過，在那個年代裡，一個帶著孩子的未婚女子就等於放棄了教育。」

「等等，爸，」夏綠蒂打岔。「有件事不合理。你這個朋友是誰？他現在又在哪裡？」

「我最後一次聽到的是，他有一個他深愛的家庭。但是他從來都沒有忘記過佛蘿拉。從來沒有。」

夏綠蒂歪著頭。她用一種我看不懂的可笑方式看著她的父親。「爸？」她說。「你還有什麼要對我說的嗎？」

「我親愛的孩子，」他說。「我想我已經說得夠多了。」

「你也認識我母親嗎？」我問。

「是的。不過，她就真的是一個夜遊神了。當她和一個錯誤的對象同居的時候，你外婆要我試著去勸她。我去見她了，試著想讓她離開她落腳的那間廉價旅館，但是她不肯聽勸。你可憐的外婆，那股痛苦……像她那樣失去孩子……」普雷斯頓先生的眼裡充滿了淚水。夏綠蒂握住了他的手。

「你外婆人實在太好了，她真的很好，」普雷斯頓先生接著說。「當我的瑪麗在最後關頭掙扎時，是你外婆拯救了她。」

「這話是什麼意思？」我問。

「瑪麗處在極度的痛苦之中，我也是。我坐在她的床邊握著她的手說：『請你不要走。還不要走。』佛蘿拉看到了這一切，然後把我拉到旁邊。她對我說：『你看不出來嗎？她不會離你而去，除非你告訴她時候到了。』」

那正是外婆會說的話。我聽到她的話在我的耳畔迴響。「然後呢？」我問。

「我告訴瑪麗我愛她，然後，我按照佛蘿拉的話做了。安息才是我妻子需要的。」

普雷斯頓先生忍不住地哭了。

「你做得對，爸爸，」夏綠蒂說。「媽媽當時很痛苦。」

「我一直都想要回報你外婆，因為她指引了我。」

「你已經回報她了，普雷斯頓先生。」我說。「你幫助了我，外婆會很感激你的。」

「噢，不，幫你的不是我，」普雷斯頓先生說。「是夏綠蒂。」

「不，爸爸。是你堅持要這麼做的。是你說服我，說我們得幫這個和你一起工作的年輕女房務員。我想，我開始明白為什麼這件事對你這麼重要了。」

「患難之交才是真正的朋友。」我說。「外婆會感謝你們的。你們每一個人。如果她在的話，她會親自向你們道謝。」

在我說完之後，普雷斯頓先生站了起來，夏綠蒂也是。「那我們就不要太哭哭啼啼的了，」他說著擦了擦臉頰。「我們該走了。」

「今天是很漫長的一天，」夏綠蒂說道。「璜．曼紐爾，我們從你在飯店的置物箱裡把你真正的過夜行李袋拿來了。就在前面的櫥櫃旁邊。」

「謝謝你們。」他說。

我突然萌生一股急迫的感覺。我不希望他們離開。他們會不會就此走出我的生命，然後再也不回來了？那不是沒有發生過。這個念頭立刻就讓我不安了起來。

「我會再見到你們嗎？」我問。我無法抑制住聲音裡的焦慮。

普雷斯頓先生輕笑了出來。「不管你喜不喜歡，茉莉。」

「你會常常見到我們的，」夏綠蒂回答我。「我們還要一起準備案子呢。」

「而且，撇開這個案子不說，你現在也擺脫不了我們了，茉莉。你知道的，我老了，加上我又是一個有自己習慣的老鰥夫。這也許有點奇怪，不過，對我來說這其實還不錯。這一切。你們所有人。感覺就像……」

「家人？」璜．曼紐爾試著說。

「對，」普雷斯頓先生說。「就是這種感覺。」

「你知道嗎，」璜．曼紐爾說。「我們家的規矩是，每到週日，我們都會一起吃晚餐。那是我最想念的一件事。」

「那還不容易嗎，」我說。「夏綠蒂、普雷斯頓先生，你們這個星期天願意來和我們一起晚餐嗎？」

「我可以下廚！」璜・曼紐爾說。「你們可能從來都沒有吃過真正的墨西哥菜，那種媽媽的味道。我可以讓你們享受一趟墨西哥之旅。噢，你們一定會愛上的。」

普雷斯頓先生看著夏綠蒂。她點點頭。

「我們會帶甜點來。」普雷斯頓先生說。

「還有一瓶慶祝的香檳。」夏綠蒂提議道。

我站在門邊，等著夏綠蒂和普雷斯頓先生把他們的鞋子穿好。我不確定要用什麼正確的禮儀，來和剛把我從監獄生活裡救出來的兩個人道別。

「你在等什麼？」普雷斯頓先生對我說。「給你的老朋友一個擁抱吧。」

我照著他的話做了，而擁抱的感覺讓我感到很驚訝——我覺得自己好像「金髮姑娘和三隻熊」裡，正在擁抱爸爸熊的金髮姑娘。

我也擁抱了夏綠蒂，這雖然也同樣愉快，但卻是完全不同的另一種感覺，就像在撫摸蝴蝶的翅膀一樣。

目送著他們手挽著手離開，我才把大門在他們身後關上。璜・曼紐爾站在走道上，侷促不安地把重心從一隻腳換到另一隻腳。

「你確定，茉莉，你要讓我今天晚上待在這裡嗎？」

「是的，」我說。「就今天晚上。」我的話像瀑布一樣地湧出。「你睡我的房間，我會睡在外婆房間。我現在就換床單。我向來都會消毒並且熨燙我的床單，並且隨時都有兩套可以備用，還有，你可以放心使用浴室，浴室很乾淨衛生，也有定期消毒。如果你需要什麼額外的必需品，例如牙刷或肥皂的話，我很確定我——」

「茉莉，不用了。我很好。沒關係的。」

我喋喋不休的話這才停了下來。「我不是很擅長招待人。我知道在飯店裡要如何招待客人，但是不是在我自己家裡。」

「你不用特別招呼我。我會試著保持乾淨和安靜的，也會盡可能地幫忙。你喜歡吃早餐嗎？」

「噢，我喜歡早餐。」

「很好，」他說。「我也是。」

我試著在我的房間裡更換床單，不過，璜．曼紐爾並不打算閒著。我們一起扒下外婆的孤星被單，然後拆掉床單，再套上乾淨的新床單。我們一邊整理，他一邊告訴我關於他那個三歲大的外甥的故事。他的外甥提多羅會在他換床單的時候跳到床上。當他述說他的故事時，那些影像活生生地出現在了我的腦子裡。我可以看到那個小男孩蹦蹦跳跳地在床上玩，彷彿他就和我們在一起一樣。

當我們換好床單時，璜．曼紐爾安靜了下來。「好了。我要準備睡覺了，茉莉。」

「你還需要什麼嗎？也許一杯阿華田，或者洗澡用的盥洗用品？」

「不用了，謝謝你。」

「很好，」我說著走出房間。「晚安。」

「晚安，茉莉小姐。」他說著靜靜地把我臥室的房門關上。

我沿著走廊走到浴室。我換上睡衣，緩緩地刷著牙。我把「生日快樂」唱了三遍，以確定我把每一顆臼齒都刷乾淨了。

我洗了臉，上過廁所，然後刷了我的手。我從水槽下面取出穩潔，很快地把鏡子擦亮。我看到自己的倒影在鏡子裡閃閃發亮，毫無瑕疵。晶亮光潔。

沒有必要拖延時間了。

是時候了。

我走過走廊，來到外婆的房門口停了下來。我記得自己最後一次關上這扇門是什麼時候，那是在驗屍官和他的助理把外婆的遺體推走之後，在我把這間房間從頭到尾打掃乾淨之後，在我把她的床單洗乾淨、又把床重新鋪好之後，在我把她的枕頭拍到蓬鬆、並且把她擺飾上的灰塵都撣乾淨之後，在我把她的居家毛衣、也是她最後一件我當時還沒有清洗的衣服，從門後的掛鉤拿下來之後，當時，我把毛衣貼在臉上，深深地吸著她的氣息，然後把毛衣放進了洗衣籃裡。這扇門最後一次關上的尖銳聲，就像死亡本身一樣決絕。

我伸出手，把手放在門把上。轉動，然後打開了門。房間和我離開的時候一模一樣。外婆的道爾頓皇家小玩偶依然站在她的五斗櫃上，身著迷你小外套靜止地擺出跳舞的姿勢。那張粉藍色床裙的褶邊也依然整齊如故。她的枕頭蓬鬆得沒有一絲皺褶。

「噢，外婆。」我說。一股強烈的悲傷把我帶到她的床邊。我躺下來，突然覺得自己彷彿置身在迷失於大海中的救生筏上面一樣。我抱住她的一顆枕頭，蒙在自己臉上，但是，枕頭已經被我洗得太乾淨了。再也沒有她的味道。她已經不在了。

在她生命的最後一天，我坐在她的旁邊。她就躺在我現在所躺的位置。我把前門的那張椅子搬到房間裡——那張向來都擺著她那只聖詩枕頭的椅子——放在她的床邊。在那之前一週，我就把電視搬進了她的房間，放在她的五斗櫃上，這樣，當我去上班的時候，她就可以收看自然節目和國家地理頻道。我不想讓她一個人獨處，即便只是幾個小時。我知道她全身都很疼痛，儘管她要用更大的力氣忍著說她不痛。

「親愛的孩子，他們需要你去上班。你是蜂巢裡一個重要的部分。我在這裡很好。我有我的茶，還有我的藥。以及我的神探可倫坡。」

隨著日子過去，她的面色也改變了。她不再兀自哼著歌曲。即便在早上的時候，她也變得安靜了許多，每一個意念都讓她耗盡力氣，每一次去浴室都像是一段遙遠的旅程。

我竭盡全力地想讓她理解。「外婆，我們需要打電話叫救護車。我們得把你送到醫院。」她卻只是緩緩地搖頭，那頭灰色的頭髮像羽毛般的在枕頭上顫抖。「不需要。我很滿足。我有藥可以止痛。我就在我想要待的地方。家，甜蜜的家。」

「可是，也許他們可以做些什麼。也許醫生可以——」

「噓，」每當我拒絕聽她說話的時候，她就會發出這樣的聲音。「我們有過約定，你和我。關於約定，我們同意過什麼？」

「約定就是要遵守。」

「對了，」她說。「那才是我的乖孩子。」

最後那天，她的疼痛比往常更劇烈。我再度嘗試說服她去醫院，但是沒有用。

「神探可倫坡要開始了。」她說。

我把電視打開，我們一起看了那一集，或者是我自己在看，而她只是閉著眼睛，雙手緊抓著床單。

「我在聽，」她說，她的聲音輕到像在耳語。「你就是我的眼睛。告訴我精采的情節。」

我看著螢幕，描述著劇情的演出。可倫坡正在質詢一個花瓶人妻，那個女人似乎對於自己的百萬富翁老公可能不是一宗謀殺案的主嫌並未感到明顯不安。我描述著他們所處的那間餐廳，綠色的桌布，她的頭擺動的方式，她在餐桌上坐立不安的樣子。當我知道可倫坡懷疑她的時候，我告訴了外婆，因為可倫坡臉上的神情透露出他在任何人發現之前已經知道了真相。

「嗯，」她說。「很好。你學會判斷表情了。」那一集播出到一半的時候，外婆變得激動了起來。她的疼痛嚴重到她整個人都畏縮了起來，眼淚也跟著流了下來。

「外婆？我能幫你做什麼？我能做什麼？」

我可以聽到她用力的呼吸聲。每一次的吸氣都像卡住一樣，就像排水管裡咕嚕咕嚕的水流聲。

「茉莉，」她說。「時候到了。」

可倫坡繼續在進行他的調查。他盯住了那個人妻。所有的碎片都慢慢拼湊在了一起。我把電視的聲音關小。

「不，外婆。不要，我做不到。」

「可以的，」她說。「你答應過的。」

我抗議著。我試著要和她說理。我乞求她讓我打電話給醫院。

她等著我發完脾氣。然後，等我安靜下來之後，她又說了一遍。

「幫我泡杯茶。時候到了。」

我很高興有人給了我指示，因此，我站起身，衝到廚房，把她的茶準備好，用她最愛的一個茶杯——有英國鄉村風景的那個茶杯——在最短的時間之內。

我帶著那杯茶回到她身邊，把它放在她床邊的桌上。我把一顆枕頭枕在她的背後，好讓她可以坐起來一點，然而，不管我如何輕碰她，她都只能發出可憐的呻吟聲，宛如掉入陷阱裡的動物一樣。

「我的藥，」她說。「剩下的藥全部給我。」

「沒有用的，外婆，」我說。「那還是不夠。下週我們就會有更多藥了。」然後，我再度乞求她。

「我們的約定……」

她再也沒有足夠的氣息說完那句話。

最後，我放棄了。我打開藥罐，把罐子放在她的小碟子邊緣。然後把茶杯送到她的手裡。

「把它們放進來。」她說。

「外婆——」「拜託你。」

我把剩下的止痛藥全部倒進她的茶裡——四顆，就這麼多了。不夠。距離我們拿到下次的處方箋還有五天的時間，五個折磨人的日子。

我透過淚光看著外婆。她眨了眨眼，看著小碟子上的湯匙。

我拿起湯匙，在茶杯裡一次次地攪拌，直到她在一分鐘之後又眨了一次眼。我才停了下來。

她用了很大的力氣才能往前傾身，讓我可以把茶杯靠到她灰色的唇邊。即便在我餵她喝茶的時候，我依然央求她：「不要喝。不要……」

但是，她喝了。她把整杯茶都喝下去了。

「真好喝。」她喝完之後輕聲地說。然後，她又靠回枕頭上。她把雙手放在胸口。她的嘴唇在嚅動。她在說話。我得要貼到她的唇邊，才能聽到她在說什麼。

「我愛你，我親愛的孩子，」她說。「你知道該怎麼做。」

「外婆。」我說。「我做不到！」

然而，我可以看得到。我可以看到她渾身僵硬。疼痛再次佔據了她。她的氣息變得更淺了，而她的呼吸聲也變得更大了，就像打鼓一樣。

我們曾經討論過這件事。我曾經做過承諾。她向來都是那麼理性，那麼邏輯，我無法拒絕她這個最後的願望。我知道那是她想要的。她不應該要受罪。

上帝賦予我這份從容，讓我接受我所無法改變的事，給予我勇氣，讓我去改變我可以改變的事，並且給予我智慧，讓我了解這兩者之間的差別。

我從我身後的椅子上拿起那顆枕頭，然後把枕頭放到外婆的臉上，就這樣按著枕頭。我無法注視那顆枕頭。我把目光集中在她的雙手，那雙做工的手，那雙傭人的手，那雙和我的手那麼相像的手——乾淨、剪得很短的指甲、佈滿老繭的指節、薄如紙張的皮膚，皮膚下的藍色河流越來越模糊，它們正在退潮。她的手指一度顫動，似乎想要抓住什麼，但是已經太晚了。我們已經做了決定。在它們來得及碰到任何東西之前，它們就放鬆了。它們放下了一切。

這並沒有花太久的時間。當一切都安靜下來時，我挪開了枕頭。我用盡全身的力量，把枕頭抱在自己的胸前。

她就在那裡，我的外婆。她看起來就像沉睡了一樣，她的雙眼緊閉，她的嘴微微張開，她的面容安詳。她長眠了。

九個月後的此時，我清醒地躺在這張床上，璜．曼紐爾就在走廊的另一邊，我想起這段期間所發生的事，想起我的生活在過去這幾天裡所出現的翻轉。

「外婆，我好想你。我無法相信我再也見不到你了。」

細數你所獲得的恩賜。

「好的，外婆，我會的。」我大聲地說。「這比數羊要好多了。」

星期五

26

我在熟悉的聲音中醒來，並且聞到了早餐的味道——咖啡滾了，拖鞋在廚房裡走動的聲音。甚至還有哼唱的聲音。

但是，那不是外婆。

而且，我也不在我自己的床上。我在她的床上。

一切都回來了。

起床讓自己閃耀吧，親愛的孩子。今天是嶄新的一天。

我下了床，把腳套進拖鞋裡，再把外婆的居家外套披在我的睡衣上。隨即悄悄地走到浴室去梳洗，然後再走進廚房。

他就在那裡，璜・曼紐爾。他已經洗過澡了——他的頭髮還是濕的。他正在哼唱著他自己的曲調，一邊準備盤子，一邊在爐子上煎蛋。

「早！」他說著從鍋子上抬起目光。「我希望你不介意。我去了一趟商店，回來時也很安靜。你沒有雞蛋。還有這個麵包？」他指著流理台上的麵餅。「這東西對我來說有點奇怪。我不知道該怎麼煮，那上面的洞太多了。」

「那是麵餅，」我說，「它們很可口。你可以用烤的，然後再加上奶油和柑橘醬。」

說著，我拿起麵餅袋，丟了兩片在烤麵包機裡。

「我希望你不會介意我做了早餐。」

「一點也不，」我說。「你太好心了。」

「我買了一點咖啡。我喜歡在早上喝咖啡。要加牛奶。還買了雞蛋。玉米餅。不過今天，我要試試新的東西——我要嘗試你的洞洞麵餅。」

於是，我們一起在廚房裡忙來忙去，準備著早餐。和一個不是外婆的人在廚房裡這樣弄東弄西感覺非常奇怪，不過，我們很快就做好了。等我們坐下來之後，我把我們的麵餅塗上奶油和柑橘醬。

「你介意嗎？我洗過手了。」

「如果我認識的人裡面有誰稱得上乾淨的話，那就是你了。」璜・曼紐爾說。

我對他的讚美發出了微笑。「謝謝你。」

那些蛋實在太美味了。他準備了一種微辣的醬汁搭配炒蛋。味道既濃郁又怡人。和柑橘醬以及麵餅搭配起來簡直就是絕配。由於他不停地在講話，就像一隻早晨的麻雀一樣，因此，我有足夠的時間可以默默地享受每一口的食物。他在說話的同時，手上還拿著叉子，對於他很有禮貌地沒有把手肘靠在桌面上，我由衷感到讚嘆。

「我今天早上和我家人FaceTime了。他們什麼都不知道，而我也不打算告訴他們。不過，他們知道我昨晚在一個朋友家過夜。我給他們看了你的房間，你的廚房，你的起居室。還有你的照片。」他喝了一口咖啡。「我希望你不會介意。」

我沒有辦法回答他，因為我的嘴塞滿了食物，而說話的時候嘴裡還有食物是很不禮貌的。不過，我並不介意。一點都不介意。

「噢，我表哥，費南多？他的女兒下個月就要十五歲了。我實在無法相信！在我的國家，一個女孩長到十五歲的時候，家裡就會舉辦一個很大的派對，我們會聘請墨西哥街頭樂隊，還會準備豐盛的餐飲，然後整夜跳舞。我母親之前感冒了，不過她現在好多了。這個星期天，他們會在晚餐的時候拍一張家庭合照，然後發給我們。你可以在照片裡看到每一個人。還有我的外甥，提多羅。他到農場去，還騎了驢子。結果，他現在整天都假裝自己是頭驢子。好好笑……噢，我好想念他們。」

我嚥下最後一口麵餅，再喝了幾口咖啡把它沖下肚。

「這一定很不容易，」我說。「只能透過FaceTime見到他們。」

「他們在很遠的地方，」他回答我。「不過，他們也在這裡。」

我想到他父親和外婆。「是啊，」我說。「你說得對。」

在我們還能聊得更多之前，我的手機響了。我把手機放在了起居室裡。

「對不起，」我說。「我通常不會在吃飯的時候接電話，不過——」

「我懂，我懂。」他回應我。

我走到起居室，拿起我的手機。

「哈囉？」我說。「我是茉莉．葛雷。我能幫什麼忙嗎？」

「茉莉，我是史諾先生。」

「噢，哈囉。」

「你好嗎？」他問。

「我很好。謝謝你這麼問。你好嗎？」

「這是一段尷尬的時間。我欠你一個道歉。警方讓我相信一些關於你的事情，而那些事情根本就不是真的。我早就應該要知道了，茉莉。我們的客房需要你打理，我希望在不久的未來，你還會回來工作。」

我很高興聽到這些話，非常非常地高興。「恐怕我無法現在就去工作。我正在吃早餐。」

「噢，不是的。我並沒有希望你立刻就來。我的意思是，當你準備好的時候。你當然可以慢慢來。」

「明天可以嗎？」我問。

我可以聽到史諾先生鬆了一口氣地嘆息。「那就太好了，茉莉。車諾兒很不幸地說她不舒服，而其他的房務員也都身兼兩倍的工作量。他們都很想念你，而且他們也很擔心你。他們會很高興聽到你要回來的消息。」

「請代我向他們問好。」我說。

有件事讓我覺得有點不安，我決定要說出來。「史諾先生，」我說。「我注意到一件事，我的一些同事覺得我很……古怪。我相信有人還用了『怪人』這個字眼。我在想，你是否可以就這件事提供一點意見給我。」

史諾先生安靜了一會兒，然後才說：「我的看法是，你的一些同事需要長大。我們經營的是一間飯店，而不是學前教育。我的看法是，你在各方面都沒有問題。而且，你是麗晶大飯店有史以來最優秀的房務員。」

我覺得自己彷彿被驕傲高高地舉起來了。他的話讓我長高了好幾吋。

「史諾先生？」我說。

「嗯，茉莉。」

「那麼，璜．曼紐爾呢？」

「我會打電話給他，確定他知道只要他想要的話，他就能在這裡工作。很顯然地，他的工作簽證問題已經解決了。所有的事情都不是他的錯。」

「我知道，」我說。「他就在這裡。你要和他講話嗎？」

「他……什麼？噢。好，沒問題。」

我走到廚房，把我的手機遞給璜．曼紐爾。

「哈囉？」他說。「是的，是的……我很抱歉，史諾先生，我……不，我……」

一開始，璜．曼紐爾根本插不上話。「是的，先生……我知道，先生。你不知道。不過謝謝你這麼說……」

當他們的對話持續下去時，話題轉回到了工作上。「當然，先生。我今天會和律師談……這讓我很感激。我很高興能保有我的工作。」

他們又來來回回地說了一會兒。最後，璜・曼紐爾終於說：「我會盡快回來工作的。再見，史諾先生。」

璜・曼紐爾掛斷電話，把我的手機放在桌上。

「我無法相信。我還保有我的工作。」

「我也是。」我覺得有一道暖流在我的體內散開，那是一股我已經好一陣子沒有感覺過的生氣，一種難以言喻的生氣。

他雙手合掌地說：「那麼，」他說。「看來這個廚房裡有兩個人今天都放假。我很好奇他們打算做什麼……」

「告訴我一件事，璜・曼紐爾，」我說。「你會不會剛好也喜歡冰淇淋？」

幾個月後

27

今天是一個美好的日子，原因有好幾個。昨天晚上，就在床上數著我所得到的恩賜時，我很快就數到了一百多個。我最後一定是數到睡著了，不過，我可以數上一整夜也數不完。

而今天的好事甚至還更多，多到數不完。

陽光明媚。戶外很溫暖，天空萬里無雲。我剛抵達麗晶大飯店，正朝著普雷斯頓先生蹦蹦跳跳地跑上鋪著紅毯的階梯。普雷斯頓先生剛幫幾名甫到的客人卸下他們的行李。

「茉莉！」他帶著笑臉叫著我。「很高興在工作時看到你，而不是在擁擠的法庭裡看到你。」

「真是美好的一天，不是嗎，普雷斯頓先生？」

「是啊，」他回答我。「我們在工作，而羅尼被關起來了。這個世界很美好。」

我很好奇，會不會有那麼一天，當我聽到羅尼的名字被提起時，我再也不會湧起一股胃酸，也不會緊緊地咬牙切齒。

「瓚．曼紐爾呢？」普雷斯頓先生問我。

「他很快就會到了。他的班一個小時後才開始。」

「我們週日還聚餐嗎？我很期待他的墨西哥辣肉餡捲餅。你知道的，我在食物方面並不是那種很勇於冒險的人，加上我妻子已經過世很久了，我也就不太花時間在廚房裡。不過，你那個男人，他打開了我的味蕾。也許還有點開過頭了。」他說著輕笑地拍著自己的肚子。

「他聽到會很高興的，普雷斯頓先生。還有，是的，我們會在週日和你以及夏綠蒂碰面的，時間就和往常一樣。我得走了。今天有很多事要做！有一場婚禮，還有一場會議。史諾先生說，本週的訂房已經全滿了。幫我問候夏綠蒂。」

「我會的，親愛的孩子。保重。」

普雷斯頓先生說完，隨即轉身去幫一些客人。我推過旋轉門，走進了大廳。飯店大廳就和我第一次見到時一樣——樸實的大理石台階，金黃色的蛇形欄杆，翡翠綠的長毛情人座椅，客人低聲交談的嗡嗡聲，來回穿梭的代客泊車人員和行李員。我深深地吸了一口氣，然後朝著地下室走去。然而，就在我準備下樓時，我注意到櫃檯後面那些打扮整齊的企鵝群。他們都放下了手邊的工作，每個人的目光都往我的方向投射而來。其中幾個人還在交頭接耳，雖然我也並不在乎他們的那種態度。

史諾先生從櫃檯後面的一扇門推門而出。他看到了我。

「茉莉！」他說著快步向我走過來。「你真棒。實在是太棒了。」

我無法專注在他所說的話上面，因為我的注意力都放在了那些企鵝身上，企圖要弄懂他們這回為什麼這樣看著我。

「我只是把我的實話說出來而已。」我告訴史諾先生。

「對的，不過，是你的實話、你的證詞造成了決定性的影響。你在證人席上表現得那麼冷靜、那麼穩定。而且，你真的很會講話，你知道嗎，而且還記得那麼多細節。法官都看在眼裡，而且知道你是一個可信的證人。」

「他們為什麼那樣看我？」我問。

「你說什麼？」史諾先生說著，沿著我的視線看向櫃檯。「噢，你是說他們啊，」他說。「如果要我猜的話，我會說他們感到很驚訝。我會說，他們那種神情是在表示對你的尊敬。」

尊敬。我實在太不習慣被人用那樣的表情注視，以至於我甚至分辨不出來。

「謝謝你，史諾先生，」我說。「我得走了。我還有很多房間等著要回歸完美狀態，你知道的，房間不會自己打掃乾淨的。」

「它們當然不會。待會兒見了，茉莉。」

我下樓朝著房務部而去。一如往常地，這裡依然塞滿東西而且通風不良，不過，我從來都不介意，一點也不介意。我站在我自己的置物櫃前，只見我的制服已經被乾洗過，並且在熨燙過後筆挺地套在了薄薄的一層塑膠膜裡，此刻正掛在我的置物櫃上面。我的制服是我的另一個恩賜。是一件非常美好的東西。

我把制服拿到更衣室，換上它。然後回到我的置物櫃前打開它。史塔克警探很久以前就已經把吉賽兒的沙漏計時器還給了我，我一直把它放在置物櫃頂端，以提醒自己吉賽兒的存在，提醒自己我們的關係，提醒自己我們那段似有若無的友誼。

是時候了。

我的置物櫃裡還有另一個新的裝備，那是我制服上的一個新的添加物。我會把那枚長橢圓形的鍍金別針別在我心臟上方的位置。那上面寫著幾個字：茉莉．葛雷，房務部領班。

史諾先生採取了一個大膽而且出人意料的行動，他在一個月前提拔了我。我雖然不知道是怎麼回事，不過，看起來車諾兒的工作道德似乎無法符合史諾先生在專業上的高標準，因為她的主管角色遭到了拔除，而且落到了我的頭上。

從那時候開始，我設立了一些新的規矩來改善蜂巢裡的運作和士氣。首先，在每個班開始之前，我會確定每個房務員的手推車都已經適當地完成了補給。我很喜歡這個部分的工作——把肥皂和小瓶的洗髮精整齊地排放在它們應有的位置，補充擦拭的抹布和清潔劑，把嶄新雪白的毛巾完美地堆疊在車上。在一些特別的日子裡——例如母親節——我會在房務員的手推車上放一些小禮物，例如一盒貼上標籤的巧克力：來自房務員茉莉。請記住：你的工作付出是很甜美的。

另一個新的規矩是我們展開輪班的方式。所有的房務員會帶著我們的手推車聚集在一起，對房間分配的公平性達成協議，包括每個人所分配到的房間數量，或者賺取小費的潛在機會。我也對車諾兒明確地表示過，她不可以去「偷窺」其他房務員分配到的房間，此外，如果她膽敢從其他房務員房間的枕頭底下拿走一分錢的話，我就會把她趕出蜂巢，並且用她自己的手推車輾過她。

我們的團隊來了一個新的房務員。他的名字叫做里奇，是陽光的兒子。在他加入團隊之後，車諾兒很快地就指出他說話口齒不清，而且還畫眼線，說實在的，這兩件事和工作表現毫不相關，因此，在他整整一個月的訓練期裡，我根本沒有注意到這些事。不過，我卻注意到他是一個學習得很快的人，而且他很享受把床鋪得一點皺褶都沒有，也會把玻璃杯擦拭得閃閃發亮，連接待客人的禮儀都十分細緻到位。誠如管理階層所說的，他是一個值得擁有的員工。

我獲得晉升的時候也被加薪了，再加上我的房租也找到人分攤，因此，我已經開始擁有我自己的法貝熱了。雖然為數還不多，只不過是幾百塊錢而已，不過，我有一個計畫。我會繼續存錢，直到我的存款累積到讓我可以再度去鄰近的大學註冊飯店管理暨旅遊觀光的課程。在史諾先生的允許下，我會安排好自己的上課時間，然後，在一到兩年之後以極為優異的成績畢業，帶著更好的技術和更完善的飯店管理知識，回到麗晶大飯店擔任全職的員工。

我生活中最大的一個改變也許是這個事實：我有男朋友了。我聽說現在很流行把男友說成是自己的夥伴，而我也試著在習慣這種說法，雖然，我每次這麼說的時候，都會想到犯罪上的同夥，在某種程度上來說，我們確實也曾經是，不過，當時我並不知道就是了。

當璜．曼紐爾終於拿到工作許可，並且回到飯店廚房工作時，史諾先生提供給他一間飯店的客房，讓他可以住到他的經濟情況好轉為止。不過，在我們不用上班的傍晚和週末，璜．曼紐爾和我會花很多的時間在一起。我用了不少時間才能完全相信他真的是他表現出來的那個人——是個好蛋。而我相信，他同樣也花了不少時間才相信我是我所表現出來的那個人。

我已經學會從行為來評斷朋友，而璜．曼紐爾的行為也證實了他的為人。其中包括一些重大的事情，例如他會在法庭裡為我發聲，說我完全不知道飯店裡有非法的勾當在進行。此外，他也會做一些細微的小事，例如他會幫我用棕色的紙袋準備午餐，那是我每天工作時都會在正午時分去廚房拿的東西。紙袋裡總是裝著一個怡人的三明治和他知道我會喜歡的甜點——奶油餅乾、一塊巧克力，以及偶爾會出現的葡萄乾—麥麩馬芬。

我還是會因為外婆感到悲傷，每當我發簡訊給璜・曼紐爾，告訴他我的情緒低落時，他總是立刻回覆我——BRT[3]！DGA[4]！他會帶著一組拼圖遊戲來找我，和我一起挑戰這些拼圖，或者幫忙我一起做日常的家務。如果有什麼能比把環境打掃乾淨更令人振奮的事，那就是有同伴一起打掃。至於我自己的部分，當我知道璜・曼紐爾心情不好、想念他的家人時，我已經不再遞出面紙，而是給他一個擁抱和親吻。

兩個月前，我問璜・曼紐爾，他想不想搬出飯店的房間來和我一起住。「為了節省開銷，」我澄清道。「別的原因就不用說了。」

「如果你讓我負責洗碗的話，我就同意。」

於是，我不甘願地同意了。

從那時候起，我們就很開心地住在了一起——分攤房租，一起做飯，一起打電話給他家人，一起購物，一起去橄欖花園……還有更多其他的事。璜・曼紐爾和我一起分享我在餐桌上對義大利之旅的喜好。我們經常玩的一個遊戲就是，如果有一天，我們被困在了一座荒島，並且只能從

[3] Be right there縮寫。
[4] Don't go anyhere縮寫。

義大利之旅中選擇一樣食物來吃的話，我們會選擇什麼。

「你只能選一樣——焗烤雞肉千層茄子、千層麵，或者奶醬義大利寬版麵。」

「不行，我沒辦法選。不可能，茉莉。」

「可是你得選。你一定要做出選擇。」「我沒辦法選擇。我寧可死掉。」

「那我寧可你好好活著，謝謝你！」

我們最後一次玩這個遊戲是在橄欖花園。他往前靠，從桌子對面親吻了我，就在那盞吊燈之下，而且全程都沒有把手肘支撐在桌面上，他就是這樣的一個人。

今晚，我們會出去，就只有我們兩個，一起去橄欖花園。畢竟，我們有慶祝的理由。昨天對我們兩人來說是一個大日子。我們都在審判羅尼的法庭上站上了證人席。夏綠蒂花了好幾個星期的時間幫我們準備交叉詢問，幫我們準備辯方可能會攻擊我們的每一個問題。最後，璜．曼紐爾在我之前站上了證人席，並且把他傷心和可怕的實情告訴了法庭。他告訴他們，他的證件是如何被羅尼拿走的，羅尼是如何威脅他和他家人的性命，他是如何被迫幫羅尼工作，以及他是如何一再地被燙傷。最後，站在證人席上遭到攻擊的人並非璜．曼紐爾。而是我。

你真的期待法庭會相信你在每天早上擦拭掉古柯鹼的時候，其實什麼也不知道嗎？

你和布雷克先生是同謀，這個說法是否正確？

吉賽兒是你的朋友嗎？那就是你為什麼保護她的原因嗎？

我想要告訴他們，吉賽兒不需要我的保護，再也不需要了，從虐待她的布雷克先生死了之後就不需要了。不過，夏綠蒂教過我，在法庭時不需要回答假設性的問題。加上我並不想讓自己在眾人面前鬧笑話，因此，我就讓夏綠蒂提出抗議。我只要保持沉默就好了。

史塔克警探嘗試過好幾次，想讓吉賽兒出現在法庭上，但是卻徒勞無功。有一次，她企圖和吉賽兒通電話。她查到吉賽兒住在聖塔佩茲的一家飯店。史塔克警探乞求她回國，到法庭上當證人。結果，她在電話中問警探被告是誰，並且在得知被告是羅尼而不是我之後說：「我絕對不會去的，我不會回去。」

「她有說為什麼嗎？」我問。

「她說，她這輩子已經浪費太多生命在有罪的男人身上。她說，一切現在對她而言都不一樣了，這是她有史以來第一次自由了。她說，除非我可以追蹤到她，給她一張傳票，不然，她絕對不可能回來。她還說，我是警探，把壞人關起來是我的工作，不是她的工作。」

那聽起來確實像吉賽兒會說的話。我幾乎可以聽到她在說話。

最後，我在只有璜．曼紐爾為我作證的情況下站上了證人席。

很顯然地，我表現得很好。很顯然地，我在證人席上很冷靜，而法官也注意到了。夏綠蒂說，大部分的證人一站到證人席上都會感覺自己遭到攻擊，所以，他們若非攻擊辯方，就是自我崩潰。

我很習慣遭人謾罵和針對我的個性有所影射。我很習慣言語上的唇槍舌劍。這種事情每天都發生在我身上，而我甚至常常都沒有察覺到。我很習慣讓語言成為我唯一的防禦力量。

最重要的是，站在證人席上一點都不困難。我所需要的只是聆聽問題，然後實話實說，說出我自己的實話。

對我來說，最困難的部分在於當夏綠蒂要我對法庭敘述我發現布雷克先生死在他床上那天的事情。我告訴他們，布雷克先生幾乎在套房外面把我撞倒的事。我也告訴他們，那天稍後我進到套房裡的時候，吉賽兒已經不在房裡的事，以及我是如何轉到臥房的角落，看到布雷克先生躺在那裡的經過。我把我所記得的所有細節都告訴了他們——散放在起居室桌上的酒瓶、打開的保險櫃、翻倒的藥罐、布雷克先生的鞋子交疊地放在地上，以及床上只有三顆枕頭而非四顆。

「三顆枕頭，」夏綠蒂說。「麗晶大飯店的客房裡，床上通常都有幾顆枕頭？」

「四顆是我們的飯店標準。兩顆紮實、兩顆鬆軟。而且我可以向你保證，我向來都會在那張床上放四顆乾淨的枕頭。我是一個很著重細節的人。」

法庭裡立刻響起一陣低笑聲，針對我的笑聲。在法官要求維持秩序下，夏綠蒂也要我繼續往下說。

「告訴法庭，茉莉。你有在套房裡或者走廊上看到任何人，任何可能拿走那顆枕頭的人嗎？」

棘手的部分來了，我從來都沒有和任何人討論過這個部分，即便夏綠蒂也沒有。不過，我已經為這一刻準備好了。我已經在細數我的恩賜和數羊之間的無數個夜晚裡準備好了。

我穩住了自己的目光和聲音，把思緒專注在我自己的血液所發出的悅耳的聲音上。我可以在耳朵裡聽到自己的血液流進流出的聲音，彷彿拍打在遙遠沙灘上的浪潮一樣。對的就是對的。已經發生的事也發生了。

「我不是一個人。在那間房間裡，」我說。「一開始的時候，我以為房間裡只有我一個人，但是其實不是。」

夏綠蒂立刻轉身面對著我。

「茉莉？」她說。「你在說什麼？」

我嚥了嚥口水，然後繼續說道：「在我第一次打電話到樓下的櫃檯之後，我把電話聽筒放下來。然後我朝著臥室走去。我就是在那個時候看到的。」

「茉莉，我要你在開口之前很謹慎地思考，」夏綠蒂冷靜地建議我，雖然她瞪大的眼睛裡充滿了警覺。「我要問你一個問題，而你也要誠實地回答。你看到了什麼？」她的頭歪向了一邊，彷彿這一切都很不合理。

「我面前的遠處有一面鏡子。」

我停了一下，好讓夏綠蒂可以接口。果然，她很快就開口了。

「一面鏡子，」她說。「鏡子裡反射了什麼？」

「首先，是我自己，我那張驚恐的臉回視著我自己。然後，在我身後，在我的左邊，也就是吉賽兒那個衣櫃角落的陰影裡……有一個人。」

我的眼睛和夏綠蒂四目相對。她的腦子彷彿一具錯綜複雜的機器，正在讀著我的想法，思考著要如何繼續。

「那……這個人手上有拿任何東西嗎？」她問。

「一顆枕頭。」

擁擠的法庭裡立刻揚起一片竊竊私語的聲音。法官又要求現場維持秩序。

「茉莉，你看到的那個站在黑暗角落裡的人，今天也在法庭裡嗎？」

「恐怕我沒有辦法自在地說出來。」我回答。

「因為你不知道？」

「因為就在那一瞬間，當我從鏡子前面轉頭直接看向那個角落時，我就暈倒了。而當我醒來的時候，那個人已經不在那裡了。」

夏綠蒂緩緩地點了點頭，然後很從容地開口。「當然了，」她說。「你有暈倒的紀錄，不是嗎，茉莉？史塔克警探證實過，你在你家門口被逮捕時曾經暈倒過，在警察局裡的時候也暈倒過一次，對嗎？」

「是的。當我遇到極大的威脅時就會暈倒。而錯誤的逮捕確實讓我蒙受到很大的威脅。當我注視著鏡子，並且發現那間房間裡不只我一個人的時候，我也感受到了很大的威脅。」

夏綠蒂開始在證人席前面踱步。然後在我面前停了下來。「你醒來的時候發生了什麼事？」她問。

「當我恢復意識的時候，我又打了一次電話給櫃檯。不過，那時候房間裡已經沒有人了。只有我。呃，我和布雷克先生的屍體。」我說。

「有這樣的可能性嗎，茉莉──我不是在假設──不過，那個角落裡的人可能真的是羅尼．史蒂爾斯嗎？」

羅尼的律師立刻跳了起來。「反對。這是在誤導證人。」

「反對有效。」法官說道。「律師，你要更改你的說法嗎？」

夏綠蒂停了一下，雖然，我懷疑她是在利用時間思考。趁著這個時候，我仔細審視了羅尼。他的律師往前靠，正在他耳邊小聲地說著什麼。我不知道這回他們在罵我什麼，不過也沒關係。羅尼身上穿了一套看起來很昂貴的西裝。我曾經覺得他很英俊，但是，當我現在看著他時，我實在無法想像自己到底曾經在他身上看到了什麼。

過了很長一段時間，夏綠蒂終於開口。「沒有進一步的問題了，法官大人。」她轉向我。「謝謝你，茉莉。」她對我說。

我原本以為這樣就結束了，但是，我很快地記起我們才進行到一半。羅尼的律師從容地走向我，然後在我面前停下腳步，俯視著我。這並未讓我感到緊張。我很習慣這種眼神。這個世界早已讓我做好了準備。

我不記得自己所說過的每一個字，不過，我還記得自己不停地在同一個地方打轉，每次我被問到的時候，就用同樣的方式說著同樣的故事。我沒有出過一次錯，因為說實話是很容易的事，特別是當你知道什麼是真話、什麼不是真話，並且為自己劃清界線時，一切就相對容易得多。唯一一次讓我覺得不舒服的是，羅尼的律師在交叉詢問時不斷地逼問我一件事。

「茉莉，你所說的故事，我還是有點不明白。你曾經數度被帶到警察局。你有很多次機會可以告訴史塔克警探，關於那天出現在套房角落裡的那個人的事情。說出來也許還可以幫你脫罪。然而，你從來沒有提過你在那間房間裡看到其他人的事情。你一個字都沒有提到過。如果你的律師剛才的反應代表了什麼意義的話，那就是她從來都不知道這件事，直到今天。好了，為什麼茉莉？是因為其實根本沒有人在那裡嗎？是因為你在保護某人嗎？還是因為當你看著鏡子時，你所看到的其實只是你自己充滿罪惡感的臉？」

「反對。這是在困擾證人。這是最糟糕的行為。」夏綠蒂說。

「反對成立，把最後一句話刪掉。」法官表示。

法庭裡再度沸沸揚揚了起來。

「我會重新調整我的問題，」羅尼的律師說。「當你第一次告訴史塔克警探你在那間飯店房間裡看到什麼的時候，你是否說謊了？」

「我沒有說謊，」我說。「這點和你說的恰恰相反。你已經閱讀過那天的質詢紀錄。我第一次在那間骯髒的警察局裡被詢問時，我提供證詞的過程也有錄影，而錄影帶也許你也已經看過了。我對史塔克警探所說的第一件事就是，當我進入套房並且告知我已經進門的時候，我覺得房間裡除了我還有別人的存在。而且我的用詞是很確定的。我還特別要求她把那件事詳細地記下來。」

「可是，警探很明顯地假設你所說的人是布雷克先生。」

「那就是假設為什麼很危險的原因。」我說。

「啊，」他不停地在證人席前面走來走去。「所以你省略了整個實情。你拒絕澄清。那也是說謊的一種，茉莉。」他看著微微歪著下巴的法官說道。我以為也許夏綠蒂會介入，但是她沒有。她只是安靜地坐在她的長凳上。

「你可以告訴我們嗎，茉莉，你為什麼無法——不止一次地——對警方澄清你的說法，關於『房間裡還有其他人』以及那個人手裡拿著枕頭的事情？」

「因為我……」

「因為我什麼，茉莉？你這樣說不出話來讓我很震驚，說出來吧。這是你的機會。」

「我並沒有百分之百確定我看到的是什麼。我早已學會懷疑我自己和我對周遭世界的理解。我確實明白我和別人不一樣，你知道嗎，和大部分的人都不一樣。我所接收到的並非你所接收到的。另外，人們通常都不會聽我的。我常常都很怕別人不相信我，怕我的想法會遭到忽略。我只是一個房務員，一個無名小卒。而我在那個瞬間所看到的就好像一個夢，但是我現在知道那是真實的。有人在很強烈的動機下殺了布雷克先生。而那不是我。」我說著看向羅尼，他也同樣看著我。他的臉上有一種全新的神情。彷彿這是他第一次看到了真實的我。

法庭又充滿了嘈雜的交談聲，法官再一次地要求安靜。我又被問了其他幾個問題，而我也都清晰且有禮地一一回答了。不過，我知道我說什麼都不重要了。我之所以知道，是因為我可以很清楚地看到夏綠蒂坐在她的凳子上。她的臉上帶著微笑，那是我沒有見過的表情，我會把它註記在我的腦海裡，歸類在「哇」的類別裡。我讓她驚豔了，完全地震撼到她了，但是，我並沒有把事情搞砸。一切都在我們的預期之中。那就是她的笑容所代表的含義。

她是對的。事情確實在我們的預期之中。

當我現在回想起來時，回想起昨天在法庭裡發生的每一件事，我不由得對著自己發笑。

當我見到蘇妮塔和陽光朝著我走來時，我立刻回到了現實裡。她們剛剛抵達飯店準備開始值班了。她們完美地穿好了制服，頭髮整齊地別在腦後。她們沉默地站在我眼前，這對蘇妮塔來說很正常，不過，對陽光而言就太不正常了。

「早安，女士們，」我說。「我希望妳們都很期待另一個把房間恢復完美狀態的日子又將展開了。」

她們依舊什麼也沒說。最後，陽光終於忍不住開口。「說吧。告訴她！」

蘇妮塔往前踏出一步。「我想要說：你抓到蛇了。草地現在很乾淨，謝謝你。」

我不是很明白她到底想說什麼，不過，我可以聽得出來她在讚美我。

「我們都希望飯店很乾淨，不是嗎？」

「噢，是啊，」她說。「乾淨就代表綠油油！」

這句話立刻讓我心花怒放，因為她引用了我最近在房務員訓練課程裡說過的話。如果我們努力工作保持乾淨的話，我們就可以得到一片綠油油的天地。我所謂的綠油油，指的就是錢——小費，綠色的鈔票。我覺得那樣的形容很聰明，而我也很高興她還記得。

「希望今天會收到很多小費，以後也是。」她說。

「那對我們每個人都很好。」我說。「我們可以開始工作了嗎？」

於是，我們毫不遲疑地站到我們的手推車後面，同時推著各自的車子出發。

不過，就在我們到達電梯口時，我口袋裡的手機震動了。

電梯的門打開。「你們兩個先上去。我搭下一班。」我對她們說。

她們離開之後，我有了一點時間檢查我的手機。可能是璜．曼紐爾。他常常會在一天裡發好幾次簡訊給我，都是一些會帶給我笑容的小事——一張我們在公園裡吃冰淇淋的照片，或者他家人的最新消息。

不過，這次不是璜．曼紐爾。而是我的銀行發來的一封郵件。我立刻覺得自己的胃在下沉。我無法承受得起任何財務上的壞消息。我打開郵件，開始閱讀訊息。

沙沙．開曼匯款一萬元（美金）給你，這筆帳已經自動存入了你的帳戶。

在「特殊留言」欄裡還有幾個字：人情債。

起初，我想應該是弄錯了。然後，我突然想到了。沙沙．開曼。沙沙海灘。開曼群島。吉賽兒。

吉賽兒給了我一份禮物。那就是她現在所在之處——在她最愛的島嶼上，在她渴望的別墅裡，那棟她在布雷克先生死前幾個小時要求他過戶到她名下的別墅。布雷克先生讓步了。他同意了。羅尼的辯護團隊在法庭裡揭露了這件事。當布雷克先生在他生命最後一天離開那間套房時，在他把他的婚戒丟向吉賽兒之後，他改變了心意。他從保險櫃裡拿出了開曼群島那棟別墅的契約。當他差點在走廊上撞倒我時，我剛好看到了那份契約在他胸前的口袋裡。儘管他和吉賽兒吵架了，他還是去找了他的律師，讓他們把別墅更名到吉賽兒的名下。那是他在回到飯店之前所做的最後一件事。這說明了很多……

我想像著吉賽兒坐在陽光下的躺椅上，終於得到了她朝思暮想的東西，只不過那不是她預料到的方式。不知道什麼原因，她現在有錢了，即便那不是布雷克先生的錢——她可以用來將功贖罪的錢。

她送給了我一份禮物。一份讓我的法貝熱變得厚實的大禮。那是一份就算我想要退回，也不知道要如何退回去的禮物。一份我打算好好運用的禮物。

後記

外婆總是說，實話是很主觀的，這句話我一直都無法理解，直到我自己的生命經驗證實了她的這份智慧。現在，我了解了。我的實話不同於你的實話，因為我們經歷生活的方式並不一樣。每個人看似不同，其實我們都是一樣的。

這個關於實話的彈性說法是我可以接受的——不只如此，最近這也帶給了我極大的寬慰。我正在學習對大部分的事情不要過於較勁、不要過於絕對。透過彩色的稜鏡來看這個世界，會比只用黑白來看要好得多。在這個新的世界裡，事情可以有不同的版本和差異，也可以有不同程度的灰色存在。

我站在法庭證人席上那天所說的實話版本，完全是我發現布雷克先生死在他自己床上那天的個人經驗和記憶。我的實話強調了我所看到的世界，也將我所看到的世界按照順序排列出重點；它聚焦在我看得最清楚的事情上，也隱蔽了我所無法了解的部分——或者那些我選擇不要太仔細去檢驗的部分。

正義就像實話一樣——它也是主觀的。很多應該要受到懲罰的人，永遠都沒有受到他們應得的處罰，在此同時，好人、正直的人，卻遭到了錯誤的指控。這是一個有瑕疵的體制——正義——一個骯髒的、混亂的、不完美的體制。不過，如果好人可以承擔起追求正義的個人責任，那麼，我們是不是就能有一個比較好的機會，可以讓這整個世界變得乾淨，有一個比較好的機會讓那些說謊的人、騙子、利用別人的人，以及那些虐待別人的人，負起他們應該負的責任？

我並沒有大肆地和別人分享我在這個問題上的看法。誰會在乎呢？畢竟，我只是個房務員。

在法庭的那天，我告訴那些聚集在那裡的人，關於我發現布雷克先生死在他床上那天的事情。我告訴他們我是怎麼看到的，我是怎麼活過來的，只是我把整個故事縮短了。是的，我確實為了檢查布雷克先生的脈搏而摸了他的脖子，但是卻沒有發現任何脈動。我確實打電話到樓下給櫃檯求助。我確實走到臥室的門邊，在鏡子裡看到了我自己。直到那個時候，我才明白自己不是房間裡唯一的一個人。事實上，角落裡還有一個身影。一道深色的陰影落在那個人的臉上，不過，我可以清楚地看到他的手，以及一顆枕頭，緊緊地抱在他心臟的位置。這個身影讓我想起了我自己，想起了外婆。我彷彿看到自己兩度反射在鏡子裡。而我就是在那個時候暈倒的。

這個故事在我暈倒之後還有後續。很像是一集神探可倫坡：總是有之前沒被看到的東西。

那不是一個男人，角落裡的那個身影。

當我醒來的時候，我發現自己在床邊的地板上。有人正拿著酒店的信紙在我的臉上搧風。經過幾個深呼吸之後，我的視線又清晰了。那是一個女人。一個中年女子，灰白的頭髮被一副卡在頭上的太陽眼鏡撥到腦後。她的頭髮剪到耳齊，梳理得很直，和我的髮型很相像。她穿了一件寬鬆的白襯衫和深色的長褲。她蹲在我身邊低頭看著我，臉上流露著擔心的神情。我不認得那張臉，一開始的時候並沒有認出來。

「你沒事吧？」她停下手中正在搧風的信紙問我。

我下意識的第一個反應是再度去拿電話。

「拜託你，」她說。「你不需要這麼做。」

我讓自己坐起來，把背靠在床頭櫃上。她往後退開兩步，給了我一點空間，但是，她的目光依然盯在我身上。

「我真的很抱歉，」我說。「我沒有發現房間裡還有另一名客人。可是，我一定要——」

「你一定不要。拜託你。在你把電話拿起來之前，先聽我說。」

她聽起來既不憤怒也不緊張。她只是在提一個建議。

我按照她的話做了。

「你要喝杯水嗎？」她問。「也許來點甜的？」

我還沒準備好要站起來。我無法相信自己的腿。「好，」我說。「那就太好了。」

她點點頭，然後離開了臥室。我可以聽到她在起居室裡翻找東西的聲音。然後，我聽到浴室水龍頭發出的水流聲。

過了一會兒之後，她回到了臥房，在我面前蹲了下來。她遞給我一杯水，我顫抖地接過杯子，大口地喝下。

「給你，」我一喝完，她就開口說道。「我在你的房務推車裡找到這個。」

那是一塊巧克力，是夜床服務用的。嚴格來說，那不是我應該吃的東西，但是，現在情況特殊，而且她也已經把糖果紙打開了。

「你會好過一點的。」她說。

她把那塊巧克力給我，直接放在了我的手掌心上。

「謝謝你。」我說著把整塊巧克力放到了舌頭上。巧克力瞬間就融化了，巧克力的糖分立刻發揮了神奇的效果。

她等了一下才問我，「我可以幫你嗎？」說著伸出了一隻手。

我把我不穩定的手放在她的手裡，在她的幫助下，我很快地在她身邊站了起來。房間變得更清晰了。地面穩穩地被我踩在腳下。

我們站在床邊，彼此對視了一會兒，誰都不敢把目光移開。

「我們沒有太多時間了，」她說。「你知道我是誰嗎？」

我更仔細地審視著她。她看起來有點熟悉，但是，她看起來就像飯店裡其他的中年女性常客。

「很抱歉，恐怕我……」

然後，我想起來了。我想起了報紙上的新聞。我想起了我們在電梯裡短暫的相遇。她是布雷克太太。不是第二任的布雷克太太吉賽兒，而是第一任的布雷克太太，原本的那個老婆。

「啊，」她一邊說，一邊俐落地把那張巧克力的包裝紙塞進她的長褲口袋裡。「認出來了。」

「布雷克太太，我真的很抱歉闖進了房間裡，可是，我相信你的前夫……我相信布雷克先生死了。」

她緩緩地點頭。「我的前夫是個騙子、小偷，還是個施暴者加罪犯。」

直到此時，我才開始把一切都拼湊了起來。「布雷克太太，」我問。「你……你殺了布雷克先生？」

「我想，那要看你從什麼觀點來看這件事，」她說。「我相信是他殺了他自己，隨著時間過去，他慢慢地被他自己的貪婪所污染，他剝奪了他的孩子和我的正常生活，他極盡所能地貪腐和做壞事。我的兩個兒子是他的翻版，而他們現在都變成了嗑藥成性的無賴，只會流連在一個又一個的派對裡，花他們父親的錢。至於我的女兒維多利亞，她只想要淨化家族事業，想要好好地經營那些事業，但是，她自己的父親卻不承認她。他不肯罷手，除非維多利亞和我變得一無所有。儘管她擁有百分之四十九的股份，他還是要這麼做。原本，她持有百分之四十九的股份。現在就會更多了……」

她看著已經死在床上的布雷克先生，然後再看著我。

「我只是來和他談談，要求他給維多利亞一個機會。但是，當他讓我進門的時候，他喝醉了，他嗑了藥，說話口齒不清，說什麼吉賽兒是個淘金的婊子，就像我一樣，說我們兩個都是一無是處的笨老婆，是他一生中最大的兩個錯誤。他既可恨又欺負人。換句話說，他就是不改常態。」

她停了一下。

「他抓住了我的手腕。我一定會留下瘀青的。」

「就像吉賽兒那樣。」我說。

「對。就像新任的布雷克太太一樣。我試著警告過她。吉賽兒。但是她不聽。太年輕了，少不更事。」

「他也打她。」我說。

「不會再打了，」她回答我。「他原本還可能對我做出更糟的事，不過，他開始喘不過氣來。他放開了我的手腕。然後絆倒在床上，踢掉他的鞋子，躺了下來，就像那樣。」

她的眼睛瞄向地板上的枕頭，然後又將目光挪開。「告訴我，」她說。「你是否曾經覺得這個世界在往後倒退？例如壞人得志，而好人卻在受苦？」

她彷彿讀到了我最深沉的思緒一樣。我的腦海立刻湧現出一份簡短的名單，上面都是那些用不公平的手段剝奪我的東西、導致我受苦的人——車諾兒、威爾伯……還有一個我從來都沒有見過的人，我的父親。

「有，」我說。「我一直都有這種感覺。」

「我也是。」她說。「在我的經驗裡，有時候，一個好人必須做出不那麼正確的事，但是，他那樣做仍然是對的。」

是的，她說得沒錯。

「如果這次情況有所不同呢？」她問。「如果我們把問題放在我們自己的手上來權衡輕重呢？如果你沒有看到我呢？如果我只是走出飯店，永遠都不回頭呢？」

「你會被認出來的，不會嗎？」

「如果人們真的會閱讀那些送到他們家門口的報紙的話，不過，我很懷疑人們會看報紙。我幾乎是個不被重視的人。只不過是另一個穿著寬鬆衣服、戴著太陽眼鏡，從麗晶大飯店後門走出去的白髮中年婦女而已。只是一個無名小卒。」

在光天化日之下卻像個隱形人，就像我一樣。

「你摸過什麼？」我問。

「什麼？」

「當你進來這間套房的時候，你摸過什麼東西？」

「噢……我碰過門把，也許還有門。我想，我有一隻手摸過門邊的寫字檯。我沒有坐下來過。我沒辦法坐下。因為他一直在房間裡追著我，對我大吼大叫，還把口水吐在我臉上。後來他抓住了我的手腕，我想我應該自始至終都沒有碰到他。我把那顆枕頭從床上拿起來，然後……我想，應該就是這樣吧。」

我們沉默了好一會兒，只是盯著地上的枕頭。我再次想起了外婆。當時，我並不明白外婆在想什麼，不完全明白，不過，在和布雷克太太相處的這幾分鐘裡，我突然看清楚了——慈悲會以意想不到的形式出現。

我抬起頭看著她，看著這個和我那麼相似的陌生人。

「他們不會來的，」她說。「那些你稍早打電話通知的人。」

「不，他們不會。他們不會聽話的。不會聽我的話。我得要再打一次電話。」

「現在？」

「不，不是現在。」

我不知道要說些什麼。我的雙腿又變成了石頭，每逢我緊張的時候就會這樣。「你最好趕快離開，」我終於又說。「請不要讓我耽誤了你的時間。」語畢，我對她微微地屈膝行禮。

「那你要怎麼做？等我走了以後？」

「我會做我慣常做的事。我會把一切打掃乾淨。我會把我的玻璃杯拿走。我會擦拭前門的門把和寫字檯。我會把浴室的水龍頭擦乾淨。我會把地上的枕頭放到我的洗衣籃裡。枕頭會在地下室被清洗乾淨，然後送到另一間狀態完美的客房裡。沒有人會知道那顆枕頭曾經在這裡。」

「就像我一樣？」

「是的，」我說。「等我把套房的那些部分都回歸完美的狀態之後，我會再打電話給櫃檯，重申我需要緊急的幫助。」

「你從來沒有看到我。」她說。

「你也從來沒有看到我。」我說。

於是，她離開了。她就那樣走出了臥室，走出了套房的前門。我只是待在原地不動，直到我聽到房門在她身後響起了喀噠的關門聲。

那是我最後一次看到布雷克太太，第一任的布雷克太太。或者說我沒有看到她。很多事都取決於你自己的觀點。

等她走了之後，我按照我所說的打掃房間。我把她留下的那顆枕頭放到我手推車的洗衣籃裡。等我完全恢復了意識之後，我再一次打電話到樓下的櫃檯，就像我在法庭上說的那樣。最後，在經過幾分鐘之後，援助終於到了。

現在，我在夜裡睡得很好，也許比我這輩子其他時候都還要好，因為，我就躺在璜．曼紐爾身邊，那個我在世界上最親愛的朋友。他總是睡得很沉，就像外婆一樣——在他的頭躺好在枕頭之前，他就已經睡著了。我們一起蓋在外婆的孤星棉被下，因為，有些事情最好還是保持原狀，雖然有些事在做出小改變之後則會變得比較好。外婆掛在客廳牆上的那些風景畫已經被我拿下來了，取而代之的是璜．曼紐爾和我的合照。

我聽著他彷如海浪般的呼吸聲——吸，呼，吸。一邊數著我所得到的恩賜。那些恩賜多到數不完。我知道我的良心是乾淨的，因為，每天晚上在我來得及多數一點恩賜之前，我總是很快地就進入了甜美的夢鄉。我會在精神飽滿和喜悅中醒來，準備好展開新的一天。

如果這一切教會了我什麼的話，那就是：我的內心裡存在著一股我從來都不知道的力量。我向來都知道我的雙手具有一種能力——清潔、拭去髒污、刷洗和消毒，把一切都整理到好的能力。但是現在，我知道我的能力也存在其他的地方——在我的腦子裡。也在我的心裡。

外婆終究是對的。關於所有的一切。關於每一件事。

活得越久，你學到的就越多。

人類是永遠無法解開的謎團。

生命自有出口。

一切到頭來都會變好的。如果沒有的話，那就是還沒有走到頭。

謝辭

出版一本書需要一整個村莊。感謝以下這些出現在我村莊裡的非凡之士。

我那有遠見的、造夢的經紀人瑪德蓮・米本，以及她的團隊瑪德蓮・米本文學電視電影公司，特別是黎恩—路易絲・史密斯、莉芙・麥德蒙、吉爾斯・米本、喬吉娜・斯蒙德斯、喬治亞・麥維、瑞秋・葉何、漢娜・雷德斯、蘇菲・裴利斯爾、艾瑪・道森，以及安娜・赫加提。

我那群充滿智慧、無止境地支持和啟發我的編輯們，美國企鵝蘭登書屋的希拉蕊・提曼、加拿大企鵝蘭登書屋的妮可・溫斯坦利，還有英國哈潑小說的夏綠蒂・布萊比恩。是你們讓一切變得更美好。

此外，還有全球各地市場的許多出版商，他們讓這本書呈現在了讀者的面前。

特別感謝加拿大的克莉絲汀・克查倫、托妮亞・艾笛森、邦妮・麥特蘭、貝絲・卡克蘭姆、史考特・賽勒斯，以及馬里昂・加納。

感謝在美國的卡洛琳・維許、珍妮佛・赫希、金・賀維、卡拉・威爾士、辛蒂・博曼、艾琳・科倫克、伊蓮娜・吉瓦蒂、保羅・貝貝、珍妮佛・加薩、蘇珊・柯克蘭、奎妮・羅傑斯、泰勒・諾爾、蜜雪兒・潔絲敏、維吉尼亞・諾瑞，以及黛比・阿洛夫。

英國方面，則要感謝金伯利・楊、凱特・艾爾頓、琳恩・杜魯、伊莎貝爾・柯本、莎拉・慕洛、愛麗絲．戈梅爾、漢娜．歐布萊恩、莎拉．希亞、瑞秋．琴恩、曼蒂．馬歇爾、珍妮佛．哈洛、班．賀德、安德魯．戴維斯、克萊兒．瓦德和葛蕾絲．丹特。

另外，還有我很幸運能與之共事的神奇的電影創作者們——ICM Partners的潔西．佛雷曼和艾莉莎．溫博格、Winterlight Pictures的克里斯．戈柏、環球影業的傑雲．慕佛德和克莉絲汀．孫，還有溫克影業的喬許．麥勞林。

凱文．韓森，還有賽門&蘇斯特公司過去和現在的整個團隊，特別是莎拉．聖皮耶、布蘭登．梅、潔西卡．史考特、菲利斯．布魯斯、勞瑞．葛雷希、珍妮．雲恩、賈斯汀．史托爾、潔絲敏．艾略特、凱倫．斯爾維、費莉希亞．瓊恩、夏拉．艾力沙、雪梨．李、洛林．凱利、大衛．米拉爾、阿德里亞．伊瓦斯提卡、艾莉森．柯拉漢、珍．波格斯通，以及蘇珊．巴伯紐。你們是我的同類——你們都是與書為伍的人。但願我們永遠都能帶著童心般的喜悅拆封第一刷的書籍，並且永遠都能見證到讓我們感到震撼的書籍。

同時也要感謝業界翹楚和顧問艾德恩．柯爾、瑪莉安．古恩．歐克納、凱斯．希爾，以及莎曼莎．海伍德。還有我非常想念的凱洛琳．雷迪。真希望我們可以聊聊這本書，因為你的指教就像你一樣——直率又鮮明。無論你在何處，我知道你不曾停止過閱讀。

感謝我的作者們，是你們教導了我關於寫作我所應該知道的每一件事，感謝你們給我機會編輯你們的著作。特別感謝艾希莉．奧德蘭、莎曼莎．貝里和卡爾瑪．布朗，在我早期最需要的時候給予我的支持。